SPRING 野

更具体地生长

All This Wild Hope

"沙漠中的所有水会干涸，再一次，
我们会进入荒芜，见证启示，
稀树草原与纯净的水会向我们发出邀请，
钻石永留于岩石，照亮我们，
原始森林会将我们从思想的夜丛中带离，
我们将停止思考和受难，
那将是救赎。"

"我们匆匆道别，在黑夜里走路回家，
甚至穿过了城市公园，
阴森、昏黑的大飞蛾在那里一圈圈飞，
病态的月亮下可以更强烈地听见和弦，
公园里又一次有了酒，我们用双眼饮的酒，
又一次睡莲作小船，又一次念乡和戏仿，
暴行和夜曲，在归家之前。"

Ingeborg Bachmann
1926—1973

© Dr. Heinz Bachmann / Piper Verlag

马利纳

[奥地利] 英格博格·巴赫曼 著

王韵沁 译

Malina

Ingeborg Bachmann

广西师范大学出版社

· 桂林 ·

图书在版编目（CIP）数据

马利纳 /（奥）英格博格·巴赫曼著；王韵沁译.——
桂林：广西师范大学出版社，2024.1（2024.7重印）
ISBN 978-7-5598-6513-7

Ⅰ.①马… Ⅱ.①英… ②王… Ⅲ.①长篇小说 – 奥
地利 – 现代 Ⅳ.①I521.45

中国国家版本馆CIP数据核字（2023）第210120号

MALINA
马利纳

作　　者：（奥地利）英格博格·巴赫曼
责任编辑：彭　琳
特约编辑：夏明浩
装帧设计：汐　和 at compus studio
内文插画：几　迟
内文制作：陆　靓

广西师范大学出版社出版发行

　广西桂林市五里店路9号　邮政编码：541004
　　网址：www.bbtpress.com
出版人：黄轩庄
全国新华书店经销
发行热线：010-64284815
北京华联印刷有限公司印刷
开本：787mm×980mm　1/32
印张：15　　　　字数：207千
2024年1月第1版　2024年7月第2次印刷
定价：65.00元

如发现印装质量问题，影响阅读，请与出版社发行部门联系调换。

《马利纳》漫步地图 之
维也纳第一区（内城区）

图例

1. 维也纳大学
2. 市政厅
3. 国会大厦
4. 正义宫
5. 雷蒙德咖啡馆
6. 特劳岑宫
7. 兰德曼咖啡
8. 城堡剧院
9. 安霍夫教堂
10. 圣伯多禄教堂
11. 切希尼奥夫斯基餐厅
12. 帕尔菲皇宫
13. 多禄泰拍卖行
14. 国家图书馆
15. 霍夫堡
16. 城堡电影院
17. 阿尔布雷希特坡道
18. 萨赫酒店
19. "伊甸园"酒吧
20. "三个轻骑兵"咖啡馆
21. 弗朗茨·约瑟夫码头
22. 洲际酒店
23. 雷塞尔公园

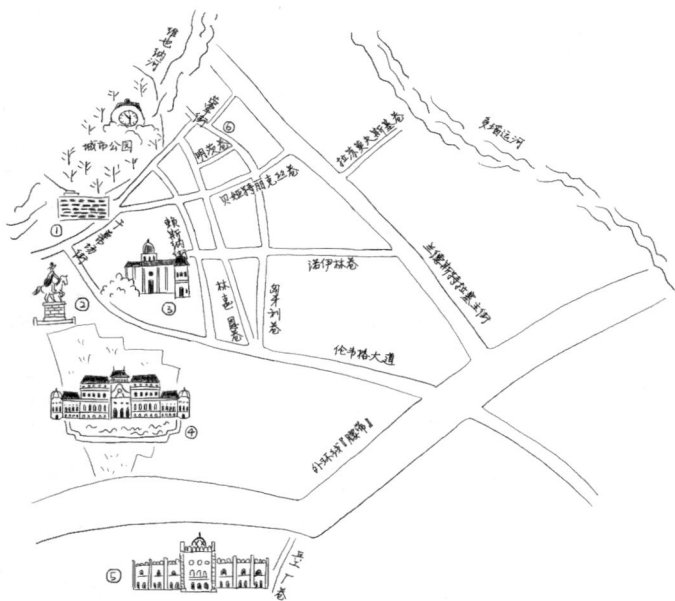

《马利纳》漫步地图 之
维也纳第三区（兰德斯特拉塞）

图例

1. 洲际酒店
2. 施瓦岑贝格广场
3. 圣三一医院
4. 美景宫
5. 军事博物馆
6. "我"和马利纳的家

《马利纳》漫步地图 之 大维也纳地区

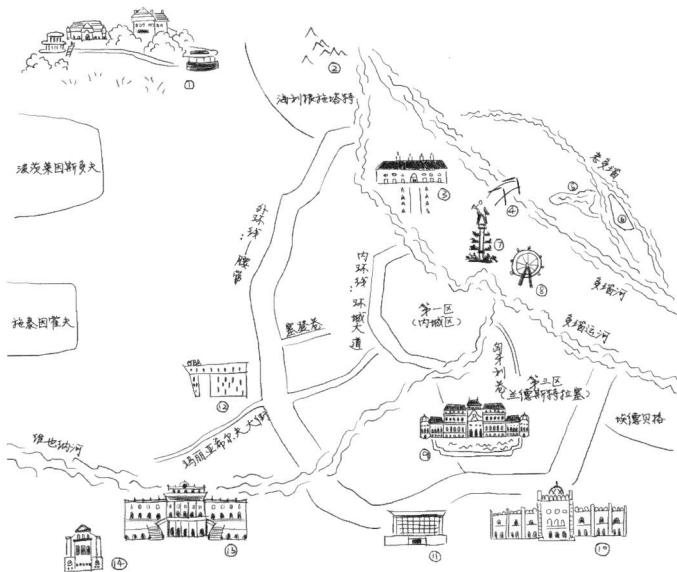

图例

1. 科本茨尔
2. 上瓦特山
3. 奥格腾花园
4. 帝国大桥
5. 凯撒瓦瑟湖
6. 鹅岛
7. 普拉特斯特恩站

8. 普拉特游乐场
9. 美景宫
10. 兵工厂
11. 火车南站
12. 火车西站
13. 美泉宫
14. 玫瑰山丘制片厂

目 录
Inhalt

人 物 表

Die Personen

伊万

1935 年生于匈牙利佩奇（原芬夫基兴）。于维也纳生活数年，在位于克恩滕环城大道的一栋大楼里有一份正职。为避免给伊万及其前程带来不必要的麻烦，在这里我们将它称为"极其重要事务机构"，这份工作与钱有关。不是信贷银行[1]。

贝洛和安德拉什

两个孩子，七岁和五岁

马利纳

年龄无法从长相判断，今天四十了。他是一本"伪经"的作者，此书在各书店均已无法购得，于20 世纪 50 年代后期售出过几册。他曾成功伪装成 A级公务员，凭借其历史（他的主修）和艺术史（他的辅修）高级学位在奥地利军事博物馆谋得了一个不错的职位。他平稳地前进，不带多余的动作，不带野心或阴谋，也不通过对国防部（位于弗朗茨·

1　Creditanstalt，1855 年成立于维也纳，是奥地利的主要银行机构之一。

约瑟夫码头）与博物馆（位于兵工厂）之间的各种程序及书面协议提出要求或刻薄的批评来博得关注。后者尽管不太起眼，却是这座城市里最古怪的机构之一。

我

奥地利护照，内政部签发。经公证的奥地利身份证，眼睛——栗色，头发——金色；生于克拉根福；后面是日期和职业（两次划掉、重写）；地址（三次划掉）；最上面清晰的正体字：匈牙利巷6号，维也纳第三区。

时间

今天

地点

维也纳

只有时间，我不得不考虑很久，因为"今天"对我来说是个不可能的词，尽管人们每天都说这个词，是的，避不开它，可当人们对我说，比如，今天的计划——更别说明天的了——我就感到尴尬，我和"今天"的关系实在太差了，于是人们把我极度专注的神情当作走神。这种"今天"让我陷入莫大的惶恐和无比的匆忙，我只能写，或者只是在这莫大的惶恐中，描述正在发生的事。因为任何关于"今天"的文字都应当立刻被销毁，就像所有真正的信都是皱的或撕烂的、未完成的、未寄出的，因为它们"今天"被写下，却无法到达"今天"。

　　任何曾写下疯狂、热切的信而到头来只是把信撕碎、丢弃的人，最清楚"今天"意味着什么。谁又会不熟悉这样难以辨认的字迹呢："如果可以，请来吧，如果您想的话，我恳请您来！下午五点——兰德曼咖啡馆！"或者这样的电报："请立刻打电话给我。今天。"又或者："今天不可能。"

　　事实上，"今天"是只有自杀者才可以用的词，它对于其他人毫无意义。它只象征着一天，和剩下的日子没有区别，人们工作八小时或休假，出门办事，买菜，读早报、晚报，喝咖啡，落下东西，赴约，给谁打电话——总之，是有什么会发生的一天，或者更好的情况是，无事发生。

而当我说出"今天"时，我的呼吸开始紊乱，心律出现可被心电图检测出的失常，然而，图表上不会显示的是，造成失常的原因是我的"今天"——"今天"总是新的、紧迫的——但我可以证明，这项诊断无误。用医生潦草的医学代码来说，紊乱发生在焦虑发作之前，尽管这一干扰让我敏感，让我感到耻辱，但今天我还功能正常——他们是这样说的，那些专家是这样认为的。只是我担心，"今天"对我来说太刺激，它抓得我太紧，太无度，而这病态的刺激会是我"今天"的一部分，直至最后一分钟。

如果说建立时间并非出于偶然，而是我在一种可怕的胁迫下完成的，那么地点的建立则归功于一个温和的意外，我并不是靠自己发现它的。尽管在我发现时，我已经身处这个更不可能的建构之中，我知道这个地点，噢，我深谙它，因为它就是维也纳。实际上它只是一条巷子，确切来说是匈牙利巷的一小部分，我们三个都住在那儿：我，伊万，马利纳。如果一个人看世界，是从第三区这样狭小的视角出发的话，那么他自然会赞美匈牙利巷，会研究它、称颂它，赋予它某种意义。你可以说它是一条特殊的巷子，因为它的入口位于干草市场街一个较为安静、友好的角落，从我住的地方可以看到城市公园，还有森严的批发市场大厅和海关总署。我们在一片庄严、紧锁的房屋之间，但马上，从伊万家——也就是9号，他门前有两座铜狮——往后，巷子变得更随意、嘈杂，不那么工整。尽管和使馆区离得很近，匈牙利巷与那个"高贵的区"（维也纳人私底下这么叫）并不亲近，只是任它待在自己的右边。不少小咖啡馆、老旅店和餐馆让这条巷子很实用。我们常去"老海勒"，穿过一家好用的"奥托马克"车行、一家方便的药房和诺伊林巷的一个烟草铺，就可以到那儿，不要忽略了贝娅特丽克丝巷口好吃的面包房，以及运气好的话，我们可以在明茨巷找到一个停车位。当你踏足匈牙利巷（尤其是进入某些区域，如意大利领事馆和意大利文化学院那一片），你就没法否认，这里有一股特有的气质，但不止于此，这条巷子还有别的东西，尤其是在你看到无轨电车驶过，或是不祥的邮政货车缓缓靠近的时候。在那里，两块牌匾不出声，简要地写着："皇帝弗朗茨·约瑟夫一世[1]，1850 年"和"官邸及办事处"。然而，以贵族之名而付出的勤勉往往无人问津，来往的交通却叫人想起匈牙利巷年轻时的模样。从匈牙利来的商人们带着马匹、牛群和干草，在这里建起他们的客栈和旅店。匈牙利巷就这样，如官方所说，"以一条宽阔的弧线朝向城区"奔流。有时我从伦韦格大道一路开车下来，越过这条弧线，但我没法深入地描述它，因为过程中总是有新的细节引起我的注意，侮辱性的新设施，办公楼，新的名为"现代生活"的商店，而比起这座城市最负盛名的广场和街道，它们对我意义更重。匈牙利巷不是不为人所知，只是一个异乡人不会去注意它，它是一片居民区而且没有任何景点。来旅游

1　Franz Joseph I（1830—1916），奥匈帝国皇帝，以其勤奋而著称。

的人可能会在施瓦岑贝格广场折返，或者最远到靠近美景宫的伦韦格大道，我们很荣幸能与美景宫共享"第三区"的名号，但也就仅此而已。游客或许有机会从匈牙利巷的另一头走近它，从那家溜冰俱乐部——如果他刚好住在新建的、石砌的维也纳洲际酒店，又不小心散步太远，到了城市公园的话。

在这座公园上空，一位粉白的皮埃罗[1]曾嘶哑地为我吟唱：

O al-ter Duft aus Mar - - chenzeit
噢 古老的 芬芳 来自 童 话 般 的时光[2]

但我们一年去城市公园不超过十次，因为走路五分钟就能到那儿；而伊万罔顾我百般讨好、恳求，出于他不走路的原则，只会开车经过它。它实在是太近了，如果需要透气，我们会带孩子们去维也纳森

1　Pierrot，哑剧和即兴喜剧中的一个固定角色，滑稽而悲伤的小丑形象。

2　出自奥地利作曲家勋伯格于 1912 年所作的《月迷皮埃罗》（*Pierrot lunaire*）第 21 乐章《噢，古老的芬芳》（"O alter Duft"）。

林、卡伦山，或者拉克森堡和梅耶林的城堡，还有彼得罗内尔和卡农图姆，一路到布尔根兰州。至于城市公园就不怎么去了，我们和它的关系克制、冷漠，我也想不起更多那些童话般的时光里发生的事了。有时我因注意到一棵初绽的玉兰树而感到不安，但你不能每次都表现得大惊小怪。而如果我，像今天这样，乏味地问马利纳：对了，公园里那些玉兰花，你看到了吗？那么他只会出于礼貌回应我，冲我点点头，他早就听过关于玉兰花的话了。

不难想象，维也纳有的是更好看的巷子，但它们都在别的区，像那些太过漂亮的女人——她们一眼看去就叫人心生赞许，但没有人真的考虑和她们发生关系。没有人宣称过匈牙利巷美，也没有人说它与荣军街的交汇处有多壮丽、迷人。所以我也不想当第一个对我的街道——我们的街道——妄下定论的人。我应当扪心自问，找找我和匈牙利巷的联结，因为它只在我身上划出那道宽阔弧线，到巷子的9号和6号，我想问自己，为什么逃不出它的磁场，不管是当我穿过弗赖翁广场，在格拉本大街购物，散步去国家图书馆，还是站在洛布科维茨广场上想"这里，这里才是一个人该生活的地方！"，还是在安霍夫广场的时候！就算我在市中心游荡，在某家咖啡馆坐下翻一个小时的报纸，我也都只是假装不想回家而已，暗地里，我已经在想回家的路，或是思绪已经飘回了家。当我走过干草市场街，或者从我以前住的贝娅特丽克丝巷踏入第三区时，我的血压开始升高，但同时我不再紧张，那些因身处陌生之地而生出的绞痛缓解了，虽然我越走越快，但我终于获得一种平静，近乎急迫的幸福。我不像在我提及时间时那样感到不适，尽管时间和地点突然汇合了。没有什么比这片小巷更让我感到安全，我在白天跑上楼梯，晚上手握钥匙，冲向大门，当钥匙旋转，锁被打开，房门打开，这令人感激的瞬间，一片车水马龙里，回家的感觉涌向我，它辐射在方圆一两百米内，这里的一切都在向我宣告，这是我的家。当然，它并不真的是"我的"家，它属于某个公司或是一群投资者，他们可能刚刚翻新或重修过这里。但我对此几乎一无所知，因为这里施工的几年里，我住在离这儿十分钟远的地方。事实上，在很长一段时间里，我走过以前住了很多年的

26 号——它也是我的幸运数字——我感到压抑和内疚，就像一只狗在和新主人散步时遇见了老主人，不知道该对谁抱有更多感情。但是，今天，我走过贝娅特丽克丝巷 26 号，好像那里什么都没有过，或是几乎什么都没有过——好吧，那里曾经有过些什么，一种旧时的气味，我已经感觉不到了。

很多年来，在我和马利纳的关系里包含了不愉快的会面、愚蠢的幻想和最大程度的误解，我的意思是，比与其他人之间都要大得多的误解。可以肯定，我从一开始就被置于他之下，而且我一定很早就知道，他注定会毁了我。马利纳的位置在他进入我生活之前就已被马利纳占据。我只是豁免于——也可能是我赦免了自己——过早地遇见他，毕竟无数次，在城市公园的 E2 和 H2 电车站台，我们之间有某种相遇的可能，并且几乎真的发生了。他站在那儿，拿着一份报纸，我假装没看到他，但不断透过我报纸的边缘死死盯着他，我不知道他是不是真的那么专注于他的报纸，还是注意到了我的视线、我对他的催眠，我想要迫使他抬起头。我，迫使马利纳！我想：如果 E2 车先来，那么一切都好，但老天，千万别让糟心的 H2 或者少见的 G2 先到。最后 E2 确实到了，但当我跳上第二节车厢时，马利纳消失了：他不在第一节里，也不在我的车厢，也没有在后面。他一定是在我转身的时候突然跑回了站台——他不可能这样凭空消失。因为我找不到解释，我不停地找他，我想不通他的行为，就像我想不通自己为什么这样做，我的一天都毁了。但那是很久以前的事了，今天我们没时间讲它。很多年后，同样的事在慕尼黑的一个演讲厅再次发生。他突然站在我旁边，然后向前走了几步，在拥挤的学生当中找到一个座位，又往回走，那是场一个半小时的关于"技术时代的艺术"的讲座，我生怕自己激动得晕过去，我在这群被讲座打动又不得不静坐的人里，找马利纳。那天晚上，我清楚地意识到我不指望艺术、技术或这个时代，我永远不会关心任何想法、话题、公开讨论的议题。我确信我想要马利纳，一切我渴望知道的，必须来自他。最后我和所有人一样热烈鼓掌，两个慕尼黑人领我到礼堂后面，告诉我怎么出去。他们一个挽着我的手臂，一个不停地对我说着些机灵话，更多人加入了，而我不停地朝马利纳看，他也想从后门走，但走得很慢，我可以追上他，随即，我做了不可能的事：我扑向他，就好像有人重重地推了我一下，或是我朝他的方向绊倒了，我扑在马利纳身上。这样他就不得不注意到我，尽管我不知道他是不是真的看到了我。我第一次听到他的声音，平静、准确，一个音调：请原谅。

我不知道怎么回答，因为从来没有人对我说过这样的话，我不确定他是在请求我的原谅还是说他原谅了我。眼泪很快涌出来，我看不清他了。鉴于还有其他人，我盯着地面，从包里拿出一块手帕，假装是有人踢到了我。当我再抬起头时，他已经消失在人群中。

在维也纳，我不再寻找马利纳，我让自己认为他去了国外，那时我还没有车，所以我不抱希望地重复着去城市公园的路。一天早上我在报纸上看到他，但报道根本不是关于马利纳的，它讲的是玛利亚·马利纳[1]的葬礼，那是维也纳人自发举办的规模最大、最令人印象深刻的典礼——当然，只是为了一位女演员。送葬者中有逝者的弟弟，一位年轻有才的知名作家，但其实没什么人听说过他，而那些记者很快就让他一举成名了。因为从文化部长到警卫看守，从坐在最高级车厢的评论家到只有站位的高中生——当全维也纳都在前往中央公墓的火车上时，玛利亚·马利纳不需要一个只写过一本无人知晓的书的弟弟，不需要一个无名氏。"年轻""有才""知名"，这些字眼是这个全国哀悼日上他必需的服装。

我们从来没有谈起过这第三次、不怎么令人愉快的报纸上的接触，尽管这一接触仅对我而言是存在的，好像和他没有任何关系一样，但和我更没有

1　巴赫曼生前未完成的小说《给范妮·戈尔德曼的安魂曲》（*Requiem für Fanny Goldmann*）中的人物，是一位电影明星，43岁时被一只鲨鱼咬死。该小说与本书以及同样未完成的《弗兰扎之书》（*Der Fall Franza*）共同构成巴赫曼的"死亡方式"（*Todesarten*）小说系列。

关系。在遗失的时间里，我们甚至无法询问彼此的名字，更不用说彼此的生活了。我悄悄地称他为"我的欧根"，因为我学的第一首歌，并连同知道的第一个男人的名字，是《欧根亲王，高贵的骑士》[1]。我一下子就被这个名字吸引了，还有那个城市，"贝尔—格—莱德"，直到后来我发现马利纳并不来自贝尔格莱德，而是像我一样，来自南斯拉夫边境，那座城市的意义和带有的异国情调才逐渐消失。有时，我和马利纳还会用斯洛文尼亚语或温迪施语[2]简单地交流，就像最初的日子那样：Jaz in ti. In ti in jaz.[3] 除此之外，我们不需要聊什么以前的好时光，因为我们的日子在变好，越来越好，而且，让我不由得发笑的是，我对马利纳感到生气，因为他姗姗来迟，让我在其他人、其他事上浪费了那么多时间。在那些时间里，我将他从贝尔格莱德流放，拿走他的名字，赋予他神秘的故事——他立刻成为一个骗

1　"Prinz Eugen, der edle Ritter"，一首赞颂欧根亲王在奥土战争（1716—1718）中取得胜利的德国民谣。

2　Windisch，指斯洛文尼亚语，过去奥地利的德裔民族用这个词称呼呼德语区使用斯拉夫语的人，意为"陌生人"。

3　斯洛文尼亚语：你和我。我和你。

子，一个市侩，一个间谍，然后，在心情好一些的时候，我让他从现实里消失，把他安放在童话和传说里，我叫他"弗洛里扎尔"[1]，叫他"画眉嘴"[2]，但我最喜欢的还是"圣乔治"[3]。他杀死了那条巨龙，让克拉根福从贫瘠的沼泽升起，我的第一座城市诞生了。然而在许多无聊的幻想游戏之后，我会沮丧地回到那唯一正确的推测：马利纳确实在维也纳，而在这座城市里，我有那么多机会撞见他，却总是错过。每当有人在对话中提到他，我就开始谈论马利纳，虽然这不常发生。这是段丑陋的记忆，但如今它不再让我痛苦了，然而那时我觉得我必须装作也认识他，好像我知道他的什么事情一样，在听到他和约尔丹夫人那段不光彩又滑稽的故事时，我得和其他人表现得一样风趣。今天，我知道，马利纳从没和约尔丹夫人"有过"什么，就像他们说马丁·

1　Florizel，莎士比亚《冬天的故事》中的一个角色。他是爱上牧羊人之女的王子，两人私奔。
2　Thrushbeard，格林童话中的一个人物，乔装成叫花子，惩罚了嘲弄他长相的公主，之后两人结婚。
3　出自欧洲民间童话《圣乔治屠龙》，故事中，骑士圣乔治铲除恶龙，救出了城堡里的公主。

兰纳从没和她在科本茨尔私会过一样，因为她是他的姐姐。[1] 但最重要的是，马利纳不可能和其他女人在一起。当然马利纳在我之前一定也认识其他女人，他认识很多人，所以其中一定包括女人，但自从我们住在一起，这些就都没有任何意义了，我再也没想过这些事，因为在马利纳面前，我所有的怀疑和困惑都被他的讶异消解了。而且，年轻的约尔丹夫人也不是人们口中那个说出"我追求来世政治"名言的女人——说这句话时，她丈夫的助理撞见她正跪着擦地，于是她把自己对丈夫的蔑视表露无遗。事情和人们说的不同，是不一样的故事，有一天一切都会被更正。真实的人物会浮现，从流言中被解放，就像今天的马利纳于我，他不再是传闻的产物，而是悠闲地坐在我身边或和我一起在这座城市里行走。更正其他事情的时机还没有到，那是以后的事。不是今天。

1　此处提到的人物均出自《弗兰扎之书》。马丁·兰纳是一位 28 岁的地质学家，他的姐姐，33 岁的弗兰扎，嫁给了比她年长的精神科医生、分析师、教授利奥·约尔丹，为约尔丹的第三任妻子，更名为弗兰齐斯卡·约尔丹。

我们之间的一切就这样发生了，我唯一需要做的就是问自己，我们能成为彼此的什么，马利纳和我，我们如此不同，那么不一样，这不是性别的问题，是某种本质，他坚固的存在和我的不稳固。马利纳自然没有像我这样心惊胆战地活过，他从不为琐事浪费时间，不到处打电话，让事情找上门，他不会让自己陷入任何麻烦，更不会花半个小时站在镜子前盯着自己看，只为了赶去某个地方，然后迟到，结巴地道歉，为一个问题感到困扰或为一个回答感到尴尬。我想即便是今天，我们彼此也没有什么关系。我们彼此忍受，为彼此感到惊讶，但我的惊讶是好奇（马利纳真的惊讶过吗？我越来越不信），是不安，正是因为我的存在从来无法扰乱他，他乐意的话就注意到我，没有话说时便不注意，就好像我们没有在公寓里不断地擦身而过，没有明确无误地进行着不可能忽视的日常活动。在我看来，他的平静是因为对他来说，我是个太熟悉、太不重要的"自我"，他将我排出，好像一件废品，一个多余的人形，好像我只是他的肋骨制成的，一件可有可无的东西，但与此同时，一个无可避免的黑暗故事，它伴随着他的历史想要补充自身，他却与之划清界限，从自己明晰的历史中将它割离。因此，只有我在试图弄清楚一些什么，而首先我自己，必须且只能在他面前弄清楚我自己。他没有任何要弄明白的东西，不，他没有。我在前厅打扫。我想要靠近门，因为他随时都会到。钥匙在门里转动，我退后一步，这样他就不会撞到我，他把身后的门锁上，我们同时友好地相互问候：晚上好。我们穿过走廊，我又说：

我必须讲。我会讲的。再没有什么东西会在记忆中扰乱我。

是，马利纳淡淡地说。我走进客厅，他继续往里走，他的房间是最里面那间。

我必须而且我会，我大声对自己重复，因为如果马利纳不问也不想知道更多，那就没关系了。我就可以安心。

然而，如果我的记忆只是普通的记忆，那种久远、破败、被遗弃的记忆，那么离那种隐秘的回忆就还有很长的路要走，在那里，没有什么可以扰乱我。

一座城市让我困扰的地方在于，我不知道为什么一定要是这里而不是别处。比如说，我为什么要在这座城市出生，而不是别处？但我一定要执着于想这件事吗？旅游局提供关于一座城市的最重要事务的信息，有些事情不属于他们能提供的信息范畴，但我一定在学校学过，那个"男性勇气和女性忠诚"兼具的地方，我们的歌[1]是这么唱的，"格洛克纳的冰原闪耀"的地方。我们城市最伟大的孩子托马斯·科沙特[2]——因为他，我们有了托马斯·科沙特巷——是"遗弃，遗弃，我被遗弃"这首歌的作曲，在俾斯麦小学，我不得不重新学习我已经会了的乘法表，在本笃会[3]学校，我和一个不同年级的女孩一起去接受宗教教育（我后来没有受坚信礼），我们总是下午去，因为上午其他人（那些天主教徒）要参加仪

1　指《克恩滕家园之歌》（"Kärntner Heimatlied"），为克恩滕州州歌。
2　托马斯·科沙特（Thomas Koschat, 1845—1914），奥地利克拉根福的作曲家、低音歌手，他使克恩滕民俗音乐得以传遍欧美。后文歌词出自他作曲的《遗弃》（"Verlassen"）。
3　天主教隐修会之一。

式，所以我总是有很多自由的时间，那个年轻的神父据说头部曾经中过一枪，老主教很严厉，留胡子，认为提问是不成熟的表现。乌尔苏拉高中现在有扇紧锁的大门，我曾故地重游。在穆齐尔咖啡馆，升学考试之后，我大概没能吃到自己的那块蛋糕，要是我能吃到就好了，我想象自己用一把小叉子切开了它。或许我是在很多年之后才吃到的。离汽船站不远，在沃尔特湖湖滨步道的起点，我第一次被人亲吻，但我已经看不到那张贴近我的脸，那个异邦人的名字也一并被埋在湖水的泥沙里，我只记得我给了他几张配给券，第二天他没有回来，因为他受到了这个城市最美的女人邀请，她经常沿着维也纳巷散步，戴一顶很大的帽子，女人的名字叫旺达，有一次我一路跟她到了瓦格广场，我没有帽子，没有香水，也没有一个三十五岁女人从容的步伐。那个异邦人或许是在逃亡，想用配给券去换香烟，然后和那个美丽的高个女人一起抽烟，只是，我不再是六岁的小女孩，它发生时我已经十九岁，背着双肩包。再靠近看，你看不到傍晚的湖岸，只有那座正午阳光下的格兰桥，两个也背着书包的男孩，稍

22

大点的那个，至少比我大两岁，喊道：你，就是你，过来，我有东西给你看！男孩的脸和他的话，我没有忘记，那第一声呼唤是那么重要，我也没有忘记那第一次狂喜，我停下，犹豫，然后向他迈出第一步，一切都发生在这座桥上，然后紧接着，一个重重的耳光：好了，现在你看到了！那是我挨的第一记耳光，也是第一次意识到别人通过耳光所得到的深深满足。第一次认识痛。她抓紧了书包背带，没有哭，她是我，我迈着均匀的步子小跑回家，第一次没有数路边的木桩，第一次掉进人群里。所以，有时候你的确知道事情是什么时候开始的，是在哪里，怎么开始的，知道用来哭泣的眼泪是什么样的。

那是在格兰桥上。不是湖边的步道。

尽管一些人出生在 7 月 1 日这样的日子（这一天有四个极有名的人物诞生），或是 5 月 5 日（天才和伟大的改革家在那天发出第一声啼哭），我从来没法确定谁曾不小心和我在同一天开始了生命。我没有体会过和亚历山大大帝、莱布尼茨[1]、伽利略

1　1646 年 7 月 1 日生。

或卡尔·马克思[1]共享一个重要日子所带来的满足感，甚至在从纽约驶往欧洲的"鹿特丹"号上，他们有一个列表记录所有在航行期间过生日的旅客，而轮到我的那天，只有一张折成扇形的来自船长的贺卡从舱门送进来，直到中午，我都希望几百名乘客中（就像之前每天早上一样）会有人收到惊喜，免费蛋糕、"生日快乐"歌，但只有我一个，我徒劳地环视整个餐厅，没有，没有人，只有我，我很快地切了蛋糕，慌忙把它们分给三桌荷兰人，我说话，喝酒，说话，我受不了海的颠簸，我一夜没睡，然后跑回客舱，把自己反锁起来。

不是在桥上，不是在步道，也不是在夜的大西洋。我只是穿过这个夜晚，醉着，往夜的最深处。

直到后来我才意识到，至少在这个当时我还感兴趣的日期，有人死了。我冒着落入庸俗占星术圈套的危险——毕竟它能让我随心所欲地想象我与遥远上方的联系，而没有任何科学可以看着我、敲响我的手指——将我的开端与一种结束相联系：为什

1　1818 年 5 月 5 日生。

么当一颗灵魂熄灭时不会有人诞生呢？但我不会说出这个人的名字，因为我突然想到了克恩滕环城大道后面的影院，这个人没有这家影院重要，我在那里第一次看见威尼斯，两个小时的绚丽色彩和很多黑暗，船桨打在水上，音乐伴着灯光一同划过水面，嗒嘀、嗒当的声响一路指引我，进入那些人物的内心，那些结对之人的内心和他们的舞蹈。就这样，我到了我永远不会见到的威尼斯，在一个寒风刺骨的维也纳冬日。在那之后，我经常再次听见那音乐，即兴的、变化的，但再也没有以相同或恰当的方式被演奏过，有一次，在一个隔壁房间，它在一场关于君主制崩塌、社会主义的未来的多声部讨论中裂成碎片，那个房间里有人开始大叫，因为另一个人说了反对存在主义或结构主义的话，而我仔细听，听出了另一个小节，但那时音乐已经在叫声中消亡了，我也失去了我自己，因为我不想听见别的声音。我常常不想听，也常常不忍看。就像我不忍看从黑马戈尔的山岩上掉下的垂死的马，为了它我跑了几公里路求救，但最后只把它留给了一个同样无能为力的牧童；我也受不了莫扎特的 C 小调弥撒曲，听

25

不了狂欢节时村庄里的枪声。

　　我不想说话，一切都在我的回忆里扰乱我。马利纳走进房间，找到那瓶半空的威士忌，递给我一杯，给自己倒了一杯，他说：它依旧在扰乱你。依旧。但扰乱着你的还有另一段记忆。

第 一 章　与 伊 万 的 幸 福

Erstes Kapitel
Glücklich mit Ivan

又抽了烟，喝了酒，数了数香烟和酒杯，今天还可以抽两根，因为从今天到周一还有三天，没有伊万。然而六十根烟之后，伊万回到了维也纳，他先打电话给报时服务调手表，然后拨"00"预约叫醒服务，对方立刻回拨了，然后他很快入睡，只有伊万能这么迅速地睡着，他醒来，被电话服务叫醒，带着怨气，他总有不同的方式表达埋怨，叹气、咒骂、闹脾气、谴责。然后他就忘了所有怨气，去浴室刷牙、洗澡、刮胡子。他会打开广播听晨间新闻：这里是奥地利通讯社。我们为您带来短讯：在华盛顿……

但华盛顿、莫斯科和柏林只不过是些不知廉耻、想让自己变得重要的地方。在我的国家，匈牙利巷之国，没有人把它们当回事，或者人们只是像看待那些野心勃勃的暴发户一样对这些入侵性的新闻付之一笑，它们不再影响我的生活，我的生活曾在兰德斯特拉塞主街上一家我仍不知道名字的花店面前与另一个人的生活交会，我停下脚步只是因为那扇橱窗里有一束头巾百合，红的，比红色红七倍的红，我从来没有见过，而橱窗前站着伊万，我不记得更多了，因为我立刻就跟伊万走了，先是去拉苏莫夫斯基巷的邮局，我们得在两个不同的柜台前等待，他在"汇票"，我在"邮票"，这第一次的分离是那么令人痛苦，而当我在出口处找回伊万时，我说不出话，伊万什么也不需要问我，因为毫无疑问我会和他走，直接走到他家，令我惊讶的是他家离我家只有几栋楼的距离。很快，边界被确立，到头来只需要建立一个很小的国家，不用主张领土，甚至不用什么宪法，一个只有两栋房子（即便在黑暗里也可以找到）的酒醉的国家，甚至在日食和月食下，我很清楚需要走几步，如何沿着对角线，才能从我家走到伊万的家，我可以蒙着眼睛走。现在，迄今为止我所生活过的更广阔的世界——我总是恐慌，我口干舌燥，脖子上有被扼住窒息的印子——变得无足轻重了，因为它正与一些真正的力量抗衡（即使这种力量只包含等待和抽烟），像今天这样，于是什么也不会从这种力量中丢失。我必须小心地，在拿下听筒之后，把电话线绕十圈，因为它缠在了一起，这样下次有紧急情况时就会容易些，我也能在紧急情况发生之前就拨出：726893。我知道没有人会接，但这不重要，只要伊万的电话在那个漆黑的公寓里响着，而且我知道他电话机的位置，那个响着的铃声是对伊万所拥有的一切财物的宣告：是我，我在打给你。那把又沉又深的扶手椅会听见，他喜欢坐在上面，然后突然睡着五分钟，衣柜和台灯会听见，我们曾一起躺在它们底下的床上，还有他的衬衣、西装和扔在地上的脏衣服，这样阿格内斯太太就知道要把它们拿去洗。从我拨通这个号码开始，我的生活就不再变糟，我不再被压垮，不再陷入无望的困境，我不再前进但也不再偏离方向——因为我屏住呼吸，停止时间，我打电话，抽烟，等待。

　　如果出于某种原因，两年前我没有搬来匈牙利巷，如果我还住在贝娅特丽克丝巷，就和学生时期一样，或者像之后那样，住在国外，那么我的生活就可能走向任何方向，我也就永远无法发现这世界上最重要的东西：一切都触手可及，电话、听筒和电线，面包，黄油，我为周一晚上而留下的腌鱼（伊万最爱吃），或是我最爱的特制熏肠，所有东西都是"伊万"牌，来自伊万家。这家仁慈又强大的公司一定也买下了打字机、吸尘器，它们曾经发出叫人难以忍受的噪声，他将它们安抚、柔化。我楼下的车门不再砰地重重关上，就连自然也无意间落入伊万的庇护，因为鸟儿在早晨更轻柔地歌唱，允许人醒来后再睡一小会儿。

但自从做了这样的假设，更多事情发生了，奇怪的是，自认为是一门科学并在飞速发展的医学，竟对此一无所知：痛苦正在我的街区减少，在匈牙利巷 6 号和 9 号之间，不幸在变少，癌症和肿瘤，哮喘和梗死，高烧，感染，精神崩溃，甚至头疼和对气候的敏感都在减少，我问自己是不是有义务向科学家们汇报这简单的药方，从而使研究向前迈进一大步，这些研究声称能用更精良的药方和疗法抵御一切疾病。在这里，令人颤抖的不安、笼罩城市和或许所有地方的高度紧张，几乎都缓和下来，还有分裂症，这个世界的分裂的精神，它疯狂的、不断张大的裂痕，在不知不觉中，自我愈合。

仅剩的骚动是我寻找发卡和长袜的慌张，涂睫毛膏和眼影时、用很细的刷子画眼线时，或用粉扑蘸上深深浅浅的粉饼时，轻微的手抖。或者，当我在浴室和走廊来回走、找钱包和手帕时，眼眶无法控制的湿润，嘴唇的红肿——都只是些微小的生理变化，步履更轻盈了，让你看上去高了一厘米，体重也变轻了一些，因为就要到下午了，办公室会关门，然后白日梦的游击队会潜入并搅动匈牙利巷，他们会用光荣的布告和唯一的口令占领这里，而即便在今天也意味着未来的那个单词，若不是"伊万"，还可以是什么呢。

是伊万。伊万，一次又一次。

面对颓败和秩序，面对生，面对死，面对偶然，面对电台里的一切威胁，面对满是瘟疫的报纸头条，面对楼上楼下渗出的不忠，面对内部的缓慢腐蚀和外面的吞噬，面对布赖特纳太太每天早晨的冒犯，我守在我的位置上，在傍晚守候，等待，抽烟，越来越有信心并感到安全，比任何人都要耐久和安心，因为在这样的迹象中，我将获胜。

　　尽管伊万一定是为我而创造的，我却永远无法将他占为己有。他让辅音再次坚固并又可以理解了，他把元音打开，让它们再次饱满，他让词语再次回到我的嘴唇，他重建起早已被破坏的联结，让我从问题中解脱，因此我不会离开他一丁点，我将我们相同而响亮的名字首字母并排、叠交，我们用它为写下的小纸条署名，然后，当我们的名字结合在一起时，我们便可以再次从第一个词语开始，小心地，让这个世界重拾荣耀，而因为我们想要的是重生而非毁灭，所以我们小心翼翼地不在公开的场合碰触彼此，不看彼此的眼睛（除非偷偷地），因为伊万必须先用他的眼洗净我的眼，洗除那些在他到来前就已停留在我视网膜上的图像。然而，在无数次的清洗后，一个阴郁、可怖的画面重新浮现，无法拭去，伊万迅速地用明亮的画面盖住它，以阻止我恶的眼，让我不再有那可怕的表情，而我知道我是如何变成那样的，却不记得，不记得……

（你依旧不能，还不能，还有那么多在扰乱你……）

但因为伊万正在治愈我，世上的事情终究不会那么坏。

虽然一度所有人都知道，但既然今天已经没有人记得了，那么我就要揭示为什么这一切都要秘密进行，为什么我要关上门、拉上窗帘，为什么我要独自来到伊万面前。我不是想隐藏，我是想重新创造一个禁忌，即使我不明说，马利纳也清楚这一点，因为哪怕我的卧室门开着、只有我一个人在的时候，或是当他独自在公寓的时候，他都会经过我的房间，走去他的房间，就好像没有经过一扇开着的房门，也没有关着的门，没有任何的门，所以也就没有任何东西被亵渎，于是第一次的大胆之举和最后一次的温柔屈从仿佛又有了再一次发生的可能。莉娜不打扫这里，因为没有人可以进这个房间，没有任何要被揭露、剖解、分析的事发生，因为伊万和我互不伤害，不折磨，不将彼此置于死亡之轮下，不相互谋杀，我们这样庇护自己，保护自己的东西不被拿走。伊万从不多疑，从不问我，从不怀疑我，所以我自身的怀疑也消失了。因为他不打量我下巴上那两根不听话的毛发，也不注意我双眼下最初的两道皱纹，因为我第一口香烟后的咳嗽不会困扰他，因为他甚至在我就要说出冲动的话时用手捂住我的嘴，所以我告诉他一切我从未说过的话，用一种不同的语言，毫无保留，因为他从来就不想知道白天我做了什么，早先我在干什么，为什么我直到凌晨三点才回家，为什么昨天我没空，为什么电话占线了一个小时、我现在又在和谁说话，因为一旦我以一个普通的句子开始，说：我必须向你解释，伊万便打断我：为什么，你要和我解释什么，没有，没有任何事，你欠谁一个解释，肯定不是我，没有人，和任何人都无关——

但是我必须这么做。

你无法对我说谎，我知道的，我知道。

但只是因为我不需要撒谎！

你笑什么？你可以这样做，这不是什么羞耻的事。试一试，但你做不到。

你呢？

我？你非得问吗？

我不是非得问。

我也可以试试撒谎，但或许我只是有时候不告诉你一些事。你怎么想？

可以。我只能同意。你不是非得做什么，但任何事情你都可以做，伊万。

我们的相处如此轻松，而杀戮仍在城市蔓延，难以忍受的发言、评论和八卦碎语，在餐厅、派对、公寓、约尔丹家、阿尔滕维尔家、万丘拉家流转，或是通过杂志、报纸、电影和书本，展示给更穷一些的人，在这些地方，事物被讨论，又返回它们自身、退回我们，每个人都想赤裸地站着，剥光其他人的皮肤，让所有秘密消失，像上锁的抽屉被撬开，而里面的秘密已不复存在，什么也找不到，无助随着入侵、剥去衣物、窥视和拷问增加：没有燃烧的灌木，也没有即便是最微弱的光亮，狂喜的失志中没有，疯癫的清醒中也没有，世界的法则比以往任何时候都更容易被误解。

因为伊万和我只对彼此讲好的事和能让我们发笑（但我们从不嘲笑别人）的事，因为我们甚至可以在专注于其他事的时候笑，我们总能找到属于我们的表达方式，我希望我们能带来一场传染。慢慢地，一个接一个，我们会感染我们的邻居，我已经大概知道如何称呼这种病毒，而如果它成为一场流行病，它会给全人类带来好处。但我也知道要得这病有多困难，一个人要等多久才能足够成熟以迎接这场传染，而在它发生之前的一切，是多么困难，多么绝望！

伊万正疑惑地看着我，我一定是说了什么，于是我赶快转换话题。我知道那病毒的名字，但我会小心不在伊万面前提它的名字。

你在小声说什么？要得什么东西很难？你在说什么病？

不是病，我没有在说疾病，我只是在想有些东西很难得到！

可能是我太轻描淡写，又可能是伊万不理解那些马利纳长久以来理解、猜测、掌握的事，他甚至听不到我，我的思考和话语，况且我也从未和他说过关于病毒的事。

很多事情发生了，我积累了比免疫所需的更多的抗体，不信任、冷漠、因过多的恐惧而带来的不恐惧，我不知道伊万是如何面对这样的抵抗的，这样坚不可摧的痛苦，一个个为失眠完美演练的夜，无休止的紧张，对于一切的顽固放弃。但这一切在遇见伊万的第一个小时里便化为乌有，他并非从天而降，而是在兰德斯特拉塞主街上，站在我面前，眼睛略带笑意，很高，微微弓着背，只是为了这一点，我就应当给予他最高，绝对最高的荣誉，他遇见我并以我最初的样貌再次发现我，我最早的成分，他将被埋葬的我掘出，我要为他的天赋而祝福他，但，什么天赋？他的天赋实在有太多种了，既然无法穷举，我就从最简单的一种说起，就是，他让我的脸上又有了笑容。

最后我又能够凭这具身体自由走动了，这具我曾蔑视并将它孤立的身体，我感到其中的一切都在发生变化，平滑而带交叉纹理的肌肉正在松弛，从反复的痉挛中解放自己，两套神经系统同时发生转变，没有什么比这种转变更清晰的了，一种修补过程，一种净化，活着的真实证明，它可以被最先进的形而上学的工具测量和标记。这很好，我一下就理解了是什么在那第一个小时抓住了我，于是我立刻跟着伊万去了，心甘情愿，不带任何预想。我没有浪费一分钟：像这样的事，你从来不知道也无法预先知道，你不可能听说或在任何地方读到，它需要最大程度的仓促才可以发生。最小的琐事也可以在最初就扼杀它，让它窒息，在它生长时阻止它，世界上最强大的力量的萌发和出现是那么敏感，因为这个世界病了，不想要一个健康的力量出现。一声车喇叭会中断一句话，或者一个警察会给一辆乱停的踏板车开罚单，一个路人或许会从我们当中大叫着走过，一个送货员或许会挡住我们的视线，我的上帝，无法想象事情曾可能会变成那样！我或许会因为一辆救护车的警笛分神，于是就没有看橱窗里的头巾百合而是看向街道，伊万也可能会向谁借火而没有看到我。因为在那扇橱窗前，我们的处境是那么危险，因为即便是三句话也可能过多了，我们很快地告别那危险区域，很多事情由它去吧。这就是为什么我们花了那么久才越过那第一个微不足道的、无意义的句子。我甚至不知道今天可不可以这样说：我们能够说话了，能够像大多数人一样彼此对话。但不用着急。我们还有整个人生，伊万说。

　　无论如何，我们成功征服了最初的句子，愚蠢的开头，不完整的词组，句子的结尾，它们被相互包容的光环围绕。到现在为止，大部分句子都可以在电话里找到。我们反反复复地练习，伊万在下午晚些时候从他克恩滕环城大道的办公室里给我打电话，或是晚上从他的家。

喂。喂？

是我，你以为是谁？

哦，当然，抱歉

我怎么样？你呢？

不知道。今天傍晚？

我不太懂

不太？什么？所以你可以

我听不太清，你可以

什么？有什么？

不，没什么，晚点你可以

嗯，当然，我还是晚点打给你

我，我应该和朋友在一起

当然，如果你不行，那么

我没有那样说，只要你不

总之晚些我们联系吧

好吧，但是六点左右，因为

但那对我来说太晚了

是的，其实对我来说也是，但

或许今天没有什么意义

有人进来了吗？

不，是耶利内克小姐

哦，所以你不是一个人了

但请你，晚些，一定！

伊万和我各自有朋友，也有别人，但他或我都不太知道这些"别人"都做什么，甚至不知道他们的名字。我们必须轮流和这些朋友及别人一起出去吃饭，或至少在咖啡馆见面，或者我们需要带外国人游玩，即使不知道该做什么。而大部分时间，我们都在等下一通电话。如果有那么一次，仅此一次的机会，命运让我们在这座城市遇见，伊万和他身边的人在一起，我也有人同行，那么他至少会发现，我也可以看上去不一样，我知道怎么打扮（这一点他常常怀疑），也可以很健谈（他对此更加怀疑）。在他面前我变得沉默，因为最小的词语（是的，马上，那么，还有，但是，然后，哦！）都这么饱满，从我身上抵达他，它们有了一百倍的意义，它们比朋友和别人的趣闻、逸事，人们对我发起的言语上的挑战，比那些手势、情绪和虚有其表，要有效一千倍，对于伊万，我不做任何装模作样的事，我不会为了假装而做任何事，只要能为他做一杯饮料和晚餐，能时不时偷偷擦亮他的鞋、清除他外套上的污痕，我就心存感激：嗯，就是这样！这比在菜单面前皱眉、在人前说笑以留下好印象，比引导一场辩论、收集手背的道别吻和希望下次再见的祝愿，比兴致勃勃地和朋友一起回家，在洛斯酒吧再喝一杯，还有左右两边的贴面吻（再见！）要更有意义。因为当伊万在萨赫酒店吃午餐（当然是他的机构出钱，而且他必须去）时，我自然要在下午晚些时候去萨赫的"蓝"酒吧和人见面，无论我任其发生还是有意阻止，我们都不会撞见彼此，因为今晚我要在施塔特克鲁格吃饭，而伊万会和一些外国人去格林青，明天我会带一些人去海利根施塔特和努斯多夫（想到这种事就叫我绝望），他会和一位绅士在"三个轻骑兵"咖啡馆吃晚饭。很多外国人来见他，也有很多人来见我，这些"比如说"就成了我们今天无法见面的原因，所以我们只能打电话。而在我们属于电话的句子的集合里，有一个完全不同的子集，它存在于我们和不同的朋友外出前快速交换的眼神里，它和"比如说"有关。

伊万说，我太常说"比如说"了。为了驱赶这些例句，他现在也使用它们，比如，就在我们外出吃晚饭的前一个小时。

所以现在，比如说，我的聪明鬼小姐？当时的情况是什么样的呢，比如说，我第一次到你公寓的那天，再比如说，那天的后一天，我们看上去很可疑。

比如说，我从没有在街上和不认识的女人说过话，比如说，我也没有想过一个陌生女人会这样立刻邀请一个陌生人去——什么？

不要夸大！

比如说，我还不太清楚你到底是做什么的。有什么，比如说，是你一整天在家不动也能做的？让我，比如说，想一想。不，不要说话。

哦，但是，我很容易就说清楚了！

我，比如说，并不好奇，不要告诉我，我只是想知道一些事，但因为我前所未有地谨慎，我不期待得到回答。

伊万，不是这样的！

那是什么样？

如果我，比如说，今晚回到家很累，但还是熬夜等一个电话，那伊万，比如说，你会怎么想？

我想你应该直接睡觉，聪明鬼小姐。

说完，伊万走了。

和其他人不同，伊万无法忍受我特意等他的电话，为他花时间，或是调整我的安排，所以我悄悄地做这些，我思考并参照他的种种信条，因为许多事是他第一次教我的。然而，今天，已经晚了，我应该在十五年前去邮局的路上就遇见伊万。但学这些事情还不晚，但我可以应用它们的时间是那么少。但在按他的叮嘱睡去之前，我想，如果回到那个时候的自己，我就无法完全理解这些教导。

它在响，低鸣，嗡嗡作响，我抓过电话，因为那一定是伊万，我开始说，喂，但又轻轻挂掉，因为今天我不被允许打这最后一通电话。它又响了，然后马上停止，谨慎的铃声，或许是伊万，只能是伊万，我不想死，我还不想，如果那真的是伊万，他应该对我感到满意，觉得我早早地就入睡了。

但是今天我抽烟、等待，我在电话旁抽烟到半夜，我拿起听筒，伊万提问，我回答。

我要去拿个烟灰缸
请稍等，我也是
你也点了一根吗
嗯。是的。不，没有点着
你没有火柴吗？
我刚用了最后一根，我没有，用在了蜡烛上
你听到那个声音了吗？你，不要占我们的线

这台电话有些问题

什么？有人在不停地说话。为什么，蚊子？

我是说"问题"，不重要，我说的是问题[1]

我不太了解蚊子

抱歉，这个词用得不好

为什么不好，你在说什么？

没什么，只是如果你一直重复一个词

　　但即便有四个人同时说话，我也能分辨出伊万的声音。只要我能听到他，并且知道他能听见我，我就活着——即便我们的对话需要被打断，只要电话再次响起，它尖叫、嗡鸣、暴怒，有时候过于响，有时在冰箱、唱机或浴室的流水声下又过于轻，但只要它响起就好（谁又知道电话是用来做什么的，它的爆发又该被称作什么？），只要它能让我听见他的声音，那么无论我们是多么理解彼此，还是勉强理解，还是完全听不懂（因为维也纳的电话网出

1　此处是对话的两人因"问题"（Tücken）与"蚊子"（Mücken）的德语发音相近而造成的误会。

了几分钟的故障），我都不在乎，他说什么都不重要。我满怀期待，期待复苏，期待消逝——重新用简单的"喂？"开始我们的对话，但是伊万不知道这些。他要么打来，要么不打，总之，他打来了。

真好，你打来了
好，为什么好？
就是因为。因为你很好

但我跪在电话边的地板上，希望马利纳永远不要看到我这个姿势，也不要看到我如何俯卧在电话前，额头抵着镶木地板，好像穆斯林在毯上的样子。

你能说得更清楚一些吗
我必须移一下，好点了吗？
所以你现在在做什么？
我？没做什么

我的麦加，我的耶路撒冷！就这样，我从所有的电话用户中被拣选，我被拣选，我的723144，因为伊万知道如何在每一次拨号中找到我，他比找到我的头发、我的嘴、我的手都更确信无疑地找到了我的号码。

> 我今晚？
> 不了吧，如果你不行
> 但是是你先
> 对。但我不想去的
> 抱歉，但我觉得那是
> 我告诉你我没有
> 你最好去，我完全忘记了
> 你是忘了。所以你
> 那明天见，晚安！

所以伊万没有时间，听筒很冰，不是塑料的，而是铁的，它滑到我的太阳穴，我听到他挂了电话，于是希望这声响是一记枪声，短促，快，一切马上结束，我不想要伊万像今天这样，但因为他总是这样，所以我希望干脆就此终结。我挂了电话，仍然跪在地上，我把自己拖到摇椅上，从桌上拿了一本书，《太空旅行：去哪里？》，我狂热地读。满是废话，电话是他打来的，他也不希望事情是这样的，但我必须习惯，如果我不说话，他就不会说更多。一个章节结束了，月球被占领，为了不让马利纳生气，我把客厅桌上的信收好，在工作室里重读，我把它们堆在昨天的信上，我重新摆放文件，"非常重要""重要""邀请函""拒绝信""发票""已付账单""未付账单""公寓"，但我找不到那个没有标记的文件夹，那是我最需要的文件，现在电话响了，太大声了，可能是个长途电话，我带着狂热的友善朝那头尖叫，我不知道我在说什么，也不知道我在被迫与谁通话：小姐，小姐，接线员，转总部，我们被打断了，喂！但是是慕尼黑还是法兰克福？不管怎样我被打断了，我放下听筒，电话线又绕在一起，我说着话，忘记了自己是谁，也被绕进去了，都是因为和伊万的通话。我不可能为了慕尼黑或是其他什么事情而把这些线拧十圈回来。让它绕着吧。看书的时候，我让黑色的电话始终在我的视线里，睡觉前我把它放到床头。当然我可以换一台蓝色、红色或者白色的电话，但这不会发生，因为我不允许房间里任何其他东西发生变化，除了伊万，他是这里唯一新来的，没有什么能让我分心，当电话不响的时候，没有什么能让我从等待中分神。

维也纳寂静。

我在想伊万。

我在想爱。

想现实的注射。

想它只维持数个小时。

想下一剂、更强大的注射。

我在寂静中想。

我想已经晚了。

它无法治愈。它太晚了。

但我活着，和想。

我想那不会是伊万。

无论会发生什么，都不一样了。

我活于伊万。

我无法活过伊万。

总之，毫无疑问的一点是，伊万和我有时候会花一个小时，偶尔是一整个晚上，留给彼此，过完全不同的时间。我们过着两种生活，但不完全是这样，我们不会失去对于地点统一性的感知，即便伊万一定从没想过这些，他也无法从中逃脱。今天他在我家，明天我在他家，如果他不想和我说话，他会摆他的或我的象棋棋盘，在他的或我的公寓里，让我下棋。伊万会生气，他在下每一步之间用匈牙利语大吼，应该是侮辱性的或者是打趣的词，到现在我只能听懂 jaj 和 jé[1]，有时我会喊"éljen！"[2]，它不太合时宜，但是这么多年来我只知道这个词。

　　你到底在拿你的象做什么，好好想想，可以吗。你还不清楚我是怎么下的吗？除此之外，如果伊万还说"Istenfáját!"[3]或者"az Isten kinját!"[4]，我就只好推测这些表述应当属于一个无法被翻译的"伊万

1　匈牙利语中的两个语气词。

2　匈牙利语：万岁！

3　匈牙利语：天哪！

4　匈牙利语：老天在上！

咒骂词库"，自然，他用这些所谓的咒骂使我分心，伊万说，你没有任何策略，你没有认真在玩，你的后又被我将死了。

我必须笑，然后再次思考我的棋动不了的问题，伊万朝我眨眼。懂了吗？不，你还是不明白。这次你又在想什么，白菜，花菜，生菜，你只知道蔬菜。哦，现在这位没脑子的女士想分散我的注意，但我知道，你裙子的肩带滑下来了，想想你的象，你也已经露着你的大腿半个多小时了，但这没用，你把这叫作下棋，那么，小姐，你不能这样和我下，好，我们做做鬼脸，我早就想到了，现在你的象没了，亲爱的小姐，我再给你一条建议吧，从这里走，从E5 去 D3，但这是最后一次我这么好声好气了。

我还是在笑，丢了我的象，他下得比我好很多，主要是，有时我能在最后逼他和棋。[1]

伊万突然问：马利纳是谁？

我没法给出答案，我们在沉默中下棋，皱着眉，

---

1 国际象棋规则之一，一方未被将军，但无子可动，自动与对方和棋，称为逼和，又称欠行、困毙。

我又犯了错，伊万没有坚持摸子[1]的规则，把我的棋放了回去，我没有再犯错，棋局以逼和结束。

逼和后，伊万喝他应得的威士忌，他满意地看着棋盘，因为在他的帮助下我没有输，于是他想要知道更多我的事，但这不急。他依旧不说他想知道什么，他还没有说，他只是告诉我他不想很快得出结论，他喜欢推测，他甚至怀疑我有某种天赋，虽然他不知道是哪种，不管怎么说它一定和"状态好"有关。

你的状态应该一直挺好的。

说我吗，为什么是我！

伊万把眼睑垂到四分之三的地方，这样他就可以只从一条缝里看我，而他的眼睛这么幽深、温暖又大，所以他依旧能看到足够多的我，然后他说，除非我也有另一种天赋，一种邀请别人来破坏它的能力。

---

1 国际象棋规则之一，在棋局中选手的手摸到某一棋子就必须对它做出动作，如果是自己的子，则必须移动它，如果是对方的子，就必须吃掉它。

破坏什么？我的好状态？哪里好了？

伊万恐吓似的移动了他的手，因为我说了蠢话，因为即使有些事情现在就可以愈合，我也不想让它愈合。但我不能和伊万讨论这些，甚至不能向他解释为什么我在每个突然的动作前畏缩，我还是很难和他说话，就算伊万把我的两只手臂并拢压在身后，让我动弹不得，我也不怕他。然而，我的呼吸加快，在他这样问我时，呼吸变得更快了：是谁，谁让你这样想的，你的脑袋里除了这些愚蠢的恐惧还有什么，我不是你要害怕的人，你不应该对任何事感到害怕，你那全是生菜、豌豆和豆荚的脑袋里在想些什么，愚蠢的豌豆公主，我想——不，我不想知道是谁让你受惊、把头缩回去、摇头，又把头转走。

我们有许多和头相关的句子，成堆的，就像那些电话句集、象棋句集、普通的关于生活的句集，但还差了很多，我们没有任何关于感觉的句子，因为伊万从来不说，我也不敢说出第一句，但在所有那些我们已经知道如何构建的好句子之外，我常常想到这个遥远的、空缺的集合。因为当我们从说话转向做手势（这一点我们总是做得很成功）时，我感到一种仪式的开始，它取代了感觉，它不是一个空洞的过程或者无意义的重复，而是一种新被提取出的庄严公式的缩影，伴着我仅有的、可以真正献出的忠诚。

而伊万，关于这些，伊万又知道多少呢？但今天他说：所以那是你的宗教，所以就是那样。他的语气发生了变化，不那么明快，不再惊讶。最终他会知道我身上的事，因为我们还有整个人生。或许不在我们前面，或许只是今天，而今天我们确实拥有我们的人生，这一点不用怀疑。

在伊万离开前，我们坐在床上抽烟，他又要去巴黎三天，我不介意，我轻描淡写地说：哦……因为在我们节俭的对话和我真正想说的东西之间有一层真空，我想告诉他一切，但我只是坐在这儿，有些尴尬而准确地把烟头按进烟灰缸，然后把烟灰缸给他，好像最重要的事是不能让烟灰落在地上。

不可能对伊万讲我的事。但我应该不陷入这场游戏而继续前进吗？为什么我说游戏？为什么？这不是我的词语，是伊万的——也不可能。马利纳知道我担心的是什么。今天，我们很久以来第一次研究大地图册、城市地图，在词典里找每一个词，我们搜索所有地点和词语，让它们的光环显现，我赖以活下去的光环，因为它，生活少了一些苦痛。

我是那么难过，为什么伊万不做些什么，为什么他坐在那儿掐灭他的烟而不把烟灰缸扔到墙上、让烟灰撒满地板，为什么他对我谈论巴黎而不是留下或是带我走，不是我想要去巴黎，而是这样一来匈牙利巷之国就不会瓦解，我也就可以一直将它紧握，我的土地，我唯一的国。我沉默，很少说话，但我还是说得太多。太多太多。我荣耀的国，不是皇室－王室[1]，没有伊什特万圣冠[2]或神圣罗马帝国的

---

1 kaiserlich-königlich，德语历史术语，指涉奥匈帝国的二元君主制，其中 kaiserlich 指神圣罗马帝国的皇室头衔，königlich 指哈布斯堡王朝的王室头衔（尤其是匈牙利王国和波希米亚王国）。

2 Stephanskrone，匈牙利国王的王冠。

皇冠，我的国家有它新的联盟，我的国家不需要合法性、不需要得到承认，然而我只是疲惫地挪动了我的象，只是为了在伊万走下一步之后把它放回原位，我最好马上投降，告诉他我输了，但我想今年夏天和他一起去威尼斯或者沃尔夫冈湖，要是他真的没有时间的话，那还可以在多瑙河畔迪恩施泰因待一天，我知道那里有一家老旅馆，我会提及那里的葡萄酒，因为伊万很喜欢迪恩施泰因的葡萄酒，但我们永远不会去那些地方，因为他总是有很多事，因为他必须去巴黎，因为他必须明早七点起床。

你还想去电影院吗？我问，这样伊万就不会马上回家，我打开有电影广告的报纸。《飞天贼》《得克萨斯的吉姆》《里约热内卢的热夜》。但今天，伊万不想再开车去市里了，他没有收象棋，一口气喝空了酒杯，快速走到门口，和以往一样没有说再见——或许因为，我们前面还有整个人生。

我在睡裙上缝纽扣，时不时地瞥一眼面前的报纸堆。耶利内克小姐在等我，她低着头坐在打字机前，在两张纸中间插了一张复写纸，因为我什么话也不说，只是咬我的针线，所以她很高兴电话响了，伸手去拿听筒，我说：随便说您想说的，说我不在这儿，您要再确认一下（但耶利内克小姐应该去哪里确认呢，当然不是去衣橱或者储物柜里，因为我不可能在里面），说我病了，出去了，死了。耶利内克小姐看上去紧张而礼貌，她用手捂住话筒小声说：但这是长途电话，从汉堡打来的。

请您，耶利内克小姐，就按您喜欢的，随便说点什么吧。

耶利内克小姐选择说我不在家，不，她很抱歉，她不知道，她满意地挂断。总之，算是个消遣。

那么雷克灵豪森、伦敦和布拉格那边呢，我们要怎么说？我们应该今天就给他们写信，耶利内克小姐劝我，于是我很快开始：

亲爱的先生们：

非常感谢您某日的来信，等等。

但突然，我想到那件我在春天叫它春大衣而在秋天叫它秋大衣的大衣的里衬松了，我跑去衣柜，因为我必须把里衬缝好，我四处翻找深蓝色的线，然后轻快地问：我们到哪儿了，我刚说什么了？哦对，就写随便什么您想到的东西，说我走了或者我病了或者碰到了什么事。耶利内克小姐笑了笑，她很确定地写下"病了"，因为她喜欢更温和的拒绝，听起来友好而中立。不能给人留下可乘之机，耶利内克小姐说，她去洗手间的时候总会先请求允许。回来时她抹了香水，她很漂亮，高挑，苗条，和综合诊所的一个助理医生订了婚，然后用她修长美丽的手指在打字机上敲出"祝好"，或者时不时"此致"或其他亲切友好的问候语。

耶利内克小姐等着，等着，里衬缝好了，我们各自从杯子抿了一口。

以免您忘了，尤雷尼亚也很紧急。

耶利内克小姐知道她现在可以笑出声了，因为我们在维也纳，这里不像伦敦、圣巴巴拉和莫斯科那样让她心生敬畏，她自己写好了信，尽管我觉得它与那些寄给大学和协会的信可疑地相似，几乎一字不差。

然后是英格兰的问题，我咬着蓝色缝线的末端。不如，今天就到这里吧，我们下周再写完。我什么都没想。耶利内克小姐告诉我她太常听到这种说辞，这毫无益处，她坚持开始写，她想自己试试。

亲爱的弗里曼小姐：

　　感谢您 8 月 14 日的来信。[1]

但是现在，我必须向耶利内克小姐做这个复杂的解释。我恳切地告诉她：最聪明的办法是您写两行，然后把四封信都寄给里希特博士，我紧张地说，因为伊万随时都可能打来电话：但是不对，我第十次说，他的名字是武尔夫（Wulf）不是沃尔夫，不是童话里狼[2]的那个沃尔夫，您可以查到，不，是 45 号，我几乎可以肯定，所以请去查一查，然后把这些没用的东西归档，我们等他写回信，这个弗里曼小姐净把事情弄糟。

1　原文为英语。
2　Wolf，狼，作姓氏时音译为"沃尔夫"。

耶利内克小姐同意我的观点，她在我把电话拿去厅里时收拾了桌面。而下一分钟，它真的响了，我让它响了三次，是伊万。

耶利内克走了？

叫耶利内克小姐！

好吧小姐

十五分钟后？

应该可以

不，我们刚结束

就威士忌和茶，不要别的

就在耶利内克小姐梳头发穿外衣、打开合上她的钱包好几次、找她购物时背的网眼包的时候，她提醒我，还有三封我说想要写的重要信件，我们没有邮票了，她也想买一点透明胶带，我提醒她：下次一定要记得从那些小纸片上把人名记下来，然后写上日程表，您知道的，就是所有那些人，总有些我们不得不记住的人，一些真的需要被写在日程表或地址簿上的人，因为一个人记不了那么多名字。

耶利内克小姐和我互祝周日愉快，我希望她不会又要把那块丝巾系回脖子上，因为伊万随时都会出现，听到关门声和耶利内克小姐精致、结实的新高跟鞋鞋跟嗒嗒走下楼梯，我松了一口气。

因为伊万在路上，我迅速地结束手头的事，只有几封信还摊开着，伊万只问过我一次我在做什么，而我说：哦，没什么，但我看上去很尴尬，所以他不由得笑了。他对信不感兴趣，那是一张写着"三个谋杀犯"的普通的纸，他放了回去。伊万通常不提问，但今天他问了，这些笔记是什么意思，因为我留了几张纸在扶手椅上。伊万欣然拿起一张开始读：**死亡方式**。接着是另一张：**埃及黑暗**[1]。这不是你的字吗？你写的吗？我没有回答，伊万说：我不喜欢，我之前就猜是不是这样，没有人会想要这些躺在墓穴里的书，为什么不是别的，一定还有其他的，如：**喜悦欢腾**[2]，它让你因为喜悦而不能自已，你也经常因为喜悦而不能自已，为什么不写点这样

---

1 指记载于《出埃及记》第 10 章的黑暗之灾，为耶和华降临在古埃及的十灾之一；也是巴赫曼未完成的小说《弗兰扎之书》最后一章的标题。
2 Esulate jubilate，莫扎特有作于 1773 年的同名经文歌。

的东西。把这种痛苦带到市场上，给世间增加这些，真叫人厌恶，这些书让人作呕。这是种什么样的执念，对这些阴暗之物的执念，其中一切都是悲伤的，这些大开本让它们更加悲伤。哦，这里，对不起，但真的吗：**死屋手记** [1]。

我吓坏了，说：是的，但——

但没什么，伊万说，人们总在为全人类及其遇到的麻烦而受苦，他们谈论战争然后预言新的战争，但当你和我喝咖啡，或者当我们喝酒、下棋的时候，战争在哪里，饥饿濒死的人类在哪里，你真的为这一切感到抱歉吗，还是只为你输了棋而遗憾，还是为我马上就要饿死了而难过？还有，你为什么在笑，人类此刻有很多可笑的地方？但我没有笑，我说，可我依旧不得不笑，我允许苦难在别处发生因为在这里，在伊万坐着与我共进晚餐的这里，没有苦难。我只能想到还没有放到桌上的盐，想到我落在厨房的黄油，我不说出来，但在心里我决定为伊万寻觅一本美丽的书，因为伊万不希望我写那三个谋

1　Aus einem Totenhaus，陀思妥耶夫斯基有同名小说。

杀犯，不希望我在任何书里给世间增加苦痛，我已不再听他在说什么了。

一场词语的飓风开始在脑中呼啸，然后是光，一些音节开始发光，五颜六色的逗号从所有非独立从句中飞出，一度是黑色的句号胀成气球飘在我的颅盖顶，一切都会像"喜悦欢腾"那样，在这本我正开始寻觅的荣耀之书里。如果这本书出现，有一天它必将出现，人们会在读完第一页后就因快乐而倒地，他们会喜悦地跃起，他们会得到安慰，他们会继续读，咬着自己的拳头抑制兴奋的泪水，他们没法控制，然后当他们坐在窗边往下读的时候，他们会开始向街上的行人撒五彩纸屑，这样那些行人就会震惊地停下，好像走入了某种狂欢之中，然后人们开始扔苹果和坚果粒，扔枣子和无花果，就像是在过圣尼古拉节[1]，他们探出窗户，丝毫没有头晕

---

[1] 圣诞节庆祝的一部分。圣尼古拉被认为是会带来礼物的圣人，小孩在当天会获得礼物，当日也举行弥撒。圣诞老人即起源于此。

66

然后大喊：听，听！看哪，看看！我刚读到了美妙的东西，我可以读给你们听吗，大家凑近一些，实在是太美妙了！

他们停下开始留意，越来越多的人聚到一起。布赖特纳先生打了招呼调节气氛，他不需要手里的拐杖来证明自己是唯一的瘸子，他沙哑地问候道：你好，日安；那个肥胖的、只在夜里出门、到哪儿都坐出租车的女高音歌唱家，她似乎瘦了些，她一下子瘦了五十公斤，她出现在楼梯间，迈着戏剧性的大步走向阁楼，呼吸平稳，在那里开始唱她的花腔，她的声音年轻了二十岁："cari amici, teneri compagni!"[1] 没有人会轻蔑地说自己听过施瓦茨科普夫[2]和卡拉斯[3]，她们唱得更好，"肥婆"这个词从楼梯间消失了，第三区的人们平反，所有阴谋化为乌有。这本书出现之后一切都源自快乐，一本荣耀之书终于来到地球，而我以伊万之名开始搜寻它的第

1　意大利语：亲爱的朋友们，亲爱的同志们！

2　伊丽莎白·施瓦茨科普夫（Elisabeth Schwarzkopf，1915—2006），20 世纪后半叶最知名的抒情女高音之一。

3　玛丽亚·卡拉斯（Maria Callas，1923—1977），历史上最具影响力的女高音歌唱家之一。

一页，我做出神秘的表情，因为它是给伊万的惊喜。但伊万不断误解我的保密，今天他说：你满脸通红，发生什么了？你为什么笑得像个白痴？我只是问可不可以往我的威士忌里加点冰。

　　当我和伊万因为没有话说而静下来时，或者说，当我们不说话时，没有沉默降临，相反，我注意到我们被那么多东西包围，我们周围的一切都是鲜活的，一切变得容易被注意而不刺眼，整座城市都在呼吸、流动，因此我和伊万不感到担忧，我们并没有脱离这一切，没有如单子般被禁锢，没有与外界失去联系或陷入什么痛苦的境地。我们也是这个世界上可以被接受的一部分了，两个人，或悠闲或匆忙地走在人行道上，踏着斑马线过街，即使我们什么都不说，即使我们不直接与对方交流，伊万也会及时地抓住我的胳膊，搂住我，这样我就不会被汽车或电车撞到。我总是需要加快一些脚步来跟上他，因为他比我高很多，他走一步，我需要走两步，但为了与世界保持联系，我努力跟上他，尽量不落在太后面，在有事要处理的时候，我们就这样走到贝拉里亚大街、玛丽亚希尔夫大街或苏格兰环城大道。如果我们中有人快跟丢对方，我们会及时地发现，因为我们不像其他人，从不发脾气、互相挑衅、做无礼的事、冒犯或拒绝彼此。我们唯一清楚的是我们必须在六点前到旅行社，停车码表可能已经超时，我们要马上赶回去，然后开车回匈牙利巷，在那里我们很安全，免于所有能想象到的两个人可能面临的危险。我甚至可以把伊万送到9号，如果他很累，那他就不需要来6号，我答应一个小时后打电话叫醒他，哪怕他一定会在电话里骂我、诅咒我，抱怨他晚饭要迟到了。因为拉约什来了电话，以前他打过电话到我家找伊万，我用秘书一样的口吻友好、冷静地回答，抱歉我不知道，您可以试一下他的号码，而之后，我必须和又一个问题斗争：伊万不在家，也没和我在一起，又有一个叫拉约什的人在找他，他去哪儿了？我不知道，很不幸，我什么都不知道，当然我一直见到他，今天甚至恰好和他在城里散了步，我们恰好一起开他的车回了第三区，所以伊万之前的人生里有一个叫拉约什的人和他很

69

熟，并且还知道我的号码，而到现在为止，我只知道贝洛和安德拉什的名字，还有被他称作"母亲"的他的母亲，他提起这三个人的时候总是匆忙地说他需要去一趟上瓦特山，也不说具体的街名——这常常发生，只是我从未听他说起过另一个女人的事，孩子母亲的事，他只提到过他们的祖母，当然也就是伊万的母亲，但我想象着贝洛和安德拉什的母亲独自在布达佩斯，宾博路 65 号 2 栋，或者在格德勒的一座避暑别墅。有时候我觉得她死了，被枪击，被地雷炸死，或单纯因为某种疾病死在布达佩斯的一家医院，或只是待在那里，快乐地工作，和某个不叫伊万的男人共同生活着。

早在我第一次听到伊万叫出"gyerekek!"[1] 或"kuss, gyerekek!"[2] 之前，他就对我说过：我想你一定理解，我不爱任何人，当然，除了我的孩子，此外没有其他人。我点头，虽然我并不知道，但伊万理所当然地认为这对我来说也是理所当然的。**欢腾**。

---

1 匈牙利语：孩子！
2 匈牙利语：亲吻，孩子！

悬在深渊之上，我却想到了它应当如何开头：喜悦。

　　然而，由于今天是今年第一个暖和的日子，我们开车去了鹅岛。伊万有一个空闲的下午，只有对伊万而言，才有空闲的下午，或空闲的一个小时，他也有过空闲的晚上。至于我的时间，我的时间是否自由，甚至我是否知道自由和不自由意味着什么，我们从未讨论过。在伊万短暂的空闲时间里，我们躺在草坪上，鹅岛公共浴场前的微弱阳光里，我带着便携象棋盘，在一个小时的皱眉、兑子、王车易位、王后保卫和许多次将军的预警之后，我们又一次逼和。伊万想邀请我去那个意大利冰激凌铺吃冰激凌，但我们没有时间了，空闲的下午已经结束，我们必须赶回城里。下次我会吃到冰激凌的。当我们快速驶入城，穿过帝国大桥和普拉特斯特恩车站时，伊万把车内收音机开得很响，尽管这并不会盖过他评论其他司机怎么开车的声音，但广播里的音乐、车速、急刹车和再起步给了我一种大冒险的感觉，让我们开车经过的熟悉街道和地区都变得不同了。我牢牢握着把手，系紧了安全带，如果我有一副好嗓子，我想在车里唱歌，或者对他说快一点，再快一点，我大胆地松开车把，双臂向脑后展开，我对弗朗茨·约瑟夫码头、多瑙运河、苏格兰环城大道微笑，因为伊万正无所顾忌地环游市区，我希望我们会花很久时间穿过现在正要转入的环城大道，遇到堵车，设法通过，右边是我以前的大学，尽管它看上去有些不同，不再那么压抑，而城堡剧院、市政厅和国会大厦淹没在电台音乐里——它应该永不停止，它应该持续很久，持续一整场电影，一场没有放映过但我见证了其中一个接一个惊奇的电影，因为这部电影就叫作《和伊万开车穿越维也纳》，因为它叫作《幸福，与伊万的幸福》《幸福维也纳，维也纳幸福》，这些快速、令人眩晕的画面没有在伊万急刹车的时候，或阵阵汽油味的温热空气从开着的车窗涌入的时候停止，幸福，幸福，它叫幸福，它必须被叫作幸福，因为整条环城大道都被音乐浸绕，我们胡乱地开，我必须笑，因为今天我一点也不害怕，也不想在下一盏信号灯跳下车，我想让这辆车开上很多个小时，轻声哼歌，我自己能听见但伊万听不到，因为他放的音乐更大声。

Auprès de ma blonde（在我的金发女郎身旁）[1]

我

你什么？

我

什么？

我觉得幸福

Qu'il fait bon（多么美好）

你说什么了吗？

我什么都没说

Fait bon, fait bon（美好，美好）

我晚点再告诉你

你晚点什么？

我永远不告诉你

Qu'il fait bon（多么美好）

1　一首广为流传的法语歌曲的名字，歌中一位妇人向她父亲花园里的鸟儿哀叹她被囚禁的丈夫。这首歌曲出现在路易十四统治下的荷法战争期间或战争结束不久后，当时法国士兵多被囚禁在荷兰。后文反复出现歌词片段"Auprès de ma blonde / Qu'il fait bon dormir"。

告诉我

太响了，我没办法说得再响了

你想说什么？

我没办法说得再响了

Qu'il fait bon dormir（入睡多么美好）

告诉我，你今天必须告诉我

Qu'il fait bon, fait bon（多么美好，美好）

我复活了

因为我度过了冬天

因为我很幸福

因为我看到了城市公园

Fait bon, fait bon（美好，美好）

因为伊万的出现

因为伊万和我

Qu'il fait bon dormir!（入睡多么美好！）

晚上，伊万问：为什么只有哭墙，但没有人造喜悦之墙？

幸福。我很幸福。

如果伊万想的话，我会在整个维也纳那些曾经是旧堡垒、现在是环城大道的地方，建一堵喜悦之墙，在维也纳难看的"腰带"上建一堵幸福之墙。我们可以每天去看这些新墙，在那里倾吐快乐和喜悦，因为这就是幸福，我们是幸福的。

伊万问：我要关灯吗？

不，留一盏，请留一盏灯！

总有一天我会关掉所有的灯，但现在，睡吧，你幸福地入睡吧。

我觉得幸福。

如果你不幸福——

那么？

那你就永远没法做成任何好的事情。

我告诉自己，如果我感到幸福，我就可以做成。伊万悄悄离开房间，关掉每一盏灯，我听见他离开，静静地躺着，幸福地躺着。

我跳起来打开床头灯，头发蓬乱，咬着嘴唇，惊恐地站在房间当中，然后我冲出门把灯一盏接一盏打开，因为马利纳可能已经到家了，我必须立刻和他谈一谈。为什么没有幸福之墙？为什么没有喜悦之墙？我每晚走进的墙的名字又是什么？马利纳从他的房间出来了，他惊讶地看着我，摇摇头。和我在一起，还值得吗？我问马利纳，马利纳不回答。他领我走进浴室，拿一块毛巾放在温水里，然后用它擦了擦我的脸，他温和地说：看看你，这次又怎么了？马利纳把睫毛膏往我脸上乱抹，我推开他去找卸妆棉垫，走到镜子前，污痕消失了，黑色的印子，洗面奶棕红色的痕迹。马利纳看着我，若有所思，他说：你问得太多、太早了。现在还不值得，但或许之后会。

　　我在市中心靠近圣伯多禄教堂的一个古董商那里看到一张旧书桌，他不愿意降价，但我还是想买，因为这样我就可以写点什么，在一些，比如说，再也找不到了的古旧、耐用的羊皮纸上，用一支真正的羽毛笔，比如说，再也找不到了的那种，用某种墨水，比如说，不再被生产的那种。我想起身写一

本古书，因为今天，离我爱伊万已经过去二十年 [1]，
而离我认识伊万过去了一年又三个月又三十一天，
就在这个月的 31 日，我还想用没有人能懂的恐怖的
罗马数字写下一个年份，ANNO DOMINI MDXXLI
（公元 1521 年）。我会用红色墨水，用大写的字母描
出头巾百合的形状，我将可以躲进一个从未存在过
的女人的传说里。

---

1 巴赫曼在写作这本书时，正好离初遇诗人保罗·策兰（Paul Celan，
  1920—1970）过去了二十年。

卡格兰公主的秘密

从前有一位来自查格勒或查格兰的公主，她的家族后来也叫卡格兰。因为那在沼泽屠龙、使克拉根福得以在怪物死后兴起的圣乔治，也活跃在多瑙河对岸的老马奇费尔德村，所以在洪泛区附近有一座纪念他的教堂。

公主非常年轻，非常美貌，她骑一匹黑色的骏马跑在所有人前面。她的随从们商讨后恳请公主返回原处，因为他们进入的多瑙河畔的这片陆地非常危险，那时这里还没有边界，后来才有了雷蒂亚、马科曼尼、诺里库姆、默西亚、达契亚、伊利里亚和潘诺尼亚[1]，这里也还没有内、外莱塔尼亚[2]，因为大迁徙还在进行中。有一天，匈牙利的轻骑兵骑马冲出了平原，冲出

---

1 均为古罗马帝国行省名或与古罗马帝国同时期的古代王国、部落联盟名。
2 奥匈帝国的两个组成部分：内莱塔尼亚（即奥地利部分）和外莱塔尼亚（即匈牙利部分）。

幅员辽阔但尚未开发的匈牙利。他们骑着和公主的黑马一样快的亚洲野马越过这片土地，所有人都很害怕。

公主失去了她的地位，她几度被俘虏，因为她不参与战斗，然而，她也不想就这样嫁给匈牙利的老国王或者阿瓦尔[1]的老国王。他们把她当作战利品，由无数红色和蓝色的骑兵看守。由于公主是一位真正的公主，她宁愿死也不要成为一位老国王的新娘，在这个夜晚结束之前她必须鼓起勇气，因为她的囚禁者准备带她去匈牙利国王甚至阿瓦尔国王的城堡。她想过逃跑，希望她的看守在黎明前睡着，但希望逐渐渺茫。他们也夺走了她的黑马，她不知道如何逃出这个营房回到她青山上的家。她在帐篷里难以入眠。

夜渐深，她觉得自己听到了一个声音，不

1　Awaren，中世纪早期游牧民族，以潘诺尼亚平原为中心建立了政权。

说话而是在唱、低语，然后渐弱下去，但慢慢地它不再为异邦人唱，而是用一种让她着迷的语言，只为她唱，即便她完全听不懂。但她知道这个声音是只为她一个人而唱的。它在呼唤她。公主不需要明白那些词的含义。她着了魔一样地起身，打开帐篷走入一望无际的东方黑夜，她看到的第一颗星星掉到了地上。那个穿破夜晚的声音答应她实现一个愿望，于是她全心全意地许愿。突然，她看到面前出现一个穿黑色大衣[1]的异邦男子，他不属于那些红蓝骑兵，他在夜里掩住自己的脸。尽管看不到，但她知道是他在哀叹她的不幸，并用她未曾听过的声音为她歌唱，那声音充满希望，现在他前来解放她。他牵着她的黑马，她微微抖动嘴唇问：你是谁？你叫什么名字，我的救主？我该怎么答谢你？他把两根手指放到嘴边，她想应当是叫她安静，他做了一个手势让她跟上，然后把黑色的大衣披在她身上，这样就没有人能

---

1 黑色大衣是策兰最显眼的外在标志之一。

看见他们。夜里，他们比黑色更黑[1]，他领着她和她的马，马不嘶鸣，安静地踏着蹄子，他们穿过营房，到了一片干草地。他美妙的歌声还在她耳边回荡，公主沉醉在这声音中，她想再次听到它。她想要他与自己一同前往上游，但他没有作答，把缰绳递给了公主。她仍在极危险的地带，他示意她往前骑。她爱上他了，尽管她甚至没有看见他的脸，他一直掩着，但她照他说的做，她必须对他言听计从。她骑上黑马，无言地望着他，想用他的和她自己的语言说告别的话。她用双眼说了。随后他转身消失在黑夜里。

马开始往河的方向跑，潮湿的空气引着它去。公主这辈子第一次哭了，之后迁徙的人们在河上发现许多珍珠，他们将珍珠献给了他们的第一任国王，之后它们和其他最古老的宝石一同镶进伊什特万圣冠，人们今天仍可以看到。

---

1 这里化用了诗句 "Schwärzer im Schwarz, bin ich nackter"（黑色中更黑，我更赤裸），出自策兰写维也纳的诗歌《颂远方》（"Lob der Ferne"）。

抵达旷野后，她不分昼夜地向上游骑去，直到来到一个河水被无数支流分割向四面散去的地方，旷野变成了绵延的泥沼，上面布满低矮的柳树丛。水位依然正常，所以树丛在平原不止息的风里俯身沙沙作响，它们终身残疾，再也无法抬起身。它们像草一样缓缓摇晃，公主失去了方向。就好像一切都开始旋转，柳枝，青草：平原是活的，而这里只有她一个人。多瑙河的大水摆脱了不可移动的河岸的束缚，如释重负，它自由地走在河道错综的迷宫之中，河水像一条条宽阔的大道呼啸着穿过诸岛屿。公主认真地听泛沫的急流、涡旋和涡流，她意识到水正撕裂沙滩，吞没整片河岸和柳丛。岛屿下沉又重新堆起，每天变换着大小形状，平地因而继续存活，直到涨潮时，柳树和岛屿不留痕迹地消失在涨起的大水中。天上可以看到一缕烟，但看不到青山上公主的故土。她不知道她在哪儿，不知道杰温高地[1]，那些还没有被

1　Thebener Höhen，位于斯洛伐克首都布拉迪斯拉发，是小喀尔巴阡山脉的一部分。

命名的喀尔巴阡山脉支脉，她也看不见马尔希河偷偷潜入多瑙河，更不知道有一天在这片水上会出现国界，出现两个有自己名字的国家之间的分界线。因为那个时候没有国家，没有国界。

她的马跑不动了，这时她在一片石滩上下马，看着潮水越来越凶，她感到害怕，这预示着一场洪水。她看不到任何能走出这个只有柳树、风和大水的世界的路，她牵着马缓缓前行，为这个她正踏入的凄凉而魔幻的孤独王国着迷。她开始寻找适合晚上过夜的地方，太阳下山，而河流，那巨大的流动的生命体，放大它的声音与音调，它的拍掌声，它从河岸的岩石间迸出的大笑，在一个寂静弯道处微弱而甜蜜的耳语，它嘶嘶的沸腾，以及这一切水面的声音之下河床中均匀的轰鸣。夜晚，成群的灰色乌鸦飞来，鸬鹚在河岸列队，鹳鸟矗立在水中捕鱼，各种各样的湿地水鸟盘旋在夜空，空气里回荡着它们尖声的呼喊。

在公主还是孩子的时候，她曾听说过多瑙河畔这片极端严酷的土地，听说过那些神奇岛屿，人们在那里被饿死，产生幻觉并在毁灭所带来的愤怒中享受最大的狂喜。她感到那岛屿在随她移动，而她怕的不是咆哮的大水，相反，是那些柳树让她痛苦、生畏，有一种她无法言喻的不安。从它们身上散发出某种威胁，重重地压在了公主心上。她到了世界的尽头。公主在筋疲力尽的黑马前蹲下，马发出一声悲鸣，因为它也感到没法走出这里，它用垂死的眼神请求公主原谅自己无法带她穿越这片水域。公主在马身旁的一片洼地躺下，她感到从未有过的恐惧，柳树发出更多低语，它们嘶嘶地响，它们大笑，它们发出刺耳的尖叫、呻吟、叹息。没有士兵在追赶她了，但她被一个奇怪的军团包围，无数叶子在丛生的柳树梢头颤动，她在通往冥界的河边，她睁大了双眼，一大群黑影在向她靠近，她把头埋进双臂，这样就听不到骇人的风，然后又突然站起来，她听到了一些摩擦、敲打的声音。她无法前进或后退，只能勉强在河水与压倒一切的柳树之间做出选择，但在这最荒凉的黑暗之中，一道光出现在她眼前，她知道这不可能是人，只是一道幽灵之光，她向前迈步，死一样地害怕，却为它吸引、着迷。

那不是光，是一朵并非来自大地却在盛怒的夜晚开放的花，比红色更红。她向那朵花伸出手指而立刻感到了另一只手的触碰。风与柳树安静下去，月亮在多瑙河平静的水面上升起，一道白色、奇异的光，她认出了眼前这个穿黑色大衣的异邦男子，他握住她的手，另一只手的两根手指放在嘴前，这样她就不会再问他的名字。他用黑色、温暖的双眼对她微笑。他比先前吞没她的黑色更黑，她躺在他的怀里，沉入沙砾，他把那朵花放在她胸前，仿佛她死了，而后用大衣盖住她和花儿。

当这个异邦男子将公主从她死般的睡眠中唤醒时，太阳已高挂空中。他平息了自然，那真正不朽的自然。公主与异邦男子开始像昔日一样交谈，当一个人说话时，另一个微笑。他们互诉光明与黑暗之语[1]。大水退潮，而在太阳落山之前，公主听到她的黑马站了起来，喷着响鼻，小跑穿过了树丛。她从心底感到害怕，说：我必须继续走，必须沿河而上，和我走吧，再也不要离开我！

而异邦男子摇了摇头，公主问：你一定要回到你的族人中去吗？

异邦男子笑了：我的族人比世上所有人都老，他们四散在风里。

那就同我走吧！公主痛苦而急躁地大喊，可是异邦男子说：耐心，耐心一些，因为你知道的，你知道。公主在黑夜获得了第二次会面的机会，她因此流泪，说：我知道我们会再见面的。

在哪里？异邦男子笑着问，什么时候？因为真实的只有无尽的旅程。

---

1 这里化用了诗句 "wir sagen uns Dunkles"（我们互诉黑暗之语），出自策兰著名的情诗《花冠》（"Corona"），这首诗被普遍认为描绘了策兰与巴赫曼在维也纳短暂共度的时光。

公主看到那凋零、枯萎的花被留在地面，她闭上双眼，在梦的门槛上说：让我看见！

慢慢地，她开始描述：那会是在河流的更上游，再一次，会有一场大迁徙，那会是另一个世纪，让我猜一猜？会是在二十个世纪之后，你会像众人一样诉说着：恋人……[1]

什么是世纪？异邦男子问。

公主抓起一把沙，随后让它们快速地流过指尖，她说：二十个世纪就像这样，然后你将会来亲吻我。

那会很快，异邦男子说，继续讲！

那会是一座城市，在那座城里会有一条街道，公主继续说，我们会玩牌，我会失去我的眼睛，镜中将是星期天。[2]

---

[1] 这里化用了诗句 "als du sprachst wie die Menschen: Geliebte..."（你和众人一样诉说着：恋人……），出自策兰的诗歌《你在窗上徒劳地画心》（"Umsonst malst du Herzen ans Fenster"）。

[2] 这里化用了策兰两首诗的诗句："Wir spielten Karten, ich verlor die Augensterne"（我们玩牌，我失去了眼之星）出自《忆法国》（"Erinnerung an Frankreich"），"Im Spiegel ist Sonntag"（镜中是星期天）出自《花冠》。

什么城市什么街？异邦男子关切地问。

公主发出惊叹，说：我们很快会看到，现在我只知道词句，但当你用荆棘戳入我的心[1]，我们便会看到，我们会站在一扇窗前[2]，让我说完！那里满是鲜花，一朵花是一个世纪，有超过二十朵的花，我们就会知道我们在正确的地点，每一朵花都和这朵花相似！

公主跳上她的黑马，她无法再承受这些乌云，因为异邦男子正在密谋他与她的第一场死亡。他分别时什么都没说，她朝着远方渐渐显现的她青山上的故土骑去。她在一片可怖的寂静中骑行，因为他已把第一根荆棘戳入她的心，公主在城堡的庭院，在她忠实的随从间掉下了马，流血不止。但她只是微笑，在高烧中含糊不清地重复着：我知道的，我知道！

---

1 这里化用了诗句 "Ich treibe den Dom in dein Herz"（我把刺戳入你的心），出自策兰的诗歌《安静！》（"Stille!"）。
2 这里化用了《花冠》中的诗句 "Wir stehen umschlungen im Fenster"（我们交缠着站在窗中）。

我没有买那张书桌，因为它要五千先令，而且本来属于一座修道院，这一点让我很困扰，我也没法在上面写字，因为我没有羊皮纸和墨水，再说，耶利内克小姐也不会很支持，因为她习惯了我的打字机。我迅速把卡格兰公主的故事藏进一个文件夹里，这样耶利内克小姐就不会看见我写了什么，而且，更重要的是我们终于要完成一些事了，我坐在她身后通往藏书室的三级台阶上，一边整理一些纸张，一边口述给她：

亲爱的先生们。

当然，耶利内克小姐一定已经把抬头和日期写好了，她等着，我什么都没想到，于是我说：亲爱的耶利内克小姐，请随便写些您想写的，而迷茫的耶利内克小姐一定不知道什么叫"您想写的"。我很累，我说：比如说，写，因为身体原因，哦，我知道了，我们已经用过了？那就写写，比如说，有其他安排了，我们也用过这个太多次了？那就说谢谢，祝好。有时候耶利内克小姐感到惊讶，但她不表现出来，她不认识任何亲爱的先生，她只知道克拉瓦尼亚博士先生，他专攻神经学并且会在 7 月娶她，这是她今天告诉我的，她邀请我去参加婚礼，她会去威尼斯，而尽管她心里秘密地在想那家综合诊所，在想怎么装修新家，但她还在帮我填表，处理我一团糟的账单，她现在在打开这些成公斤的信件，按以下顺序：1962、1963、1964、1965、1966，她知道所有试图同我一起整理的努力都是白费，她用"保留""归档""根据项目归类"这样的咒语进行她的整理，她希望按首字母和年份顺序进行，她想把工作和私人信件分开，耶利内克小姐能够做好所有事，但我无法向她解释，自从遇到了伊万，我认为在这些事务上花的所有时间都是浪费，我必须先把自己整理好，我对整理这些杂乱的文件越来越不感兴趣。我再次打起精神，说：

亲爱的先生们：

　　谢谢您 1 月 26 日的来信。

亲爱的舍恩塔尔先生：

　　您所致信并声称您认识且甚至发出邀请的人不存在。我想试着解释，虽然现在是早上六点，但这对我来说似乎是一个向您及其他许多人解释的合适的时间，虽然现在是早上六点，我早该睡下了，但有太多事情不允许我入睡。您邀请我参加的不是什么儿童派对，或大人不在的撒欢聚会，而我敢肯定，派对、晚宴、接待都出自某种社交需求。您看，我在很努力地试图从您的角度来看这些事。我知道我们之前约好了，我至少应该打个电话，但我找不到词语来形容我的情况，再说，从礼节上来看我不应该打，因为它会禁止我说某些话。您看到的和我一直以来依靠的我那友好的一面，很不幸，正在慢慢离开我。您别以为我是不讲礼仪，是出于无礼让您等了这么久，礼仪几乎是我仅剩的东西，如果学校里教授"礼仪"，那一定会是我最喜欢、成绩最优异的课。亲爱的舍恩塔尔先生，很多年来我都无法——它一次时常会持续好几周——开门、接电话或给人打电话，我做不到，我不知道什么能帮到我，可能我已经没救了。

　　我也完全无法思考人们叫我去思考的事，截止日期、工作、约会，在早上六点，没有什么比我自己莫大的不幸更加清晰，因为在这一天的每一分钟，我的每一根神经都在被无尽的痛苦完全、均匀地击打着。我很累。我可以告诉您我有多累……

我拿起电话，听到嗡嗡的声音：电报录音，请稍候，请稍候，请稍候，请稍候，请稍候。我在一张纸上潦草地涂：

瓦尔特·舍恩塔尔先生，威兰大街10号，纽伦堡。很不幸不能前来，见信。

电报录音，请稍候，请稍候，请稍候。它响了，一个清醒、有活力的年轻女人的声音：请问您的号码是？谢谢，我会回电。

我们有很多疲惫的句子，我和伊万，因为他总是累得不行，尽管他比我年轻很多，而我也很累，伊万熬夜太晚，他和一些人在努斯多夫的酒馆[1]待到了早上五点，然后开车送他们回城里，在那里喝了匈牙利炖牛肉汤，那应该是在我给莉莉第两百次写信并做一些其他什么事的时候，至少我发了一封电报，伊万在白天给我打了电话，在工作之后，他的声音几乎难以辨认。

累到死，太累了
我已经死了
我觉得我还没死，我只是
我躺下了，我就这么躺着
至少这一次我可以睡一会儿了
今晚我要很早上床，你呢
我已经睡着了，但今晚

1　Heurigen，东奥地利特有的葡萄酒酒馆，由种植者或酿酒师经营并供应自己最新酿制的酒。

那就早点上床，就一次也好

像一只死了的苍蝇，我不知道

如果你这么累的话，当然

刚才真的好累，感觉死了

所以感觉今晚

当然如果你没有那么累的话

我好像没有听清

那就再仔细听一次

但你要睡着了

显然现在没有，我只是很累

你需要休息

楼下的门开着

可能我是很累，但你一定更累

……

当然是现在，不然你觉得是什么时候

……

我要你现在就在这里！

　　我扔下听筒，卸下疲惫，跑下楼梯，沿斜对角穿过巷子。9号的门虚掩着，房间的门也虚掩着，现在伊万又一次重复着所有关于疲惫的句子，直到我们都累到无法再说出我们有多累为止，我们停止说话，在最深的疲惫中让彼此保持清醒，我在模糊的黑暗里注视伊万，直到 00 号的叫醒服务响了，他可以再睡十五分钟，我仍希望、祈求并相信我听到了一句不是因疲惫而说出的话，一句能让我在这个世界上获得担保的话，但我的眼睛周围有什么在收紧，腺体的分泌物太少了，它甚至不够从我眼角流出一滴眼泪。一句为了某人而说出的话，便足以让那个人得到担保吗？一定有某种不属于这个世界的担保。

如果伊万一整周都没有时间，我就会失控，这是我今天发现的。这失控发生得无缘无故，也没有任何意义，我往杯子里放了三块冰，递给伊万，但我立刻起身，拿着自己的杯子走去窗口，我要找到走出这个房间的办法，或许我可以借口去洗手间，顺便在藏书室找一本书，虽然书和洗手间之间没有联系；在这之后，我可以逃离这个房间，我可以告诉自己，尽管耳聋，贝多芬还是在对街的屋子里完成了《第九交响曲》：但我不聋，事实上他也写了很多其他曲子，我可以告诉伊万，除了《第九交响曲》他还写了哪些曲子——但现在，我没法再离开这个房间了，因为伊万已经有所察觉，因为我的肩膀僵硬，因为这块小手帕已经不够擦干我的眼泪，伊万要为这场自然灾难负责，即便他什么都没做，因为人不可能哭得这么凶。伊万搭着我的肩，把我领到桌边，我应该坐下喝一杯，我在哭，但我想为我在哭而道歉。伊万很惊讶，他说：你为什么不该哭，哭吧，如果你想哭就继续哭，尽情哭，再多哭一些，你需要把自己哭干。

我把自己哭干，伊万在喝第二杯威士忌，他什么都不问，他不安慰我，他不紧张也不生气，他只是等着，就像等一场风暴过去，他听到我抽泣的声音变小，再过五分钟，他就可以把一块毛巾用冰水浸湿，盖在我的眼睛上。

我希望，亲爱的，我们不心怀妒忌。

不，不是那样的。

我又开始哭，但这一次只是因为哭起来的感觉

96

很好。

当然不是，没有理由。

但一定有理由。对我来说，这是没有现实的注射的一周。我不想要伊万问我理由，而他也永远不会问，他只会允许我时不时哭一下。

把你自己哭干！他会命令我。

我活在这个半野生的生动世界里，而生平第一次，我从对自己所处环境的评判和偏见中解放，不再准备对世界做出任何评判，只为一个即刻的回答做准备，为悲伤和惋惜、愉悦和幸福、饥饿与口渴，因为太久以来，我活着却没有真正活着。我那比任何死藤水[1]带来的幻觉都更丰富的想象力，终于被伊万启动，在我体内，他开启了某种庞大的东西，现在那东西由我散发开，不间断地向需要它的世界散发光，我从这里发出光线，这里不只是我生活的中心，而是我"好好生活"的意愿、变得更加有用的中心，因为我想要伊万像我需要他一样，在接下来的人生里，需要我。有时候，他也需要我，因为他

1　一种有致幻作用的饮料。

会按门铃，我会开门，他拿着报纸，环视一圈后说：
我马上要走，你今晚要用车吗？伊万拿着我的车钥
匙走了，而即便是他短暂的出现也会再次撼动现实，
他的每一句话影响着我、地球上所有的海、星座，
我在厨房里啃香肠三明治，然后把盘子放进水槽，
伊万还在说"我马上要走"，我擦拭积灰的唱片机，
轻轻地用一把丝绒的刷子掸地上的唱片，"我要你
现在就在这里"，伊万说，在他去上瓦特山的路上，
因为他必须马上去见他的孩子，贝洛扭到了他的手，
但伊万说："我要你现在就在这里！"我便必须在
吃三明治、拆信和打扫的间隙服从这个危险的句子，
因为一场激烈的爆发随时都可能在所有这些日常且
将不再是日常的事情的间隙发生。我往远处发呆，
一边听一边写下一份清单：

电工

电费

蓝色针线

牙膏

给 Z. K. 和律师的信

清洁工

我可以放一张唱片，但我听到"我要你现在就在这里"！我可以等马利纳，只是我最好还是去睡觉，我很累，我太累了，我累死了，"我要你——"伊万马上就要走，他回来交还给我钥匙，因为贝洛没有扭伤他的手，伊万的妈妈夸张了，我在厅里抓住伊万，伊万问：你怎么了，为什么笑得像个白痴？

哦，没什么，只是我感觉很好，好得像个白痴一样，我就要变成白痴了。

但伊万说：你想说的不是"好得像个白痴一样"，只是"好"，仅此而已。以前你感觉好的时候会怎么样？都会变得这么白痴吗？

我摇摇头，伊万开玩笑地抬起手，假装要打我，我又一次感到害怕，我哽咽地说：不要，请不要打我的头。

一个小时之后我不再颤抖，我觉得我应该告诉伊万，但伊万不会理解这么疯狂的事情，因为我没法和他谈论谋杀，我只能靠自己，因为今后我会试着切掉这个溃疡，为了伊万把它烧掉，我不能沉溺在这满是谋杀想法的水塘里，和伊万一起的话，我一定可以摆脱它们，他会洗净我的这些病，他会拯救我。但现在伊万既不爱我也不需要我，他又为什么会在未来爱我或需要我呢？他只是看到我的表情越来越平和，为能让我笑而高兴，他也会再次告诉我，面对一切我们都可以得到担保，就像我们的车有保险一样，无论地震与海啸、盗窃与事故、火灾与冰雹，而但凡有他的一句话，我就能感到安心，别无他求。在这个世界上，我没有任何担保。

今天下午，我打起精神去参加法国文化中心的一个讲座，当然，我迟到了，得坐在靠门的后排，远远地，弗朗索瓦和我打招呼，他在大使馆工作，他想以某种方式确保我们双方的文化互相交流、理解或彼此扶持，但不知道具体怎么做，我们都不知道，因为我们不需要，但是这对我们的国家有益处。他招呼我走近些，想要起身，指了指他的座位，但我不想现在走去弗朗索瓦那儿并引起骚动，因为一些年长的戴帽子的太太、先生和年轻人靠墙站在我边上，他们像在教堂里一样听讲，慢慢地我听进了一两句话，而现在，我也低下头，我反复听到什么"la prostitution universelle"[1]，非常好，我想，完全正确，这个从巴黎来的男人有一张苍白、禁欲的脸，他用唱诗班男孩一样的声音讲着索多玛的一百二十天[2]，现在我第十次听到普遍卖淫的问题，房间里满是虔诚的聆听者，普遍的不育，这房间开始绕着我旋转，但至少我终于想知道普遍卖淫是否会持续下去，在这座萨德的教堂，我挑衅地瞥了一眼一个也回我以渎神之眼神的年轻人，我们这样暗中密谋般相互看了一个小时，就好像在宗教裁判所[3]时期的教堂。我齿间叼一块手帕，在我开始大笑之前，在我被抑制的大笑变成不间断的咳嗽之前，我走了出去，离开一屋子气愤的听讲者。我必须立刻打电话给伊万。

1 　法语：普遍卖淫。马克思认为，卖淫是一个广泛的概念，所有的工资劳动都是某种形式的卖淫，"卖淫不过是工人普遍卖淫的一个特殊表现而已"（《1844 年经济学哲学手稿》）。
2 　120 Tage von Sodom，法国贵族萨德侯爵有同名著作。
3 　Inquisition，1231 年由天主教多明我会设立的宗教法庭，1904 年改组。该组织存在的几个世纪中，以宗教为名进行了许多不当审判。

我觉得怎么样？很有意思

好吧，还行，你呢

没什么，很有趣

你一定要早点睡

你才是在打哈欠的那个人，你应该去睡觉

我不去，我不知道

不，但明天我一定要

一定要明天吗？

我独自坐在家中，放了一张纸到打字机里，我
什么都没想就开始打：死亡将至。

耶利内克小姐留了一封信让我签字。

亲爱的舍恩塔尔先生：

　　谢谢您去年的来信。我沮丧地发现它是 9
月 19 日的来信。很不幸，由于其间发生了许多
事，我无法早点回信，今年我同样无法给您更
多承诺。感谢，祝好。

我又放了一张纸到打字机里，把第一张扔进废纸篓。

亲爱的舍恩塔尔先生：

今天我在莫大的惶恐和无比的匆忙中给您写信。我不认识您，所以相比于给朋友们写信，给您写更容易，也因为您是一个活生生的人，这一点我从您友善的努力中可以推断出来——

维也纳，……

一个不知名的女人

所有人都会说，伊万和我在一起不幸福。或者说，很久以来我们没有理由说自己幸福。但所有人都不对。"所有人"谁也不是。我忘记在电话上问伊万税表的事，伊万大方地答应明年帮我报税，我不在乎税和今年的这些税过几年会有什么影响，我只关心伊万，伊万说起明年，伊万告诉我今天他在电话上忘说了，他吃够了三明治，想知道我会烧什么菜，现在我比期待明年一整年都更期待这一晚。因为如果伊万想要我做饭，那一定意味着什么，到时候他就没法像喝完一杯酒以后那样马上逃走，而今晚我翻遍我的图书，却找不到一本烹饪书，我必须马上去买几本，奇怪，我一直以来都在读些什么，如果我不能把我读的东西用在伊万身上，那对我又有什么用。在贝娅特丽克丝巷 60 瓦的灯泡下读《纯粹理性批判》；在国家图书馆小小的阅读灯的昏暗光线里读洛克、莱布尼茨和休谟，我用从前苏格拉底哲学家到《存在与虚无》间的所有概念自我迷惑；在巴黎一家旅馆 25 瓦的光线里读卡夫卡、兰波和布莱克；在柏林一条寂寞的街道 360 瓦的灯光下读弗洛伊德、阿德勒和荣格；肖邦练习曲的安静旋转；在日内瓦附近一片沙滩上研读关于征用知识产权的煽动性演说，每一页都裹在太阳里，沾满盐粒；在克拉根福，高烧中读《人间喜剧》，因抗生素而身体虚弱；在慕尼黑读普鲁斯特，直到天亮，直到屋顶工冲进阁楼；读法国伦理学家和维也纳学派逻辑实证主义，我的长袜松垮垮地挂着；一天三十根法国香烟，读从《物性论》到《理性崇拜》的一切；

在研究躁郁和精神分裂病史的施泰因霍夫疯人院钻研历史和哲学、药学和心理学；在大报告厅[1]只有6摄氏度时写剧本，38摄氏度时在阴凉处记下关于"de mundo, de mente, de motu"[2]的笔记；洗完头读马克思和恩格斯，烂醉时读列宁；心烦和想逃跑时读报纸、报纸和报纸；还是个孩子时站在点火的炉灶前读报纸；到处读报纸、期刊和平装书；在所有火车站的所有火车里，在电车上，在公交车上，在飞机上，读关于一切的一切，用四种语言，"fortiter, fortiter"[3]；读一切被理解为可读的东西；从一个小时里阅读的一切中解脱之后，我躺在伊万身边，我说：如果你真的想要的话，我会为你写一本尚不存在的书。前提是你必须真的想要，想从我这里得到，而且，我绝不会要求你读它。

伊万说：希望它是一本有美满结局的书。

希望如此。

1　Auditorium Maximum，维也纳大学最大的报告厅。
2　西班牙语：世界的，心灵的，运动的。
3　拉丁语：有力地，有力地。

我把肉均匀地切块，细致地把洋葱切碎，准备辣椒，因为今天我要做匈牙利炖肉，还有作为前菜的芥末酱鸡蛋，只是我还在犹豫，之后再做一份杏仁馅土豆丸子是不是太多了，或许一些水果就好，但如果新年前夜伊万在维也纳，我想试一下做白俄罗斯蜜酒[1]，你需要熬糖加进去，就连妈妈也不再这样做了。我可以通过烹饪书猜哪些菜我做不了而哪些菜可以做，哪些菜伊万会喜欢，但书里讲了太多关于如何通过搁置、提取、搅拌、揉捏来调和口味的内容，关于顶部和底部温度的内容（我不知道要怎么通过电烤箱来达到），或者关于烤箱表盘上的数字"200"是否适用于我这本《古奥地利邀你共餐》或《小匈牙利厨房》的内容，我只是试着给伊万一个惊喜，他正在为餐厅里第一百份烤肉、里脊肉、清炖牛臀尖肉配辣根酱和一成不变的作为甜点的果酱烤饼感到绝望。我为他做的食物不在菜单上，我尝试研究出如何把猪油与甜酸奶油的美好旧时光，

1　Krambambuli，白俄罗斯传统酒精饮料，一款由红酒和各种烈酒调制而成的鸡尾酒。

和酸奶与微淋着油、柠檬汁的生菜的明智新时代（由富含不允许烹饪的维生素的蔬菜主导，计算碳水量，注重卡路里和适度调味，不含香料）相混合。伊万不知道我已经起床了，而且一早上都在四处愤愤地问，为什么不卖细叶香芹了，哪里可以找到龙蒿，什么时候可以买到菜谱上说需要的罗勒。和往常一样，超市只有欧芹和韭葱，鱼市很多年都不卖河鳟了，所以我把能弄到的一点点香料随便撒在肉和蔬菜上。我希望洋葱的气味不会一直留在手上，我一遍遍跑去洗手间洗手，然后用香水除掉一切气味的痕迹，然后梳头。只可以让伊万看到成果：桌子已经摆好，蜡烛点上了，而马利纳会惊讶于我竟然及时地冰镇了葡萄酒，热了盘子，在倒酒和烤面包之间，我在马利纳的剃须镜前涂上眼影和睫毛膏，把眉毛修成合适的样子，而这些无人赞赏的同步行动比我做过的任何事都费神。但为此，我会获得最高的奖励，伊万会在七点就来，然后待到午夜。五个小时的伊万足以给我好几天的信心，是循环支持，血压提升，病后调养，预防治疗，是痊愈。为了截下伊万生活的一小片，没有什么是过于麻烦的，对我来说没有什么是太勉强、太费力的：如果伊万在晚餐时提起他在匈牙利经常玩帆船，那么我立刻就想学习驾驶帆船，如果可以的话，明天醒来的第一件事，就是去老多瑙，去凯撒瓦瑟，这样如果哪天伊万再去，我就可以一起去。因为我无法将伊万绑住。由于晚餐备好得太快了，我站在厨房里守着烤箱，思考我的无能为力，它取代了那么多我能够做到的事。绑住意味着限制、战术、有策略的撤退，伊万称之为"游戏"。他让我留在"游戏"中，因为他没有意识到，这一切对我而言已不再是"游戏"，"游戏"结束了。每当我给自己找借口，每当我等伊万，我就想到伊万教我的事情：伊万认为，我应该开始尝试平静地让他等着，我也不应该再给自己找借口。他还说：我才应该是在后面追你的那个人，你最好永远不要追我，你非常需要补课，是谁没把你教好？但由于伊万丝毫没有好奇心，也不是真的想知道是谁没有把我教好，所以我只好立刻退一步，分散他的注意力，当然，会有一天我能成功地回应他一个耐人寻味的微笑，一种情绪，一种令人难受的氛围，但这些都不会对伊万奏效。你太透明了，伊万说，我每分钟都能看出你在想什么，你得玩这个"游戏"，要点什么花招。但我该做什么？我做的第一个尝试——指责伊万昨天没有回电、忘带我的烟、到现在还不知道我抽什么牌子的烟，换来了一个鬼脸。因为当伊万按响门铃，甚至在我走到门口之前，我的指责就蒸发了，伊万立刻从我脸上读出气象报告：晴朗，明媚，暖锋，万里无云，连续五个小时的美妙天气。

你为什么不直接就说

什么？

说你想再来找我

但是！

我不会允许你这么说的

看吧

这样你就必须留在"游戏"里

我不要什么游戏

但没有游戏是不行的

因此，通过想要"游戏"的伊万，我学会了一组咒骂的句子，我仍然为第一句脏话感到震惊，但现在我几乎上瘾了，并一直期待它们的出现，因为伊万开始咒骂是一个好迹象。

臭女人，没错，就是你，不然呢？

你老是让我改主意，没错，就是你

因为事实就是这样，笑一笑

别那样冷眼看我

Les hommes sont des cochons[1]

你至少懂这几句法语吧

Les femmes aiment les cochons[2]

我想怎么对你说话，我就怎么说

你这个小婊子

就这样，随便你怎么对我

不，我没有想要更正你，是要你学更多

你太蠢了，什么都不懂

你必须成为一个货真价实的大婊子

1　法语：男人都是些猪。
2　法语：女人都爱猪。

要是你成为史上最大的婊子就好了

是的，那就是我想要的，不然呢？

你必须彻底改变

凭你的天赋，你知道的，你当然有这种天赋

你是个女巫，为什么不好好用你的巫术

他们完全把你宠坏了

你就是这样对吧，不要为每个词都不开心

你不懂规则吗？

　　咒骂的句子是伊万独有的财产，因为我不回答，只发出感叹，或通常只说一句"可是，伊万！"，而这句话也已经不像最开始那样严肃了。

　　伊万对适用于我的规则又了解多少？而我依旧惊讶于，伊万的词典中竟有"规则"。

　　尽管我们有很多不同，但谈到自己的名字时，马利纳和我有同样的羞怯——只有伊万有一个完全符合他的名字，而因为这个名字对他来说理所当然，因为他认同它，所以念他的名字让我感到愉悦，想这个名字，对自己轻声念它，也一样。伊万的名字成为愉悦的源头，我穷困生活里不可缺少的奢侈品，我确保伊万的名字在城市的四处被提及，被低语，被安静地念想。即使当我独自一人，在维也纳穿行的时候，也有那么多地方，我可以对自己说——我和伊万走到过这里，我在那里等过伊万，我和伊万在"林德"吃过晚饭，我和伊万在白菜市场街喝浓缩咖啡，伊万在克恩滕环城大道工作，这里是伊万买衬衫的地方，那里是伊万的旅行社。他不会再需要赶去巴黎或者慕尼黑了！还有我和伊万没有去过的地方：我对自己说，有时间我要和伊万在晚上来这里，从科本茨尔的观景台或是绅士巷的高楼俯瞰城市。一听到自己的名字，伊万就会有所反应、跳起来，但马利纳迟疑，我和他一样迟疑。伊万做得对的地方在于，他不会总是对我直呼其名，而是用随便什么突然想到的贬义粗俗绰号，或只是说"我的小姐"。我的小姐，我们又露馅儿了，多么可耻，而现在我们要尽快戒掉这个恶习。Glissons. Glissons.[1]

---

1 法语：我们滑过去。我们滑过去。

我理解为什么伊万对马利纳不感兴趣。我也小心地不让他们中任何一方侵入另一方。但我不完全明白为什么马利纳从不谈论伊万。他不提他，即便只是顺口提一句都没有，他熟练地避开，以免听到我和伊万的电话或在楼梯间撞见伊万。他表现得好像依旧不认识伊万的车，即便我的车经常停在明茨巷，就在伊万的车前后。早上，当我和马利纳出门，我会开一小段车送他到兵工厂巷以免他上班迟到，他应该能注意到我不把伊万的车当作路障，而是温柔地和它问好，用手抚摸它，就算它满是灰尘或湿漉漉的，我因看到那个号码过了一整晚没有变化而感到宽心：W 99.823。马利纳上车，我等待着一些发泄、嘲讽的话，让人尴尬的评论，神情的变化，但马利纳用他无懈可击的自控，无限冷静的信任折磨着我。我如此强烈地期待一场巨大的指责，而马利纳只是刻板地告诉我他这周的计划：今天他们会在名人堂拍摄，他会和武器专家、制服专家、勋章专家见面谈话，导演去伦敦做讲座了，因此马利纳

113

得独自去多禄泰[1]参加一场武器和图像拍卖，但他不想做任何决定，年轻的蒙泰诺沃会获得一些实战练习，马利纳这周六和周日都要工作。我忘了这周又轮到马利纳值班，显然马利纳一定也发现我忘了，因为我说错了话并显得过于惊讶，但他继续骗自己，好像没有其他人，没有其他事发生，好像就只有我和他两个人。好像我想的人依然是他——和以往一样。

我已经几次找借口推迟和米尔鲍尔先生见面，他曾在《维也纳日报》工作，然后又任性地跳槽去了日报的政治竞争对手《维也纳夜讯》，但米尔鲍尔先生总能凭借他的坚持不懈，他的"亲吻您的手"[2]电话达成目标，最开始所有人，和我一样，都认为和他见面只是为了摆脱他，但说着说着，突然这一天就来了。很多年前米尔鲍尔先生仍必须做笔记，

---

1 Dorotheum，创始于 1707 年，是世界上最古老的拍卖行之一，总部设于维也纳。

2 Küss die Hand，维也纳的问候方式。

但现在他用一台录音机，抽"美景宫"牌雪茄，不拒绝威士忌。如果说，所有采访者问的问题都大同小异，那么这位米尔鲍尔对我的采访可以说把冒失做到了一个极致。

问题一：……？

答：此刻我在做什么？我不确定我是不是理解对了。如果您是说今天，那我还是不说了，不谈今天的事。如果我换一种方式理解您的问题，广义上的时刻，以这个时刻指代所有时刻，那我还不够格，不，我是想说，我不是什么权威，我的意见不可靠，我没有任何意见。之前您说我们生活在一个伟大的时刻，而当然，我还没有准备好活在这样的伟大时刻，谁能在幼儿园或者开始上学的时候就想象这些呢，包括之后，在高中甚至是在大学也一样，人们谈论着数量惊人的伟大时刻，伟大活动，伟大人物，伟大想法……

问题二：……？

答：我的发展……哦，您是问我精神上的发展。夏天的时候，我在戈里亚散步、躺在草坪上。抱歉，但这也是发展的一部分。不，我还是不说戈里亚在哪儿了，不然它就会被卖掉、被开发，这个想法让我无法忍受。回家路上我必须穿过铁轨路堤，那里没有人行道，有时候很危险，因为有榛子树丛和一株白蜡树挡着，您看不见对面来的火车，但今天您已经不用管铁轨路堤了，只要走地下通道就好。

（咳嗽声。米尔鲍尔先生莫名的紧张让我也开始紧张。）

至于这个伟大的时刻，或者，那些伟大的时刻，我想起一句话，但也不是什么新鲜的事情：历史是老师，但没人听课。[1]

（米尔鲍尔先生友善地点头。）

但当某种发展确实开始了的时候，您会承认它的发生……是的，我当时想要学习法律，三个学

1　引自意大利马克思主义思想家安东尼奥·葛兰西（Antonio Gramsci, 1891—1937）的《狱中札记》。

期后我退学了，五年后再次开始，然后过了一个学期又放弃，我没法成为一名法官或检察官，但我也不想做律师，我单纯地不知道我可以代表谁，为什么辩护。无论是代表每个人还是不代表任何人，无论是为所有事还是不为任何事辩护。您看，米尔霍夫先生，抱歉，米尔鲍尔先生，如果您是我，您会怎么做呢，我们全都被同一套规则困住了，同一套没有人懂的法律，因为我们无法理解法律究竟有多可怕……

（米尔鲍尔先生点头。新的不安。米尔鲍尔先生需要换录音带。）

……好吧，如您所愿，我会说得更清楚些，说到点子上，但我只是想补充，生活中有这么多的警告，您是知道的，因为正义近在咫尺，迫切地需要伸张，我想说的是，不排除它只是一种对遥不可及的纯粹伟大的渴望，这就是为什么它既迫切又近在咫尺，这一咫尺的距离，我们把它叫作不公。还有，每当我要穿过博物馆街，途经正义宫的时候，我就难受，或者当我偶然路过帝国街，来到国会大厦附近的时候，从那里看去，我没法对正义宫视而不见，

"正义"和"宫"这两个词竟然连在一起，这是个警告，就连不公都不能在那里被受理，更不要说正义了！在发展的时候没有什么是没有后果的，正义宫正一天天被烧毁……

（米尔鲍尔先生低声说：1927年，1927年7月15日 [1] ！）

这样一座可怕的宫殿一天天被烧毁，巨大的雕塑，巨大的被人称为审判的讨论和宣告！一天天被烧毁……

（米尔鲍尔先生停下，问他能不能删掉最后一段，他说"删掉"的时候已经在删了。）

……哪些经验给我……？有什么事物给我留下了深刻印象？我曾经觉得，我在地壳的凹槽上出生是一件很奇怪的事，您知道我对这些不太了解，但一定的地向性对人们来说不可避免。它的确比任何其他事物都要更影响我们的方向感。

（米尔鲍尔先生感到困惑。匆忙示意叫停。）

---

1 历史上，维也纳在这一天爆发叛乱，正义宫被烧毁。

问题三：……？

答：我对年轻人的想法？没什么，真的没什么，反正到现在为止，我是从来没想过，您得对我耐心一点，因为您问的大多数问题，实际上所有人问我的大多数问题，都是我从来没问过我自己的。今天的年轻人？那我就要想今天的老年人和今天不那么年轻但也不算老的人，要想清楚这些分类太难了，这些领域，这些被划分的范围，青年和老年。您知道，抽象估计不是我的强项，我眼前立马就会看见他们一个个堆起来，比如说，像儿童乐园里的小孩，不用说，一群小孩聚在一起是我的噩梦，但我也完全不能理解，为什么小孩们可以忍受和那么多其他小孩在一起。如果小孩分散在大人当中的话那还好，但您有没有在学校待过？没有一个小孩不是头脑有问题或被彻底宠坏的——然而他们中的大多数都是这样——不可能有任何一个小孩会想活在一窝小孩当中吧，承受其他小孩的问题，和其他小孩分享除疾病之外的更多东西，比如说，按我的说法，一种发展。所以任何规模的孩童的聚集都足以令人担忧……

（米尔鲍尔先生摆了摆双手。显然不同意。）

问题四：……？

答：我最喜欢的什么？我最喜欢的工作，对，这是您的问题。我从来没有什么要忙的。一项工作有限制性，我会因此失去哪怕是最小的俯瞰全局的视角，或者任何视角，我绝不会让自己进入这种随处可见的忙碌，您肯定也看到了世上这疯狂的匆忙，听见了它发出的地狱般的声响。如果可以的话，我要废除工作，但我只能在我能力范围内废除它，然而，对我而言，工作的诱惑并不大，我不以此为荣，我也完全不理解这样的诱惑，我不是想要把自己说得比实际更好，当然我以我不敢提及的方式被诱惑着，每个人都面临最难的诱惑，屈服于它们，无望地挣扎，请您，现在不要……我还是不说了。我最喜欢的，您说的什么来着？风景，动物，植物？最喜欢的什么？书，音乐，建筑，画？我没有最喜欢的动物，没有最喜欢的蚊子，没有最喜欢的甲虫，没有最喜欢的毛毛虫，哪怕出于世界上最好的意愿，我也无法告诉您我偏爱哪种鸟、哪种鱼、哪种捕食者，要让我在广义的事物间做选择也很难，比如在有机和无机之间。

（米尔鲍尔先生高兴地指了指弗朗西丝，它刚安静地走进来，打着哈欠，伸展四肢，然后跳上了□子。米尔鲍尔先生要换磁带。和米尔鲍尔先生闲□他不知道我家里有猫，您要是早点提到您的猫□，米尔鲍尔先生责怪道，猫有助于增加个人□我看了看钟，紧张地说，但猫只是正好出现□全没法在城区里养猫，猫是不可能参与问□少这几只猫不可能，现在特罗洛普也进来□地把它们赶走。[1] 磁带开始转了。）

□题四：……？（第二遍）

□答：书？是的，我读很多书，我总是读很多书。□我不确定我们是否理解了对方的意思。我最喜

1　两只猫的名字取自英国小说家、讽刺作家弗朗西丝·特罗洛普（Frances Trollope，1779—1863）。

欢在地上读书，或者在床上，几乎都是躺着的，不，和书关系不大，主要是和阅读有关，关于白纸黑字，关于字母、音节、换行，关于这种非人的定型、符号、这些规定、这种从人身上流出然后在表述里凝固的妄想。相信我，表述是妄想，它源自我们的妄想。也和翻页有关，和从一页狩猎到下一页有关，和逃跑有关，和与一种荒谬而凝聚的流露同谋有关，和诗的邪恶跨行、以一句句子来担保生命、在生命里寻找能给予自己某种担保的句子有关。阅读是一种可以替代所有其他恶习的恶习，或能够暂时取代其他恶习，帮助人们更强烈地活下去；它是种放荡，一种耗人的瘾。不，我不服任何药，我服用书，当然我有一些偏好，许多书完全不适合我，一些我只在早上服用，一些在晚上，有的书我不离手，我抓着它们在家里走，从客厅带到厨房，我站在走廊里读，我不用书签，我很早就学会了怎么读书，我不记得方法了，但您应该去查查，我们市的小学一定用了一种非常优秀的方法，至少在我上学的那个时候是有的。是的，我也意识到，虽然是很久之后才意识到的，几个世纪以来人们都不知道怎么阅读，至少不知道怎么很快地读，但是速度很重要，不只是专注，请问您能告诉我，有谁可以反复品读一句简单或哪怕复杂的句子而不感到厌烦吗，不管是用眼睛还是用嘴，不停地，一遍又一遍咀嚼它，一句只有主语和谓语的句子必须很快地被吸收，同理，一句有许多同位语的句子必须以极快的速度被阅读，眼球要做出让人难以察觉的回旋，否则这句话就不会服从，一句话必须"服从"读者。我没法"一路读完"一本书，那几乎是一项工作。您会遇到，我告诉您，一些人，他们是阅读界最奇怪的惊喜……我承认我在不识字的人面前有弱点，我甚至在这里认识一些不读书也不想读书的人，这种纯真的状态对一个屈从于阅读这项恶习的人来说能够更容易地理解，真的，除非人们真的会阅读，不然他们就完全不该读……

（米尔鲍尔先生不小心删掉了录音。米尔鲍尔先生表示抱歉。我需要重复一些句子。）

是的，我经常阅读，但是震惊的感受和真正持久的事物只存在于：对某页纸的一瞥，记得第 27 页左下角的五个单词"Nous allons à l'Esprit"[1]，海报上的字，门上的名字，被留在橱窗里、从未卖出去的书的标题，牙医诊所候诊室里发现的一本杂志，映入眼帘的墓志铭"此处长眠"，翻电话簿时翻到的一个名字"欧西比乌斯"。我会说到点子上的……比如说去年，我读到，"他穿了一身缅希科夫[2]"，不知道为什么，但我马上就确信，不管他是谁，既然这句话说了，那他当然，就必须穿了一身缅希科夫，知道这一点对我来说很重要，它不可逆转地成了我生命里的一部分。我一定会从中收获一些东西。可是，说回来，即使我们做再多讨论，从早到晚地谈，我也无法列出给我留下印象最深的书或者解释它们为什么对我有这么大的影响，在哪些方面，影响了我多久。有什么无法忘怀的，您会问，但那不是重点！是一些句子，一些表述，它们在我脑海里一次又一次被唤醒，年复一年地恳求被听见："荣

1　法语：我们走向圣灵。引自法国诗人兰波的诗《坏血》（"Mauvais Sang"）。

2　指亚历山大·丹尼洛维奇·缅希科夫（Alexander Danilowitsch Menschikow，1673—1729），俄国贵族，著名的野心家，彼得大帝的亲信，曾权倾一时，后被流放至西伯利亚，在流放地死去。

耀没有白翅。"¹ "Avec ma main brulée, j'écris sur la nature du feu."² "In fuoco l'amor mi mise, in fuoco d'amor mi mise."³ "To the only begetter..."⁴

（我示意并有些脸红，米尔鲍尔先生必须立刻把这段删掉，没人在意这些，我没想清楚，越说越远，反正维也纳的报纸读者也不懂意大利语，大多数也应该已经不懂法语了，至少年轻人都不懂了，而且，我说的也不在点上。米尔鲍尔先生想再考虑一下，他没法完全跟上我的节奏，他也不会意大利语或法语，但他去过两次美国，从来没有在路上遇到过"begetter"这个词。）

1　引自德国诗人戈特弗里德·本（Gottfried Benn，1886—1956）于 1948 年写给《信使》（Merkur）的信件，刊登于该杂志 1949 年 2 月第 12 期。信中称该句引文出自巴尔扎克。

2　法语：以灼伤的手，我写下火的本质。引自福楼拜于 1847 年 3 月 20 日写给他的情人、诗人路易丝·柯莱（Louise Colet，1810—1876）的信，原句为：以灼伤的手，现在我有权写下关于火的本质的词句。（Avec ma main brûlée j'ai le droit maintenant d'écrire des phrases sur la nature du feu.）

3　意大利语：爱置我于火焰，我置于爱之火。引自意大利修士、诗人雅各布内·达·托迪（Jacopone da Todi，约 1230—1306）。

4　英语：致唯一的催生者。莎士比亚十四行诗的献词。

问题五：……？

答：以前我只能为自己感到难过，在这里，我感觉像一个被剥夺了继承权的人一样处于劣势，然后我学会了为其他地方的人感到难过。您走错路了，亲爱的米尔鲍尔先生。我和这座城市关系不错，还有它那已经淡出历史的，不断减损、消失的周遭。

（米尔鲍尔先生不安的惊恐。我平静地继续。）

您或许也可以说，一个帝国，作为这个世界的一个例子，和它那以理念润色的实践与谋略一起，从历史中被驱逐了。我很开心我住在这里，在这个星球上的这个地方，没有什么事发生，从这里直面世界令人害怕，在这里人们既不自以为是也不自满，因为它不是什么受保护的岛屿，它是衰败之所，所到之处都有衰败，满地的衰败，就在我们眼前，不只是昨日帝国的衰败，也是今天的衰败。

（米尔鲍尔先生加剧的紧张。我突然想起《维也纳夜讯》，也许米尔鲍尔先生已经在担心他的饭碗，我不得不也为米尔鲍尔先生考虑一下。）

我发现自己经常这样说，就像人们以前会说的那样：奥地利之家。因为"国家"对我来说太大了，太宽敞，太不舒服，我只在谈到更小的地方时说"国家"。当我望向火车窗外时，我会想，这个国家真的很美。夏天临近的时候，我会想开车去乡下，去萨尔茨卡默古特或者克恩滕。您可以看到，那些住在真正的国家里的人过得怎么样，他们的良心承受了多少负担，即便作为个体，他们与他们喧闹的国家所犯下的可耻行径毫无关系，他们也没有从国家权力和资源的扩张中得到任何直接的好处，而国家却因为自己的强大而膨胀。和其他人住在同一个房子里就已经足够可怕了。但是，我亲爱的米尔鲍尔先生，我没有这样说，我不是在说这是共和国的问题，有谁针对一个渺小、不显眼、无知、不健全而无害的共和国说任何话了吗？当然，您和我都没有，不需要感到不安，请保持冷静，给塞尔维亚的最后通牒[1]很早就过期了，几个世纪就这样从这个可疑的世界过去了，然后把它带向毁灭，带向我们早就习

---

1 1914 年 6 月 28 日，斐迪南大公夫妇在萨拉热窝被一名年轻的塞尔维亚民族主义者刺杀。7 月 23 日，奥匈帝国对塞尔维亚发出最后通牒，要求塞尔维亚政府接受其对刺杀事件的全面调查。

以为常的、新世界的日常失序。太阳底下无新事，不，我没有这么说，新事有，的确有，您可以指望它发生，米尔鲍尔先生，只不过得从已经不再有任何事发生的这里看出去，而那也是一件好事，一个人必须彻底忍受过去，不是您的或我的过去，但有谁问了是不是呢，您只是必须忍受而已，其他人在他们的国家没有时间，他们很忙，计划、处理事情：他们坐在自己的国家，他们落后于时间，因为他们缺少一种语言，因为一直以来，任何时代，都是缺少语言的人在统治。我要告诉您一个糟糕的秘密：语言是惩罚。语言必须囊括一切，而在它之下，一切又必须根据它们的罪及罪的轻重再次消散。

（米尔鲍尔先生疲惫的迹象。我自己疲惫的迹象。）

问题六：……？

答：一个调解的角色？一项任务？精神使命？您有没有做过调解？这是一个吃力不讨好的角色。不要再有更多使命了！我也不太懂这种传教工

128

作……我们已经在所有它发生的地方看到了它会带来什么，我不明白您的意思，但您的视角一定更高，要是有比您的视角还要高的视角，那一定真的必须非常高。独自被带到那么高的地方，在稀薄的空气里，实在太痛苦了，哪怕就一个小时，所以要怎么和别人一起到这样的高度去，同时又陷入最深的耻辱，属灵的耻辱呢——我不知道您是不是还想继续听下去，因为您的时间有限，您的报纸专栏篇幅也有限——属灵的事务追求的是一种持续的耻辱，人必须向下走，而不是向上走，也不是走到街上，走向他人，它是一种绝对的耻辱，它应该被废除，我不明白人们是怎么获得这些高飞着的表述的。说到底，有谁能完成这项任务呢，一项使命又能带来什么呢！我无法想象，这种事会彻底拖垮我。但或许您指的是行政上的事或者档案管理？我们已经开始做这件事了，从宫殿、城堡和博物馆着手，我们的古墓被研究、标记，在珐琅饰板上无比详细地记录。以前，人们没法确定哪座宫殿是特劳岑宫，哪座是斯特罗齐宫，不知道圣三一医院在哪里，它的历史是什么样的；但现在，您不需要任何特殊知识就可以踏足这些地方，不需要向导，也不再需要熟人关系才能进帕尔菲皇宫或者霍夫堡的利奥波德翼楼，行政管理应该是得到了加强的。

（米尔鲍尔先生尴尬的咳嗽。）

自然，您应该不会怀疑这一点：我总体上反对行政，我反对这种全球性的官僚体系，它用自己的设想接管了一切，从人民到马铃薯瓢虫在人民心中的形象。但在维也纳，其他事在发生，这里有一套死亡帝国邪教式的行政管理，我不知道您或我为什么应该以此自豪，为什么我们要用这些节日、节庆周、音乐周纪念年、文化日来吸引世界的注意。这个世界可以做到的最好的事就是认真地无视这些节日，这样就不会受到惊吓，否则人们会看到，是什么在等着他们，最好的情况是，这里越安静，掘墓者便越悄声，发生的事就越隐蔽，安魂曲就越寂静地响起，遗言则几乎无法辨认，然后，或许，真正的好奇心就越庞大。维也纳的火葬场才是这座城市属灵的使命，您看，我们还是发现了一项使命，您必须不停地谈论，直到真相大白，但让我们不要谈论这件事了，在这里，在最脆弱的局部，这个世纪点燃了一些思想的火花，然后将其火化，因此这些思想开始发挥作用，但我扪心自问，我相信您也会这样问自己：每一种新的作用是否也引发了新的误解……

（换磁带。米尔鲍尔先生一口气把杯中的酒喝尽。）

问题六：……？（第二遍。重复。）

答："奥地利之家"是我最喜欢的表述，因为它是我和奥地利的关系的最好描述，比我能想到的任何用语都要好。我一定在另一个时代也在这个家里住过，因为我脑中可以立即浮现布拉格的街和的里雅斯特的码头，我在梦里使用捷克语、温迪施语、波斯尼亚语，我一直以这个家为家，而且——除了在梦中，在这个梦中之家以外——我一点也不想继承它、将它占为己有，或提出要求，因那王冠的领地落到过我身上，而我退位：在帝国的安霍夫教堂，我曾放弃最古老的王冠。[1] 请您想象一下，在最近的两次战争之后，加利西亚[2]的村庄之中都划过了新的边境线。加利西亚，除我以外无人知晓，对任何人都毫无意义，没有人会探访，没有人会赞美，它总是落在盟军人员的地图上，被一支笔划过。但在这两次战争中，出于不同的原因，它都与今天被称作奥地利的这个地方摆在了一起。这条边境线离维也纳只有几公里远，在山里，1945 年夏天，一段漫长且悬而未决的时间里，我被疏散到那里，我不断地想未来我会变成什么样，会被算作南斯拉夫的斯洛文尼亚人还是奥地利的克恩滕人，我很抱歉，我在斯洛文尼亚语课上打了瞌睡——法语对我来说更容易，我甚至对拉丁语都更感兴趣。当然，加利西亚会一直是加利西亚，不管它落在哪面旗帜之下，而我们也不会有太多的意见，因为我们从来都对扩张漠不关心，在家里，我们总是说，等一切结束之后，

---

1 指弗朗茨二世在安霍夫大教堂放弃神圣罗马帝国皇帝帝号，仅保留奥地利皇帝的帝号。神圣罗马帝国由此正式灭亡。

2 Galizien，中欧地区名称，"一战"成为同盟国和俄国交战的主战场，"二战"中作为波兰的一部分被纳粹德国占领。

我们就回利皮卡，我们要去布吕恩探望阿姨，我们在切尔诺维茨的亲戚会如何，弗留利的空气比这里新鲜，等你长大了，要去维也纳和布拉格，等你长大了……[1]

我想说的是，我们总是冷漠地接受着这些现实，我们对于哪些地方曾落入哪个国家，未来又会属于哪里漠不关心。尽管如此，去布拉格旅行和去巴黎旅行还是不一样，然而身处维也纳的每时每刻我都没有真正在过我的生活，可我也不能说这些时光完全消逝了，只是在的里雅斯特，我不觉得自己是外国人，但现在这一点越来越不重要了。没有必要，但有一天，或者很快，或许今年，我想去威尼斯，一个我永远不会了解的地方。

问题七：……？

答：我想这里有个误解，我可以重新开始然后更确切地回答您，如果您有耐心的话，而如果又出

1　这里提到的地名在历史上均属于奥匈帝国。

现了误解，那至少会是一个新的误解。我们没法制造比这更多的困惑了，没人在听我们说话，而此刻在其他地方，也有问题被提出和回答，人们把目光投向更奇怪的问题，一天又一天，新的问题被排列，被创造出来然后循环，它们并不真的存在，您听到人们讨论它们，所以自己也开始谈论。我也是这样，我只是听说了这些问题，不然我就没有问题可谈，我们可以双手放在膝盖上安静地坐着，喝酒，您不觉得那样很好吗，米尔鲍尔先生？但在晚上，独自一人，那是奇怪的独白发生的时刻，那些独白长存，因为人是阴暗的存在，只有在黑暗中他才是自己的主人，而在白天他会重新回到受奴役的状态。现在，您是我的奴隶，而我也成为您的奴隶，您报纸的奴隶，它最好不要叫自己"夜讯"，您如奴隶般依靠的报纸，为成千上万的奴隶而生……

（米尔鲍尔先生按下按钮关掉录音机。我没有听到他说：谢谢您接受采访。米尔鲍尔先生极度尴尬，他准备明天一早重新听一遍录音。如果耶利内克小姐在这儿，我就会知道我该说什么，我会身体不适、生病或者外出。我会有会议要参加，有约要

134

赴。米尔鲍尔先生告诉我，他整个下午都没了，他生气地收起录音机，离开时说：亲吻您的手。）

给伊万打电话：

哦，没什么，我只是
你听上去很糟，你刚睡醒吗
不，只是很累，整个下午
你一个人吗，那些人
是的，他们走了，而且整个下午
我整个下午都在试
我整个下午都没了

伊万比我有活力。不累的时候他一直动，但累的时候他一定比我更累，他因为我们的年龄差距而生气，他知道他在生气，他想要生气，今天他必须对我特别生气。

你戒心总是这么强！

你为什么总那么戒备?

你要进攻，来，攻击我!

给我看你的手，不，不是手心

我不会读手相

你可以从手的皮肤上看出来

在女人身上我一眼就能看到

但这次我赢了，因为我手上什么都没有，甚至连一道皱纹都没有。然而，伊万再次发动进攻。

我常常可以从你脸上看到

那时候你看上去很老

有时候你看上去真的很老

今天你看上去年轻了二十岁

多笑，少读，多睡，少想

你现在做的事情让你变老

灰色和棕色的衣服让你显老

把你那些丧服捐给红十字会

谁允许你穿这些葬服了?

我当然疯了，我想变得疯狂

你会立刻变年轻，我会把衰老从你身体里赶走！

伊万睡了一会儿，醒来，我被百万年一次的事件推动，从赤道归来。

你是发现了什么吗？
没什么。我是在编造。
你编造的东西会很不错的！

大部分时间我都在编造。伊万捂住了嘴，所以我不应该注意到他在打哈欠。他必须马上离开。十一点四十五分。就快午夜了。

我刚刚发明了一种改变世界的方式！
什么？你也？社会，人际关系？这些是当下最大的竞争了。
你真的对我在发明什么不感兴趣？
总之今天不感兴趣，这是肯定的，你大概有了一个强大的灵感，那么我不应该打扰一位在创造中的发明家。

这样更好，那我就自己发明，但让我为你发明吧。

没有人警告过伊万关于我的事。他不知道他在和谁打交道，他面对的是一个现象，一个不可信的幻象，我不想误导伊万，但他永远不会意识到我是双重的。我也是马利纳的造物。伊万毫不关心，他忠于表象，我鲜活的身体是他的线索，或许是唯一的线索，但也正是这具身体困扰着我，当我们说话时，我绝不能让自己想象一小时后、傍晚或夜里很晚的时候我们躺在床上的样子，不然的话，墙壁会突然变成玻璃，屋顶会被突然掀走。极度的自控让我坐在伊万对面，安静地抽烟、说话。没有一个字，没有任何一个动作能让人从我身上推断出，现在有什么是可能发生且将一直可能发生的。一个瞬间：伊万和我。另一个瞬间：我们。然后立刻：你和我。两个对彼此毫无企图的人，不想要共存，不想要出发去哪里开始新生活，不想要分开，不想要在主导的语言上达成共识。我们可以在没有翻译的状态下进行下去，我没有得知任何关于伊万的事，伊万也没发现关于我的事。我们不参加任何感情的商业交换，不持有权力地位，不指望用任何武器支持或保证我们的身份。一个好的、简单的基础，一切落在我土地上的事物都茁壮生长，我用词语繁衍自己，也繁衍伊万，我创造一个新的宗族，我与伊万的结合将上帝的旨意带到世界：

火鸟

石青

下沉火焰

玉水滴

亲爱的甘茨[1]先生：

　　首先，一件困扰我的事是，当您在人前炫耀、展示您的诙谐幽默时，您翘起的小指，您发表的见解对我来说很新鲜，对在场的人也是，但很快我就不觉得新鲜了，因为之后我听您在

1　Ganz，在德语中意为"完全"。

其他人面前把那些话重复了很多次。您是那么幽默。然后，开始困扰我并持续困扰我的是，您的姓氏。今天我花了一点力气才再次写下您的姓氏，但一旦从别人口中听到您的姓氏，我立刻就犯了头疼。当我无法避免要想起您的时候，我就故意把您想成"根茨（Genz）先生"或者"甘斯（Gans）先生"，我也试过"金茨（Ginz）"，但最好的还是"贡茨（Gonz）先生"，因为它既没有和您的真名差太多，我也可以带上一点维也纳方言的色彩，让它显得有些滑稽。我必须告诉您，因为"完全"这个词每天都会出现，被人提起，我没法绕过它，它在报纸上和书里出现，在每个段落出现。我要保持警惕，因为您凭借您的姓氏不断入侵我的生活，给了我太多的压力。如果您的姓氏是柯别茨基或者维格勒，乌尔曼或者阿普费尔贝克，那么我的生活会平静很多，我也可以在很长一段时间忘记您。就算您的姓氏是迈尔、马耶尔、迈耶，或者施密特、施密德、施米特，我都可以在这些姓氏出现的时候不想到您，我会想某个正好也叫迈尔的朋友或是任何一个其他的施密特先生，不管拼写是不是相同。与此同时，我会假装惊讶或者热情，是的，我会在匆忙中，在这些笼统的和笼统得残忍的激烈对话里把您当作一位其他的迈尔或者施密德。何等的怪癖！您会这样说。不久之前，当我几乎必须担心会见到您的时候，就是这股新风潮刚开始的时候——金属衣服，锁子甲衫，带刺的流苏，钢丝做的首饰——我觉得我要为会面武装起来，就是耳朵也不露在外面，我的耳垂上挂着两簇很重的荆棘，最精致的灰色，只要我一晃头，它们就会滑来滑去或弄痛我，因为他们忘记在我很小的时候就给我穿耳洞，他们给这个国家的每一个小女孩穿，无情地，在最柔弱的年纪。我不理解为什么人们说这个年纪"柔弱"。我在这套盔甲里刀枪不入，我全副武装，随时准备保护我的皮肤，您会允许我省去对我皮肤的描述，毕竟您曾经那么了解它……

亲爱的先生：

　　我从来没法念出您的名字。您经常因此责备我。但这不是我一想到要再次会面就感到不快的原因。那个时候我本可以不让自己承受这个名字，时机也允许。我没能做到，而我发现无法念出特定的名字并甚至因此备受折磨，不是出于名字本身的缘故，而是出于对一个人最初、最原始的不信任，这在一开始无法解释，但最终，某天，总会得到解释。当然您必定会误解我本能的不信任，它只能以误解的形式被表达。而现在，再一次见面完全有可能，有时候我不知道要怎么在我的一生中都避免再见，只有一件事让我有些顾虑：就是您可以毫不费力地对我说"你"[1]，一个您强加于我的"你"，您知道那是在怎样的情境下，我出于软弱，为了不伤害您，为了不让您察觉我默默在心里与您划下，或者说不得不划下的界限，我在一段难忘的叫人恶心的幕间插曲里允许了您这样叫

────────────

1　在德语中，一般情况下互称"您"（Sie），"你"（Du）是比较亲密的人之间的称谓。

我。或许在这样一段插曲里引入一个"你"是出于习惯，但在乐章结束后它就不应该延续。我不是谴责您让我留下了尴尬又无法言说的回忆。然而您的厚脸皮，您完全无法感知我对这个"你"的不适，您对我和其他人的勒索，一切都让我害怕，而您甚至仍旧没有意识到这是种勒索，因为它对您而言"完全"熟悉。您当然从未考虑过这个您用得如此草率的"你"，也不会想，为什么相比于持续不断地说和想这个"你"所带来的折磨，迁就您走过的路上的几具尸体对我来说更容易。自从我最后一次见您以来，我只以最恰当的方式，即用"先生"或者"您"来想到或者提及您。我只在必要的时候才会说起您，说：我曾认识一位甘茨先生。我向您提出的唯一要求是：请至少也使用同样的礼节。

维也纳，……

致以我最诚挚的问候
一个不知名的女人

亲爱的院长先生：

　　您的信，以您和所有人的名义寄来的信，是对我生日最好的祝愿。请原谅我的惊讶。您知道，这一天在我看来，就我的父母而言，是属于两个人之间的亲密，是您和其他人无从得知的。我自己从不敢想象我的孕育和出生。甚至提及我的出生日期——虽然这个日期对我没有意义，而它对我可怜的父母一定意味着些什么——都像是不当地触及了某种禁忌，或是曝光了陌生人的痛苦和欢愉，任何有思想、有情感的人几乎都会认为这是要受惩罚的。应该说，任何文明人，因为我们的思想和情感部分——它受损的那部分——来自我们的文明，这种文明让我们欣然放弃了与最狂野的野蛮人相提并论的荣誉。您，一位尊贵的学者，比我更知道野蛮人，最后的没有被灭绝的那些野蛮人，他们在一切和出生、起源、生育、死亡相关的事物上体现出的尊严，而在我们的社会，剥夺了我们最后的耻辱感的不只是官僚的傲慢，甚至早在调查问卷和数据分析之前，一种预先的、同道的精神就已经在作用，它召唤了这场启蒙，自信自己将胜利，并已经把伟大的毁灭带到混乱的、心智尚未成熟的人群中。当文明将人们从最后残余的禁忌中解放，人类便被降格至完全的、不成熟的境地。您祝贺我，而我无法不把这些祝贺，至少在脑海中，送给一个去世很久的女人，某位约瑟菲娜·H.，她的名字在我出生证明上的助产士一栏。她应当，在那个时候，为她的手艺和顺利的生产得到祝贺。很多年前我得知那是一个周五（似乎发生在傍晚），这个消息不怎么令人振奋。如果可以的话，我不在周五出门，我从来不在周五出游，周五是一周中我认为最险恶的。但还有一个事实是，出生时我戴着"半顶幸运帽"[1]，我不知道医学术语怎么说，也不知道为什么人们还在相信新生儿身上的这个那个奇怪特征会象征好运或厄运。但我说了，显然我只有半顶幸运帽，但他

1　Glückshaube，字面意思是"幸运帽"，德语中意为胎膜、羊膜。此处指婴儿出生时仍包覆着一半羊膜。

们说半顶也比没有好，这半顶让我深思，我是个善于思考的孩子，他们说深思和几个小时坐着不动是我最明显的特点。但今天我想知道，太迟了，太迟了，我可怜的母亲对这可疑的消息会怎么想，半份祝贺，为了半顶幸运帽。谁会想要哺育一个孩子、尽责地将它抚养成人呢，如果它只戴着半顶幸运帽来到这个世界上。您会怎么做，院长先生，半个院长位，半份荣耀，半份认可，半顶帽子，您会对这半封信做什么？我给您的信不可能是一封完整的信，因为我对您祝愿的感谢本身就是半心半意的。但因为收到的信是没有被指望会寄来的，所以用以回复它们的信就也不能指望会寄出——

　　维也纳，……

　　　　　　　　　　一个不知名的女人

　　撕碎的信躺在废纸篓里，像件艺术品，和皱巴巴的展览、招待会、讲座邀请函杂乱地混在一起，很多空烟盒，上面沾着灰和烟蒂。我慌忙地摆好打字纸和复写纸，这样耶利内克小姐就不会看到我半夜在做什么。她只是顺道来一下，她要和未婚夫见面处理一些结婚的文件。她没有忘记买两支圆珠笔，但她又一次没记工时。我问：看在上帝的分上，您为什么不写下来，您知道我的！我翻遍我的钱包和另一个手提袋，我要问马利纳要点钱，打给兵工厂找他，但信封最后出现了，显眼地夹在《杜登大词典》里，上面有马利纳的秘密标记。他从来不会忘事，我从来不需要问他任何事。在恰好的时候，给莉娜的信封会躺在厨房，给耶利内克小姐的信封在书桌上，我卧室的旧盒子里有几张给美发师的支票，然后每几个月会有些用于买鞋子、床单和衣服的纸币。我从来不知道什么时候这些需要的钱会出现，但如果我的大衣皱了，马利纳一定会在一年里第一个寒冷的日子到来前就已经预存了一件新的。我不知道马利纳怎么做到的，就是家里没有钱的时候，他也能让我们度过这些昂贵的日子，他总能按时付房租，大部分时候也结清电费、水费、电话费和应该我留意的车险费。电话只被切断过一两次，但那只是因为我们去旅行了，旅行的时候容易健忘，因为收不到邮件。我松了口气：我们又一次轻松脱身，从现在开始应该一切顺利，只要我们不生病，只要我们的牙齿不出现状况！马利纳没法给我很多，但他更愿意帮我省下一点家里的开支，而非阻止我在对我来说比一台满的冰箱更有意义的东西上花钱。我有一些零花钱可以用来在维也纳闲逛，在切希尼奥夫斯基吃三明治，在萨赫酒店的咖啡馆喝一小杯咖啡，在晚餐后礼貌性地给安托瓦内特·阿尔滕维尔送去一些花，给弗兰齐斯卡·约尔丹买"我的罪"[1]当生日礼物，给我不认识的那些态度强硬的、迷路的或普通的人，尤其是保加利亚人，买电车车票。马利纳摇头，但只有当他从我结结巴巴的表述里听出，我所说的"原因""事件""问题"的严重程度已经超出了我们的能力范围时，他才会说"不"。然后，马利纳会让我打起精神，因为"不"也开始浮现在我的内心。然而，我还是会在最后时刻折返，说：我们真的不能这么做吗，比如说，如果我们去问阿蒂·阿尔滕维尔，或者我让小泽梅尔罗克去和

1　MY SIN，法国奢侈品品牌朗万（Lanvin）的一款经典香水。

贝托尔德·拉帕茨说说呢，你知道的，他有好几百万，或者如果你去找胡巴勒克处长！在这样的时候，马利纳会坚决地说：不！我应当资助一所耶路撒冷女子学校的重建，应当花三万先令给一个难民委员会做一点点贡献，我应当为德国北部和罗马尼亚的洪水捐钱，帮助支持地震灾民，我应该资助墨西哥、柏林和拉巴斯的革命，但是今天，马丁还急需一千先令，下个月1号就还，而且他很可靠，克里斯蒂娜·万丘拉急需钱为她的丈夫筹备展览，但她丈夫不能知道，她想从她母亲那里把钱要回来，但她刚刚和母亲就以前的事吵了一架。三个法兰克福的学生付不起他们在维也纳的酒店钱，这很紧急，甚至比莉娜需要付她电视机的下一期付款还要紧急，马利纳把钱拿出来，说可以，但对于真正严重的工作和灾难，说不可以。马利纳没有任何理论，对他来说一切都分成"必要或不必要"。如果按他的方式来，我们可以就这样过下去，不带任何经济压力，我是那个把问题带进家里的人，同保加利亚人、德国人、南美人、女朋友们、男朋友们、熟人们、所有人、世界形势和气候状况一起，带来了问题。

我从没听过——这是马利纳和伊万共通的一点——任何人去找伊万或马利纳，就是没有过，没有人想到过，我一定是更吸引人，又或许只是我让人更有提出要求的信心。但马利纳说：那种事只会发生在你身上，他们找不到比你更蠢的人了。我说：这很紧急。

保加利亚人在兰德曼咖啡馆等我，他告诉莉娜，他是从以色列直接到这儿的，必须和我谈谈，我开始想谁可能捎来问候，谁或许遇到了事故，哈里·戈尔德曼怎么样了，我很久没在维也纳见过他了，我希望要谈的和世界事务无关，希望没有人需要几百万，希望我不需要拿起铁锹，我无法忍受看到铁锹或铲子，自从那次在克拉根福，他们把我和维尔玛堵在墙边想朝我们开枪之后，自从某场狂欢节、某次战争、某部电影之后，我就没法听到任何枪声。希望只是问候。当然，结果是事情和我想的完全不同，但好在我还患着流感，发着 37.8 摄氏度的低烧，因此我无法开始新的工作或陷入任何事。我看不到场景，看不到设定，但我是怎么知道我住在匈牙利巷的？我的匈牙利巷之国，我必须紧握、坚守，我唯一的国，我必须保护它，捍卫它，为之颤抖，为之战斗，为之献出生命，我用我人类的手握着这国，即使在这里也被它环绕，我在兰德曼咖啡馆前深吸一口气，我的国，被一切来自其他国家的复仇威胁着。弗朗茨先生在门口向我问好，他环视拥挤的咖啡馆，显得有些疑惑，但我草草地打了招呼，继续从他身边走过，巡视了一圈。我不需要桌位，一位来自以色列的先生已经等了我半个小时，很紧急。一位绅士拿着德国杂志《明镜周刊》，封面显眼地对着所有走进来的人，但我只和要见面的先生说了，我会是金发，穿一件蓝色春季大衣，尽管现在并不是春天，但天气每天都在变。拿着杂志的先生举起手，但他没有起身，没有其他人在看我，所以或许就是这位紧急的先生。是他，他用不连贯的德语低语，我问起我在特拉维夫、海法、耶路撒冷的朋友，但他不认识我的任何朋友，他不是以色列人，只是几周前在那里，他从很远的地方来。我问阿道夫先生点了一份大杯浓缩咖啡，加奶，我没有问他：您想要什么？您是谁？您怎么知道我的地址的？您为什么来维也纳？男人轻声说：我从保加利亚来。我在电话簿上找到了您的名字。这是我最后的希望。保加利亚的首都应该是索非亚，但这个男人不是索非亚人，我明白不是每个保加利亚人都能住在索非亚，我想不到更多关于保加利亚的事了，由于他们那里的酸奶，那里的人应该会活很久，但我面前的保加利亚人既不老也不年轻，他的脸很容易被忘记，他不停地晃，坐立不安，不停抓住自己的腿。他从行李箱里拿出几张剪报，都是德国报纸，一大页来自《明镜周刊》，他点头，我应该读一读，现在，就在这里，剪报讲的是一种疾病，伯格氏病[1]，保加利亚人喝了一口他的小份浓缩，我默默搅拌我的大杯咖啡，快速地阅读伯格氏病，它显然是写给外行看的，但这一疾病一定十分罕见，我期待地抬起头，不知道为什么保加利亚人对伯格氏病感兴趣。保加利亚人微微向后移动椅子，指了指他的腿，他就得了这种病。不安涌入我的大脑，一种剧烈的痛苦，

1　正式名称为血栓闭塞性脉管炎。

我没有在做梦，保加利亚人成功了，我应该对兰德曼咖啡馆里的这个男人和这可怕的疾病做什么？马利纳会怎么做？但保加利亚人依然十分冷静，说他需要立刻进行双腿截肢，他没有钱了，他还要前往伊策霍，那里有伯格氏病的专家。我抽烟，沉默，等待，我身上有二十先令，现在五点多，银行已经关门，疾病还在这里。就在他失去耐心之前，隔壁桌的马勒教授突然大喊：麻烦结账！弗朗茨先生高兴地回应：马上来！然后跑开，我跟着他跑。我必须马上打个电话。弗朗茨先生说：是出什么事了吗，尊贵的夫人[1]，您现在的样子非常不好，佩皮，倒杯水来，快点，给这位可怜的尊贵的夫人！我在更衣室把我的手包翻了个遍，我要在电话簿里找到旅行社的电话，那个叫佩皮的男孩拿来一杯水，我翻遍我的包，找到一粒药，我太焦虑了，没法把它弄碎，我把它整颗塞进嘴里，大喝一口水，药丸顶在我的喉咙，小佩皮大叫：耶稣马利亚约瑟噢，尊贵的夫

1　gnädige Frau，在其他德语区已经作古的称呼，但在奥地利的部分地区仍通行。

人在咳嗽，我是不是应该喊弗朗茨先生……但我找到了号码，我拨号，等待，喝水，电话通了，我被转接，苏希先生还在办公室。苏希先生带着鼻音，刻板地重复：一位外国先生，一等舱去伊策霍，单程票，额外的一千先令现金，不着急，我们会安排好的，是我的荣幸，不用担心，尊贵的夫人，亲吻您的手！

我在衣帽间站着吸烟，弗朗茨先生经过，燕尾服的下摆晃动，他友善地看了我一眼，我必须抽烟，等待。几分钟后，我回到疾病的桌前。我让保加利亚人去我的旅行社，火车还有三小时出发，会有一位叫苏希的先生把一切安排好。我喊：麻烦结账！马勒教授向我点头，像是认出了我，我困惑地向他问好，他以更大的声音喊：麻烦结账！弗朗茨先生从我们边上跑过，回答：马上来！我留了二十先令在桌上，示意保加利亚人这应该足够结清账单。我不知道该对他说什么，但我说：旅途愉快！

伊万说：你又让自己上当了。

可是，伊万！

马利纳说：又来了，这次是给了一千先令当旅

154

费！我说：你通常不会这么小气，我必须跟你好好解释，这是种很可怕的病。

马利纳贴心地回答：我不怀疑这点。苏希先生已经给我打电话了，你的保加利亚人的确去了。你看！我说，如果他没有生病，双腿不会被截肢，那是好事，但如果他的确得了那种病，那么我们要为他付钱。马利纳说：不要担心，我会想办法的。

今天我无法与那个麻风病人在雷蒙德咖啡馆再多坐一个小时，我想立刻跳起来去洗手，不是为了避免感染，而是为了避免通过一次握手就接收到关于麻风病的知识，到家后，我想用硼酸洗我的眼睛，这样我的眼睛才能在看到那样一张被疾病啃咬的脸之后，平静下来。甚至在我今年唯一的一趟航程前（去慕尼黑，待两天就回来，因为我没法离开匈牙利巷太久），我叫了一辆出租车，而当我发现司机没有鼻子的时候已经太晚了，我们已经发车，因为我马虎地说：去施韦夏特机场！当他转头问我能否抽一支烟时，我才注意到这件事，所以，我们没有鼻子地开到了施韦夏特，在那里提行李箱下车。但在大厅，我转念取消了航班，直接又叫了一辆出租车折返。那晚，马利纳问我为什么在家而不是在慕尼黑。我没法飞，那不是个好兆头，事实上，那架飞机没有抵达慕尼黑，它因为起落架受损，延期降落在了纽伦堡。我不知道这些人为什么出现在我面前，为什么他们中的一些总是问我讨要些什么。今天，两个法国人经人引荐找到我，我甚至听不懂他们的名字，他们毫无理由地待到凌晨两点，我不明白为什么人们来这间屋子待好几个小时，他们不表明自己的意图，也不走，于是我就不能打电话。然后，我很高兴的是，弗朗西丝和特罗洛普进来多待了一会儿，它们是这里的寄宿者，它们让我有机会离开房间半个小时，因为它们要吃"奇巧"牌猫粮和新鲜的剁碎的肺，然后它们心满意足地四处走动，用自己的方式和陌生人说话，它们知道自己的存在对我有帮助。

当然，最晚在一个月内，与猫的相处会告一段落，它们会回到上瓦特山，或是被带去乡下，弗朗西丝会长得太快，然后产下小猫，之后它会被绝育。我和伊万讨论过弗朗西丝的未来，他也这么认为，但他觉得这样很好，我没有表现出我不希望看到弗朗西丝长大或发情，但我认为它应该永远是只小猫咪，不会生下小猫，因为我喜欢一切都是本来的样子，这样接下来的几个月里，伊万也不会几个月地变老。这话我也不能对柯别茨基先生说，他对猫了如指掌，曾同时养过二十五只猫，现在留下四只，他也通晓巴巴利猕猴的动物行为和鼠群及其迷人的习性。我听他说，但我没法记住所有那些关于猫的趣谈，关于一只叫"伊斯坦布尔的玫瑰"的暹罗猫的嫉妒心，关于他最爱的波斯猫"曙光"的自杀——他至今无法接受它从窗户跳了出去。弗朗西丝不是暹罗猫也不是波斯猫，它只是一只被爱抚的中欧后院猫，在维也纳的管辖之下，种族不明；特罗洛普，它的弟弟，毛发间有一些黑点，性格冷淡、从容，从来不像弗朗西丝一样叫，它会顺从地咕噜，跳上我的床，在我读书时坐在我背上，爬上我肩膀和我一起看书。弗朗西丝和特罗洛普最喜欢的就是和我读书。当我嘘它们走时，它们会在藏书室里来回爬，躲在一些书后面，努力不出声，直到一些书晃动，从架子上掉下来，然后我就又知道了它们躲在哪里，而且在捣乱。是时候让贝洛和安德拉什领回他们的猫了，或者让伊万的妈妈在乡下养。我只告诉柯别茨基先生，我是暂时照看它们的，在我的朋友，一些我没有明确说的朋友外出旅行期间。我也请马利纳再耐心一些，他不讨厌猫，但在公寓里弄乱他的文件、扫荡他的书桌、在他完全意料不到的时候把书从书架上推下去的猫，他没法忍受。而且最近家里也有了猫尿味，我已经习惯了，但莉娜和马利纳意见一致，她发出最后通牒：选她还是猫。

马利纳说：又一个你的好主意。你永远没法教会它们猫砂盆在哪儿，它们不把你当回事，养只豚鼠、金丝雀或者鹦鹉，不，还是不要了，它们太吵了！马利纳无法谅解两个孩子的四处野叫的猫，他只关心他的宁静，他不觉得弗朗西丝和特罗洛普漂亮、灵巧或者滑稽。但每当我忘记喂这两只漂亮的猫咪时，马利纳会记得，就好像他一直以来都负责喂猫一样，他从不会忘事。马利纳就是这样的人，不幸的是，我也就是我这样的人。

今天莉娜严肃地提醒我，去年我曾想重新布置我的公寓，当然不是整栋公寓，只是三件家具，在莉娜向我解释现在是时候了之前，我敷衍地说：改天，我们叫两个男人帮忙！ 莉娜哼了一声：男人！尊贵的夫人，我们不需要男人！她已经在移动我的写字桌，推了五厘米，我去帮忙，毕竟这是我的桌子，可它纹丝不动，甚至没有一点倾斜，它仿佛比一千立方米的橡木还重。我向莉娜建议，我们先挪走一些书桌里的东西，我们把抽屉清空，我小声咕哝：你能不能就借这个机会，这个独一无二的机会，整理一下这些抽屉，不，当我什么都没说……我虔诚地看向数年的灰尘。今天不该惹莉娜不开心，不然她也一定会回答说她每周都会"过一遍"。 莉娜喘着粗气：亲吻您的手，亲吻您的手，这个柜子真的很重！

我说：可是莉娜，我们最好现在就叫几个男人，给他们一瓶啤酒和十先令就够。因为莉娜应该意识到她对我来说多重要，她的力量对我来说很宝贵，我愿意为了她给很多男人买啤酒，她对我和马利纳来说都不可或缺。我和马利纳不希望她得疝气或者心脏病发作，她不需要在这里搬柜子和衣橱。更强壮的那个人不是我，是莉娜，我们一起把书桌从一个房间搬到另一个，尽管莉娜负担了百分之八十以上的重量。但是，我今天还是生莉娜的气，因为她对什么都不让步，因为她从不让步，就算是现在，她也还是嫉妒那些我愿意为之花几先令的男人。"我甚至能把桌子扔出窗外。" 莉娜说。我又错了。莉娜和我无可避免地相互依赖，我们紧密相连，尽管她不许她自己和我向喝啤酒的男人们妥协，尽管我们之中只有她可以大声指责我，我只能偷偷地埋怨。这就是为什么我会想象有那么一天，没有人依赖任何人，我独自住一间公寓，莉娜被一台小型机器代替，我按下按钮，机器就会抬起桌子，轻松移动。没有人需要不停地对另一个人说谢谢，没有人需要一边帮别人一边偷偷生别人的气，没有人会处于优势或者劣势。而后，我想象自己在这些电动机器面前，莉娜每年都劝我不要买，但今天她又劝我买。她认为，现在没有电动磨豆机和电动榨汁机，简直没法活。但我很少喝咖啡，我也有足够的力气从橙子里给马利纳挤一杯橙汁。当然，我有吸尘器和冰箱，但每年会有那么一天，莉娜希望看到我们的公寓变成一座机器工厂，她强调：但现在每个人都有，每位先生、每位女士都有那些电动产品！

有一天，人们会有黑金色的眼，他们会看见美，他们从尘土和一切负担中被解放，他们升至天空，他们潜入水中，他们忘却结过的痂和受过的苦。有一天，他们会自由，所有人都会自由，甚至从他们预设的自由中解脱。会有更大的自由，无法度量的，一生的自由……

在干草市场街的咖啡馆，我还在生莉娜的气，因为她是我某些想法的危险帮凶，有时候她听到我在电话里说的话，并认为那纯粹是异端邪说，这便给了她理由立刻把我扔出窗外，送我上断头台，上绞刑架，在火刑柱上将我烧死。但我从来没法完全搞懂，她到底只是介意我总在早上晕头转向，不知道该买"阿塔"牌还是"伊米"牌的清洁剂，还是说，她介意我做不来算术，不去检查她费了很大力气做好的账，或者主要是介意我说的话，还是说她只是猜测我的想法，以便获得杀死我的权利。

有一天，人们会重新发现稀树草原和干草原，他们倾巢而出，终结他们的奴隶制，动物们将走近高挂的太阳下自由的人们，他们会和谐地共处，巨大的乌龟、大象、野牛和森林之王，还有沙漠，与被解放的人重归于好，人们共饮一片水，他们呼吸纯净的空气，他们不再彼此撕咬，这会是一个开始，这会是整个生命的开始……

我大喊：麻烦结账！卡尔先生高兴地回应：马上来！然后消失了。我有些自私。我把那张我在上面涂了些句子的纸巾弄皱，咖啡溢出到托盘上，纸巾在上面变软。我想立刻回家，回到匈牙利巷，我会向莉娜道歉，莉娜会向我道歉。她会给我榨橙汁、煮咖啡。这可以不是整个人生。而这就是整个人生。

下午，我很确定我会经过 9 号，尽管是从它对面的街。我也很确定我会停下，因为阿格内斯太太会在一清早打扫伊万家，然后去另外两个单身男子的公寓。伊万的大楼归一对夫妇管，我从没在大街上见过他们，他们也不和 6 号的布赖特纳夫妇交流信息，我只会偶尔在我楼前见到阿格内斯太太与布赖特纳太太亲密谈话。今天，伊万的车停在 9 号楼前并非巧合，因为就在我看到它时，伊万正从家里出来，径直走到车边，我想快点走开，但好眼力的伊万已经发现了我，他朝我招手，喊我，我脸发红，跑过去，他在这里做什么，在这个时间，他应该在办公室的，然后我脸上的光暗下去，因为两个小人伸长了他们的脖子，挤在我曾坐过无数次的前座上。伊万说：这是贝洛，这是安德拉什，说你好！但这些"gyerekek"（孩子），整体上来说，都不说你好，都不回答问题，当我困惑地问他们是不是懂德语时，他们开始笑，然后窃窃私语，我一个字也听不明白，所以这就是伊万的孩子了，我一直想见的伊万的孩子，我对他们略知一二，比如贝洛更大些，已经上学了。我感到尴尬，我和伊万说话，我不知所措，我不知道我本来想去哪里，哦对，上匈牙利巷的"奥托马克"车行，因为我的车在那里上油，应该已经好了，我一直向自己承诺，我会去见一个住在第十九区的朋友，而且她病了，但如果我的车没有好，我就得打车去。伊万说：那和我顺路，我们可以捎你，我们带你去！伊万没有说：我带你去。他用匈牙利语和两个孩子说了些什么，绕着车走了一圈，把孩子们从前座拉出来，打开后车门，让他们坐进后座。我不知道，我宁愿不要现在走，我宁愿去"奥托马克"或者叫出租车。但我该怎么让伊万明白这一切都太突然了呢？他说：上车吧！路上我让伊万说话，有时我转头，我需要找到第一句话，我没有准备好。我不会问贝洛上几年级，读哪所学校，我也不会问他们过得怎么样，喜欢玩什么，爱不爱吃冰激凌。这都不需要问。孩子们每几分钟就打断伊万：你看到那个了吗？看，一辆马车！啊，扫烟囱的人！你记得我的运动鞋吗？看，开过去一辆阿尔法·罗密欧[1]！萨尔茨堡的牌照！那是个美国

1　Alfa Romeo，意大利跑车品牌。

人吗？伊万对我说，他在办公室度过了一个艰难的下午，时不时往后座发出几个快速、明确的回应，他对我说"没有时间"，说遇到的困难，偏偏今天还要带孩子去看牙医。黑尔医生拔了贝洛的一颗牙，安德拉什有两颗牙要补。我向后看，贝洛张开嘴，很夸张，做了个鬼脸，安德拉什也想这么做，但大笑起来，现在我的机会来了，我不问拔牙痛不痛，不问黑尔医生是不是个好医生，我也咧开嘴，说：他拔了我的智齿，我已经长过智齿了，你们还没有长！贝洛尖叫起来：你撒谎。

晚上，我对伊万说：孩子们长得一点也不像你，贝洛可能有一点，如果没有蓬蓬的棕色头发和浅色眼睛就更像了！伊万一定猜到了我怕小孩，因为他笑着说：有那么糟吗？你表现得挺好的，是，他们长得不像我，但他们也受不了别人盘问他们，如果有人开始问他们那些大家都会问的问题，他们就会觉得不对劲。我马上提议：如果你们周日要去看电影，如果你不介意，那我可以一起，我想再去一次电影院，"阿波罗"在放一部叫《沙漠奇观》的电影。伊万说：我们上周日看了。所以我仍旧不知道，伊万是会改天带我去，还是说这只是个借口，我是不是还会见到孩子们，还是说伊万想要他的两个世界永远分割开，以防它们各自不再是世界。我们开始下棋，不再说话，棋局漫长、乏味、停滞，我们没有任何进展，伊万在进攻，我在防守。伊万停止进攻，这是我下过最长、最安静的一局，伊万一次也没有帮我，今天，我们没有下完。伊万喝了比平常多的威士忌，很累，他起身，小声咒骂，来回踱步，站着继续喝酒，他不想喝了，难熬的一天，没有将死但也没有逼和。伊万想直接回家、上床，显然我下得太过单调，让他疲惫，而他的步法也一样乏味。晚安！

马利纳到家，发现我还在客厅，棋盘摊开着，我甚至没有来得及把杯子放去厨房。马利纳不会知道我先前坐在哪里，因为现在我坐在落地灯旁的摇椅里，拿着一本书，《红星照耀中国》，然而，他

166

俯向棋盘，小声吹着口哨说：你差一点就要输了！我问他是什么意思，并说我也可能不会输。但马利纳又想了一遍，计算接下来怎么走。他怎么会知道我是黑子？因为他认为黑子，会输。马利纳拿过我装着威士忌的杯子。他怎么知道这个杯子是我的，而不是伊万留下的，同样剩着一半的酒，但他从来没有从伊万的杯子里喝过，从来不碰任何伊万刚用过的东西，橄榄或咸杏仁的盘子。马利纳在我的烟灰缸里掐灭了烟，而不是伊万今晚用的另一只烟灰缸。我什么都没说。

我在这里离开了中国：敌军从东南方向急驰而来，还有其他部队从北方赶来……

伊万和我：世界汇合。

马利纳和我，因我们是一体：世界分岔。

我使唤马利纳的频率从来没有像现在这么低过，他越来越不知道该拿我怎么办，但如果他没有按时到家，如果他没有打断我关于中国的伟大长征和长得不像伊万的孩子的胡思乱想，我就会重拾那些坏习惯，写信，成百上千的信，或是喝酒，毁灭，毁灭性地思考，毁灭一切，再毁灭那毁灭后的废墟，我将无法守住这片我刚抵达的国土，我会溜走，离开这里。即便马利纳沉默，也比我独自沉默要好，这也有助于我和伊万相处，我无法理解发生了什么，我无法控制自己，而马利纳总是在那里，坚定、冷静，即便是在最黑暗的时刻，我也知道我永远不会失去马利纳——哪怕我就快失去我自己！

　　我对马利纳和伊万都说"你"，但这两种"你"在发音上有难以估量和描述的区别。我从来没有对他们中任何一者说过"您"，从一开始就是，即便那是我的习惯。我在一瞬间就认出了伊万，我来不及用话语靠近他，在什么都没说之前，我就已经属于他。而马利纳，许多年来他一直在我脑中，我对他的渴望那么强烈，以至于我们生活在一起似乎只是对某件一贯如此的事的肯定，只是这件事常常受到其他人或是错误的决定和行为的阻碍。我称呼马利纳的"你"准确，就像我们的对话和争吵。称呼伊万的"你"含糊，有很多颜色，或深或浅，可以变得易碎、温和或胆怯，它不限于表达的规模，可以在很长的时间间隔里，单独说出来，而往往，它像一声警笛，总是新奇而诱人，但它不带有那种每当我在伊万面前说不出话来时就会在自己心里听到的语气和意思。有一天，在我内心之中而不是在伊万面前，我会完成这个"你"。这会是一个完美的"你"。

除此之外，我对大多数人都说"您"，这是我的一种不可或缺的需要，也是出于谨慎，但我也至少有两种"您"。一种"您"是给大多数人的，另一种是危险的、像一台精密仪器一样的"您"，我从来不对马利纳或者伊万用这种"您"，它是留给那些如果没有伊万便有可能出现在我生活里的其他男人的。因为有伊万，我躲避这些令人不安的"您"，也躲避我自己。这是一种难以描述的"您"，一种有时可以被理解（尽管只是极少的时候），但也只是通过它所带来的紧张而被理解的"您"，一种朋友之间用"你"时所没有的紧张。因为当然，我也对各种人说"你"，我和他们以前是同学，一起上过课，或者和他们工作过，但这不意味什么。我的"您"可能和范妮·戈尔德曼的"您"有关，据说，当然只是传言，她坚持对所有情人说"您"。她也对其他不是她情人的男人说"您"，而应当有一个她爱的男人，她对他说出的是最动听的"您"。像范妮·戈尔德曼这样总被人谈论的女人，她们什么也做不了，有一天话就这样传开了：您是住在月球吗？什么，您连这都不知道吗？她和那位无与伦比的"您"结束了！就算是从不议论别人的马利纳，也提起他今天见到了范妮·戈尔德曼，她也受邀去了约尔丹家，他不自觉地说：我从没听过一个女人说"您"说得这么动听。

我对马利纳怎么看范妮·戈尔德曼没有兴趣，他也不会做任何比较，毕竟那个女人学过该如何说话，而我从没有学会怎么用腹部呼吸，无法随意地转换词语，也不知道怎么优雅地停顿。马上就到睡觉的时间了，我为不知道和马利纳说什么而感到焦虑，该从哪里开始讲？我见了两个孩子，而马利纳对他们毫无兴趣。一切在其他地方发生的事，马利纳称其为我的"小故事"，都不被允许谈论。世界大事和城里的新闻不应当被重演，至少在马利纳面前不能，我们也不是坐在酒吧里。我可以谈论我周围的一切，那些环绕我的事。有没有一种说法叫"剥夺精神财产"？如果这种剥夺真的存在，那么受剥夺者还有没有权利经历他最后的思考中的困难？这是否值得？

我想问一些不可能有答案的事。谁发明了写作？写作是什么？财产是什么？谁下令剥夺？Allons-nous à l'Esprit?[1] 我们是不是卑贱的种族？我们是否该参与政治，什么都不做，只是变得野蛮？我们被诅咒了吗？我们是不是要完了？马利纳起身，他倒空了我的杯子。我会在很深的醉意里抱着问题入睡。我在夜晚崇拜动物，将暴力的手放在最神圣的标志上，我会抓住所有的谎，会在梦中成为野兽，然后让自己像头野兽一般被杀死。

1　法语：我们要不要走向圣灵？与前文所引的兰波诗句呼应。

我睡着，脑袋在抽搐，脑中事物闪过、发光，把我投入黑暗之中，我再次被威胁，那是种毁灭的感觉，于是我尖锐地对不在那里的伊万说：马利纳不会，马利纳不一样，你不了解马利纳。我从没有大声骂过伊万，也永远不会大声骂伊万。当然，伊万也没说过马利纳的不好，他从来不会想到马利纳，又怎么会嫉妒马利纳和我住在一起呢？伊万不提马利纳，就像你出于礼节，不会提及家里某个在监狱里的人或是精神有问题的人，而即便我的眼神放空了几分钟，那只是因为我感到一阵可怕的紧张，当我想到马利纳时，一种良好而清晰的误解笼罩在我们三个人之上，统治、支配着我们。我们是唯一感到安逸的臣民，居于如此丰富的谬误之中，没有人能够厉声反对另一方或反对这个王国。在外面，其他人要我们瘫痪，因为他们想要夺走我们的权利，权利会被夺走或篡取，他们总是相互抗议却没有任何权利这么做。伊万会说：他们是在给彼此下毒。马利纳会说：这些人的观点都是从别人那儿租来的，租金那么高，他们会为此付出沉重的代价。

我租来的观点已经在消失了。和伊万分别变得越来越容易，找他也是。因为我对他的想念不再那么横行霸道，我可以放任他离开我的思绪长达几个小时，这样他就不必一刻不停地在睡梦中揉自己的手腕和脚踝，因为我已经将他松绑了，或者说，只是绑得松松的。他不再频繁地皱眉，他的皱纹慢慢被抚平，因为我那眼神与爱抚的专制变得柔和了，我对他施的咒语变得简短，这样我们就能更轻易地道别，我们中的一个走出门，另一个钻进车里，喃喃地说：如果现在是三点四十分，那么我可以正好准时到博览会场地，你呢？我没事，没什么特别要紧的，明天我和几个人去布尔根兰，不，不过夜，我还不知道我朋友……最轻声的呢喃，因为我们都不知道这些朋友的事，也不知道布尔根兰和博览会场地、这些词属于哪种生活。我答应伊万我只穿让自己好看又高兴的衣服，我说我会按时吃东西，少喝酒。我还仓促地向他保证我会睡觉，不急着醒，我会睡得很沉。

我们会和孩子们说话，但也越过他们的头顶讲，用满是暗示的生涩德语，无可避免地夹杂几句英语，但如果我们开始用英语这套"莫尔斯电码"，那并不是发出"SOS"求救信号的意思，一切都很顺利，和伊万、和孩子们都是如此。[1]孩子们在的时候，我克制自己，却比单独和伊万在一起时说得更多，因为这时候的伊万不是伊万，是贝洛和安德拉什的父亲。一开始，我没法在孩子们面前叫伊万的名字，直到我发现孩子们也叫他伊万（不过，有时当安德拉什开始哭的时候，他还是会喊："Papà！"[2]这一定是更早期的词）。伊万在最后一刻决定带我一起去美泉宫，自然是因为安德拉什从一开始就喜欢我，他问：她不来吗？她应该和我们一起去！但在猴屋前，两个孩子紧紧抓着我，安德拉什握住我的手臂，我小心地把他搂得更近，我不知道原来孩子的身体比大人更暖和、更好摸，贝洛感到嫉妒，也贴我更近了，但这只是因为安德拉什的缘故，他们的步步

---

1 后文在贝洛和安德拉什在场的情况下，"我"和伊万会用英语说一些话，以免孩子们听懂。用楷体表示。

2 匈牙利语：爸爸！

逼近让我无法拒绝，就好像一直以来他们都缺了这样一个人，一个可以一直抓住、推挤的人，伊万不得不帮忙喂坚果和香蕉，因为我们紧紧抱在一起笑，贝洛在扔坚果，没有扔中。我很想向他们讲解狒狒和猩猩，我没有准备好在动物园里度过一个小时，我应该事先读布雷姆的《动物的生活》[1]，我对蛇一无所知，我不知道里面的蝰蛇是吃白鼠（贝洛说他知道是这样），还是吃虫子和树叶（伊万猜是这样），伊万已经感到头疼了，我对他喊：继续往前吧！贝洛和安德拉什还想看蜥蜴和蝾螈，而伊万没有在听，所以我编出关于爬行动物的不可思议的习性和故事，对一切问题不以为意，我知道它们来自哪个国家，知道它们什么时候起床，什么时候睡，它们吃什么，想什么，是不是会长到一百岁或一千岁。要是伊万没有因为头痛和失眠那么不耐烦就好了，因为我们还得去看熊，喂海狮，在很大的鸟舍前，我编造关于秃鹰和老鹰的一切，没时间看鸣禽

---

1 *Tierleben*，德国动物学家阿尔弗雷德·布雷姆（Alfred Brehm，1829—1884）于 20 世纪 60 年代出版的科学参考书。

了。我只好说，伊万会在那家叫"许布纳家"的店请我们吃冰激凌，但前提是我们马上走，不然就没有冰激凌了，我说：伊万会很生我们的气！只有冰激凌有用。伊万，请我们吃冰激凌吧，我敢肯定，你答应过孩子们的（在他们的头顶：拜托，帮我这个忙，我答应过请他们吃冰激凌），你最好再要杯双份浓缩。伊万闷闷不乐地点单，他一定累坏了，我和孩子们在桌子底下轻轻踢彼此的脚，然后越来越用力，贝洛狂笑起来：她穿的是什么鞋啊，她的鞋好蠢！我为此轻踢了贝洛一下，但伊万生气了：贝洛，管好自己，不然我们现在就回家！但无论如何，我们都要现在回家，无论孩子们有没有管好自己，伊万都要把他们扔进车的后座了，我多待了一会儿，买了两个气球，伊万在往另一个方向找我，我没有零钱，一个女人帮我换了五十先令的纸币，她以一种悲伤而友好的语气说：那一定是您的孩子吧，多可爱啊！我略带尴尬地说：谢谢，谢谢您，您人真好。我安静地上车，把气球的线塞进两个好孩子的手心。开车的时候，伊万说：你疯了，完全没必要！我转身说：你们今天话这么多！真叫人受

176

不了！贝洛和安德拉什的笑声混在一起：我们话多，叽叽喳喳叽叽，我们话多！当事情变得像这样不受控制时，伊万就开始唱歌，贝洛和安德拉什停止吵闹，他们一起唱，大声地，小声地，在调上，不在调上。

Debrecenbe kéne menni

pulykakakast kéne venni

vigyázz kocsis lyukas a kas

kiugrik a pulykakakas[1]

由于我既不知道这首歌也不会唱，所以我对自己感叹道："éljen!"（万岁！）

伊万把我们送到 9 号，他要去办公室拿些资料，我和孩子们玩牌，安德拉什给我提建议，他总是盼着我好，贝洛嘲讽地说：你玩得不对，你是个白痴，

---

1 匈牙利语儿歌：我们应该去德布勒森 / 我们应该去买雄火鸡 / 小心，司机，车上有个洞 / 雄火鸡要跳出去了。

177

先生，抱歉，女士！我们在玩的是童话四重奏[1]，但贝洛总是抱怨，因为童话主题对他来说太蠢了，他已经过了童话的年纪，那是属于安德拉什和我的。我们玩动物四重奏和花卉四重奏，汽车四重奏和飞机四重奏，我们赢和输，我经常输，有时候是非自愿的，有时候是自愿的，为了帮助贝洛和安德拉什获得好运。当我们开始玩城市四重奏时，安德拉什不想再玩了。他不知道什么城市，我给他出主意，我们在牌后窃窃私语，我说"香港"，安德拉什不明白，贝洛生气地把牌扔到桌上，就像一位在一个重大会议上就要爆发的绅士，因为其他人都跟不上进度，安德拉什想回去玩童话四重奏，我们来回拉扯了一会儿，然后我建议：我们抽鬼牌。我们至少玩过上千次抽鬼牌了，但他们一下子又兴奋起来，贝洛洗牌，我切牌，我们再次发牌、抽牌、打牌。最后，我抽到了鬼牌，伊万走了进来，贝洛和安德拉什大笑，用最大的力气喊着：鬼牌！鬼牌！现在

1　Quartett，纸牌游戏，由 32 张牌组成，分 8 组，每组 4 张，即"四重奏"，玩家要赢得尽量多的四重奏。该游戏和后文的抽鬼牌（Schwarzer Peter）都起源于德国。

我们再和伊万玩一次，最后剩贝洛和我，不幸贝洛抽到了，他扔下手里的牌，嘶哑地大叫：伊万，她是个婊子！我们在男孩们的头顶交换视线。一股怒气在伊万胸口危险地翻滚，贝洛假装什么都没说。伊万提议我们喝点陈年干邑，作为和平的象征，贝洛甚至问他能不能去帮我们拿，他跑了两趟，还给我们拿了杯子，伊万和我沉默地坐着，盘着腿，孩子们安静、小心地在桌前玩花卉四重奏，我什么都没想。但然后，我确实想了什么，具体来说，就是伊万在孩子和我之间来回移动的眼神，它们思考、发问，尽管都以友善的方式。

我就该永远等下去吗？一个人该永远等下去吗？该等上一生的时间吗？

我们约在图赫劳本的那家意大利冰激凌店见面。伊万说，这样孩子们就不会注意到任何事。你好！最近怎么样？在孩子面前，我也假装几周没见伊万了。我们的时间不多，伊万没有问就点了四份混合口味冰激凌，贝洛得去上他的体育课，这让伊万和伊万的母亲都有些困扰，即便是贝洛自己也不怎么喜欢体育课。伊万谴责学校及其课程安排，尤其是这些不合理的体育课，它们总换着地方上，还总是在下午。你们这里的人是不是觉得每家都有至少两辆车和好几个保姆？伊万几乎从来没说过什么关于维也纳生活条件的话，他不做比较，也不做评论，似乎认为把这里和那里做对比既不负责任也毫无意义。今天他只是因体育课有些失控，他说，"你们这里的人"，他对我这么说，就好像这节体育课是我所属的世界的缩影，而我应当拒绝这一世界，但也可能这只是我在焦虑中的臆想，我不知道在匈牙利，那里的体育课是什么样的。伊万买了单，我们带着孩子们走到街上，往车的方向去，安德拉什挥挥手，但贝洛问：她不一起来吗？为什么她不一起来？然后他们从图赫劳本消失，拐了弯，走上高市场街，被一辆外交用车挡住了。我还在朝那个方向看，而已经找不到他们的踪影，我慢慢穿过伯多禄广场到了格拉本大街，这是另一个方向，我要买些袜子，给自己买件新毛衣，今天我尤其想给自己买些好看的衣服，因为他们的消失，伊万当然也不

180

能在孩子们面前说他晚上会打电话给我。

　　我听到贝洛说：她应该一起来！

　　在格拉本大街，我买了一条新裙子，一件很长的家居服，可以在下午，或是在一些特别的晚上在家穿，我知道为谁而穿，我喜欢它，因为它柔软，很长，意味着可以待在家里很久，甚至今天就可以。但试穿的时候，我不想要伊万在这里，更不想要马利纳在，而因为马利纳不在，我只能频繁地照镜子，必须在走廊的长镜前，在几英里外，深不可见，比天还高，在没有男人的神话里，转好几圈。一个小时，我可以永恒、无限地度过，我深深地满足，走进一个传说，那里有皂香，爽肤水的刺痛，洗衣的沙沙声，流苏浸入粉末桶，唇笔深思后画下的线是唯一的现实。于是，一件作品，一个女人因一条家居裙而诞生。女人在秘密中重新建构，像一个新的开始，有着一个不为任何人而生的光环。头发要梳二十次，双脚要涂油，涂脚指甲，剃掉腿毛和腋毛，打开、关上淋浴，粉末浮在浴室里，问镜子的意见，永远是星期天，镜子，要问墙上的镜子，或许已是星期天。

　　有一天，所有女人都会有金色的眼，她们会穿上金色的鞋和金色的裙，而她将梳理金色的头发，她将她撕碎，不！她沿多瑙河骑着黑马，进入雷蒂亚，她金色的头发在风中飘荡……

　　有那么一天，所有女人都会有红金色的眼，红金色的发，她们的家族之诗将被重写……

　　我走进镜子，我消失在镜子里，我看到了未来，我与自己合一，又不合一。我眨眼，又醒了，进入镜子，用笔画出眼睑的线。我可以放弃。有一瞬间，我是不朽的，我不是为了伊万在那里，也不是活于伊万，我是我，没关系。浴缸里的水流走。我合上抽屉，把眼线笔、罐子、小瓶、喷雾放进收纳柜，这样马利纳就不会生气。裙子挂在衣橱里，它不适合今天。我要在睡前出门呼吸一些空气。考虑了一下，我转进干草市场街，我怕离城市公园太近，我怕它的影子和漆黑的轮廓，我从林克巴恩巷绕路，走得很快，因为这一片叫我害怕，但一到了贝娅特丽克丝巷，我就又感到安全，我沿着贝娅特丽克丝巷走到匈牙利巷再转进伦韦格，这样我就不会知道伊万在不在家。回家路上，我出于一样的考虑，尽量不看到 9 号和明茨巷。伊万应该有他的自由，即便在这个时间，他也应该有自己的空间。我上台阶，一下迈好几级，因为哪里似乎有电话在响，那可能是我们的电话，那真的是我们的电话，在断断续续地响，我冲进门，没来得及关门，因为电话声刺耳，仿佛状况紧急。我抓起听筒，惊讶，接不上气：

　　我刚进门，我去散步了

　　当然，就我一个人，还能有谁，没几步路

　　所以你在家，但我怎么会

　　那我应该没有注意到你的车

　　因为我是从伦韦格走的

　　我一定忘了抬头看你的窗户

　　我喜欢从伦韦格走

　　我怕一路走到干草市场街

　　但你回来得好早

因为城市公园，你说不好

我应该往哪儿看

明茨巷，我今天把车停在了那儿

那还是我打给你吧，明天我会打

和解到来，然后是困意，我没有那么不耐烦了，
我不确定，但我再次安全了，不再沿着夜晚的城市
公园走，在经过那些建筑时感到紧张，不再在黑夜
里绕路，而是已经到家了一会儿，已经安全地在匈
牙利巷停靠，在匈牙利巷之国安营，我的头微微浮
出水面。第一句话和第一个词泪汩流出，蓄势待发，
已经开始。

  有那么一天，男人们会有红金色的眼和恒
星的声音，当他们的手被赋予爱，他们的家族
之诗将被重写……

已经在抹去，审阅，丢弃。

  ……他们的手会被赋予善，他们会以纯洁

的手追求至高的善，他们将不会永远，人类将不会永远，他们将不必永远，等待……

已经洞悉，已经预言。

我听到钥匙开门的声音，马利纳疑惑地看着我。

你没有打扰到我，请进，要喝茶吗，或者牛奶，你想要什么吗？

马利纳想从厨房倒一杯牛奶，他微微地、讽刺地鞠了个躬，好像有什么事让他觉得高兴，对我笑了笑。他还忍不住说些惹我生气的话：如果我没搞错的话，"nous irons mieux, la montagne est passée"[1]。

请不要说这些普鲁士句子，饶了我，你不应该打搅我，毕竟，每个人都有权利，哪怕就一次，走上坦途！

1　法语：我们将走上坦途，崇山已被越过。普鲁士国王腓特烈二世（Friedrich II，1712—1786）的临终遗言，此处调换了前后两句的顺序。

我问伊万有没有思考过爱情，他以前是怎么想的，他今天是怎么想的。伊万抽烟，让烟灰落地，安静地找他的鞋，两只都找到了，他转头面向我，找不到合适的词。

这是人们会思考的事吗，我应该怎么想，你需要用任何词语形容它吗？你是不是在给我设陷阱，我亲爱的小姐？

是又不是。

但如果你……你从来没有任何感觉吗？蔑视？厌恶？那如果我也感觉不到任何东西呢？我警觉地问。我想搂住伊万的脖子，这样他就不会离我太远，这样在我第一次问他这个问题的时候，他就不会离我一米远。

你是指哪种蔑视？你怎么总想得这么复杂？我来了，这就足够了，老天，你都问些什么不可能回答的问题！

我得意地说：这就是我想要知道的全部，不管这些问题有没有可能回答。除此之外，我不想知道更多。

伊万穿好了衣服，剩的时间不多了，他说：你有时候有些滑稽。

不，不是我，我答得很快，是其他人，是他们把我带进这样荒谬的想法之中，我以前从来没有这么想过，我不会厌恶或者蔑视，是我身体里的其他人，一个从来不同意我意见的人，他从来不让自己回答强加给他的问题。

难道不应该是"她"吗？

不是，是"他"。我不会把这两个人弄混。他。我说的是他，你要相信我。

但我的小姐，我们很女性，这是我从一开始就确信的事，今天你还是可以相信我的这个判断。

你很不耐烦，你都没有耐心让我讲话！

我今天很有耐心，我不是只把我所有的耐心都留给你一个人！

你只需要有一点点耐心，然后我们就会找到答案。

但你让我不耐烦！

恐怕你的不耐烦要归咎于我的耐心……

（关于耐心和不耐烦的句子结束。一个很小的集合。）

有那么一天，我们的房屋会倒塌，所有的车会化为废铁，我们会从飞机和火箭中解放，会放弃发明车轮和核裂变的能力，新鲜的风从青山上吹下，鼓起我们的前胸，我们会死去，依然呼吸 [1]，那将是整个人生。

沙漠中的所有水会干涸，再一次，我们会进入荒芜，见证启示，稀树草原与纯净的水会向我们发出邀请，钻石永留于岩石，照亮我们，原始森林会将我们从思想的夜丛中带离，我们将停止思考和受难，那将是救赎。

1　这里化用了《忆法国》中的诗句 "Wir waren tot und konnten atment"（我们死了，却能够呼吸）。

亲爱的院长先生:

　　您代表学院在我生日那天祝福了我。请允许我告诉您今天我有多么吃惊。我当然不怀疑您的心意,因为几年前我有幸在开幕式上见过您……我有幸认识了您。但是您提到了一个日子,或许是特定的一个小时,一个无法撤销的瞬间,那应当是对我母亲来说最私密的事情,出于体面的考虑来说,对我父亲也是。自然,关于那一天,我什么也不知道,我只需要记得那个日期,在每一座城市的每一张登记表上写下来,即使只是路过那里。而我也已经很久没有去过其他的国家了……

亲爱的莉莉:

　　你这时应该已经听说了发生在我身上和我脑中的事。虽然我说"这时",但已经过去很多年了。那时,我请你来,来帮我,不是第一次,是第二次,但第一次你也没有来。你应该知道我对于基督教邻人之爱的看法。但我不是

189

很善言，我只是想说，邻人之爱必然不排除任何可能性，可它或许对一些人而言是紧闭的，比如说我，但我也可以想象人们会因这种教义而采取行动，你本也可以因此而来帮我的。当然，我更希望你是为了我而行动。在紧急情况下，人们不需要达成共识，而这绝对是紧急情况。亲爱的莉莉，我知道你的大度，和你在许多情形下有些夸张的举止，但我欣赏它们。可如今七年过去了，就算是你的理智也骗不过你的心。如果有一个人同时具备心和理智，但具备得不够，那么他在自己身上引发的失望一定会比他让身边朋友所感到的失望更糟糕。我非常愿意帮助 G. 先生。我们决定接受彼此对如何听音乐、以什么样的音量听，以及选曲的不同看法，由于最近我因病对噪声越来越敏感，于是我们就音乐的各种作用没日没夜地吵，我的时间观念在那时也开始受到很大的影响，安排、管理时间对我来说似乎是病态的，但我也准备好了承认我对时间的态度，或者不如说我的无态度，它已经到了病态的程度。我们也接受，在紧急情况下，在猫和狗的事宜上可以持不同意见，我已经准备好了声明，说我无法和动物——尤其是猫——还有他同时在一间公寓里生活，而他想说他没法同时与一只狗或者我母亲和我同床共枕。不管怎样，我们都达成了非常明确、和谐的共识。你知道我有我的偏见，我受的教育、我的出身，还有我身处的阶级，让我抱有一些特定的假设，我很好相处，因为我习惯某些特定的语气、手势，特定的柔和的礼仪，而那种让我的——也是你的——世界受到伤害的粗暴本身就足以让我疯掉。所以，因为我的出身和背景，到头来，我，可以说，根本无法治疗。我没有商量的余地。我不接受那些给我带来痛苦的奇怪习俗。即便是那位泰国大使，他想要我脱下我的鞋，但你知道那个故事的……我不脱鞋。我不公开我的偏见。我把它们存在心里。我更倾向于脱衣服，脱到只剩鞋子。如果有一天我的习俗需要我这么做，那么我想应该会是这样的：将所有的一切扔进火堆，连同鞋子一起。

维也纳，……

亲爱的莉莉：

与此同时，你一定知道了，事情与你较为悲观的判断都不一致，但凡以坏的方式被知晓的事物，一定会到处流传。你从来不相信这一点。但你还是没有来。又是我的生日。抱歉，是你的生日……

亲爱的莉莉：

到了今天，我再也不想见到你了。这不是一时冲动，出于最初或者最后的激情而写下的愿望。最开始的几年里，我仍旧写许多痛苦、控诉、责难的信，然而尽管它们中有那么多的责备，相比于我们曾交换的无数包含最温柔的问候、相拥、给彼此美好祝愿的琐碎信件，都揭露了我更多的情感。我的这个愿望也没有经过深思熟虑，很久以前我就停止了思考，但我发现我内心有什么在放你走，不再追求你，甚至不再寻找你。当然，G. 先生、W. 先生或者，就我所知，A. 先生，或许曾试着用一些卑劣的方法让我们分开，但两个人怎么会被一个或很多个第三者分开呢？要去归咎于这个人或者这些人很容易，把罪名放到他们身上——如果这样好笑的罪名真的存在的话，我不知道——但不管怎么说，罪实在是太不重要了。只要没有分开的愿望，它就不会发生，所以它只可能是你最深处的欲望，栖居等待着最微不足道的场合。对我来说，这样的场合从未发生，所以今天也不可能发生。只是你在我内心开始倒退，你已经进入了那个我们在一起的时光，那里是你年轻的模样，不再因后来发生的事和我对它们的想法损坏。它再不会被破坏。它立于我内心的陵墓，紧挨着那些我想象中的人物形象，他们很快就会复苏，很快就会死去……

维也纳，……

一个不知名的女人

每当伊万把这些小恶魔、淘气鬼、强盗、怪人，这些"gyerekek"（孩子）留给我——因为他要出去办事，就一下，也是我自找的——公寓就会遭受莉娜做梦都想不到的动荡。首先，他们弄碎了莉娜的大理石蛋糕[1]，却几乎没怎么吃，而我要把刀、叉和任何尖锐的东西都清理干净。我不知道公寓里有这么多危险的东西，而且，我给伊万留了门，安德拉什却已经逃到了楼梯间。我肩负着可怕的责任，每一秒我都看见新的、未知的、意想不到的危险，因为如果任何一个孩子出了任何事，我就再也无法正视伊万了，可现在有两个孩子，他们都比我动作更快，更有想法，更机灵。好在安德拉什没有跑到大街上，而是去了楼上，他不停地按女高音歌唱家的门铃，她没法起身开门，因为两百公斤的体重把她压在了床上，我会在她门下面留一张纸条道歉，因为这一定让这位室内歌手肥胖衰老的心脏很不适。我把安德拉什拽回公寓，但门砰的一声关上了，我

1　一种糕点，得名于其表面的纹理。

没有钥匙。我敲门，伊万开门，伊万来了！如果是我们两个人，小孩就更好应付些，贝洛听伊万的话，一言不发地捡起最大的一块蛋糕屑，但现在安德拉什发现了唱机，他的手已经在新买的宝蓝色唱头的唱臂上了，刮着唱片。我开心地对伊万说：让他去吧，不要紧，D大调协奏曲而已，是我的错！但我确实把烛台放在了安德拉什够不到的高架子上。我冲进厨房，从冰箱里拿出可口可乐。伊万，你能打开这些瓶子吗，不，开瓶器在那里！但贝洛已经拿着开瓶器跑走了，我们需要猜它在哪里，我们一边玩一边猜：冷的，温的，凉一些，热的，非常烫！开瓶器在躺椅底下。孩子们今天不想喝可口可乐，贝洛把杯子里的饮料倒进插着柯别茨基先生送的玫瑰的花瓶里，其余的倒进伊万的茶里。我说：孩子们，你们能不能等一分钟，我要和伊万说点事，看在上帝的分上，就一分钟，安静一下！我和伊万说话，他告诉我，他不带孩子们去蒂罗尔了，他们去蒙德湖，比之前说的更早走，因为他母亲不想去蒂罗尔。我没有机会回答，因为安德拉什已经开始在厨房里探险，我在厨房阳台上抓住了他，他正要爬围栏，我面无表情地拉他下来，说：过来，好吗，到这里来，我有巧克力要给你！伊万继续平静地说：我昨天联系不到你，我应该更早告诉你的！所以伊万想去蒙德湖，而这和蒙德湖，和我都无关，我很快接上：听上去不错，我得去沃尔夫冈湖拜访阿尔滕维尔家，我拒绝了两次了，这次含含糊糊地同意了，我真的得去，不然他们会觉得被冒犯了。伊万说：你应该去，你应该出一趟维也纳，我不懂你为什么一直拒绝，你有这个时间。"Éljen!"（万岁！）贝洛和安德拉什现在在厅里找到了马利纳和我的鞋，他们把自己的小脚放进去，摇摇晃晃地走，安德拉什摔倒了，大喊，我把他扶起来抱到我的腿上。伊万把贝洛从马利纳的鞋子里拉出来，我们一边和孩子们拉扯，一边找不见了的巧克力，它或许可以挽救局面，安德拉什抓住了剩下的巧克力，抹得我衬衫上都是。所以，他们会去蒙德湖，我会去阿尔滕维尔家。贝洛大叫：七里靴[1]！穿着它我可以走遍

1　Siebenmeilenstiefel，欧洲民间故事中具有神奇力量的靴子，穿上后能走得很远。

全世界，我可以到多远？一路到布克斯特胡德？但是，伊万，如果他一定要穿七里靴走，那就让他待在那双鞋子里吧，请你，晚些时候给我打电话，我要和你聊一聊，威尼斯的邀请函，你的回信，预付了回信费用的电报，我都还没有寄出去，它们没那么重要，威尼斯不重要，晚些时候我们可以……伊万带贝洛去了卫生间，安德拉什踢了几脚，一开始是想从我的腿上下来，然后他突然亲吻我的鼻子，我亲吻安德拉什的鼻子，我们互相摩擦鼻子，我希望这不要结束，我希望安德拉什想一直这样下去，和我一样想要一直摩擦彼此的鼻子。我希望蒙德湖和沃尔夫冈湖不存在，但是说过的话就是说过了，安德拉什靠近我，我抓住他，他必须是我的，孩子们将完全属于我。伊万走进来，将几把椅子摆好，他说：够了，没时间了，我们得走了，你们两个又这么胡闹，太可怕了！伊万还得在商店关门前给他们买橡皮艇。我和他们三个站在门前，伊万拉着安德拉什，贝洛已经跑下了楼。再见了，小姐！再见，你们这些小捣蛋。我晚些时候打给你。再见！

　　我把甜点盘和杯子端进厨房，来回走，不知道

197

我还能做什么，我从地毯上捡起一些蛋糕屑，明天莉娜会用吸尘器清洁一遍。我不再希望伊万没有孩子了，他打电话来的时候，我会说些什么，或者我会在他出发前告诉他，我早晚得说些什么。但最好还是不说。我会从沃尔夫冈湖给他写信，保持一些距离，思考十天，然后写，一个字也不多。我会找到合适的字词，忘记文字的黑色艺术，在伊万面前我会完全朴素地去写，就像我家乡农村的姑娘给爱人写信那样，像女王给被选中的人写信那样，不带羞耻地去写。我将像那些无望获得赦免的罪犯那样，请求缓刑。

我很久没离开过维也纳了，去年夏天也没有，因为伊万要待在城里。我称维也纳的夏天是世界上最好的事情，没有什么比和其他人一起开去乡下更蠢的了，我也受不了假期，沃尔夫冈湖会被毁掉，因为整个维也纳都会去那里，所以当马利纳去克恩滕时，我便独自待在公寓里，这样就能和伊万在老多瑙游几次泳。但这个夏天，老多瑙暗淡无光，世界上最美的地方一定是蒙德湖，而不是被遗弃的、满是游客的维也纳。就好像时间不再流动一样。早上，伊万会带我去车站，因为他们中午才开车离开。耶利内克小姐下午晚些时候会来，还有些需要处理的事。

亲爱的哈特勒本先生：

感谢您 5 月 31 日的来信！

耶利内克小姐在等我，我在抽烟，她应该把这张纸拿出来扔进废纸篓。我无法给 5 月 31 日的信回信，数字"31"在任何情况下都不应该被利用和玷污。这位慕尼黑的先生在想什么？他凭什么让我把注意力放到 5 月的 31 日？我的 5 月 31 日与他有什么关系！我匆忙地离开房间，不能让耶利内克小姐注意到我开始哭了，她应该整理、归纳文件，她根本不应该回复这位先生。所有回复都可以放到以后，夏天之后还有时间，在洗手间，我在无比的惶恐中再次想起来，今天我仍会写一封更坚决、更热切的信，但是由我自己写。耶利内克小姐应该算一下她的工时，我没时间了，我们祝彼此夏安。电话在响，为什么耶利内克小姐还在。再一次：夏天愉快！假期愉快！问克拉瓦尼亚博士先生好！尽管我不认识他。电话声刺耳地响起。

我没有口吃，你想多了

但我前天告诉过你

一定是哪里弄错了，我想说

我真的很抱歉，昨晚

不，我已经告诉过你，今天，很遗憾

我不希望你总是做我想让你做的事情

我完全没有那样做，比如说，这绝对不可能

我确定我告诉过你，只有你

但我才是那个没有时间的人

明早我一定要带你

我很赶，早上见，八点！

奇怪的相遇。今天我们都没有时间留给彼此，最后一个晚上总是有很多事要做。我会有时间，我已经收拾好了行李，马利纳出去吃饭，是为了我。他会很晚回来，也是为了我。要是我知道马利纳在哪儿就好了。但我也不想见他，今天我不能见他，我需要想一想奇怪的相遇。有一天我们的时间会越来越少，有一天它会成为昨天、前天、一年前和两年前。除了昨天，还会有明天，一个我不想要的明天和昨天……哦，昨天，我想起来我是如何遇见伊万的，从第一刻开始我就一直……我害怕，因为我从来不愿去想最初是什么样，一个月前是什么样，不愿去想有孩子之前是什么样，从前与弗朗西丝和特罗洛普的日子是什么样，现在和孩子们的日子又是什么样，想我们四个在普拉特游乐场的样子，在幽灵列车上，我嘲笑安德拉什在经过骷髅时挤得我太近。我再也不想知道一切刚开始的样子，我不再在兰德斯特拉塞主街的花店前停留，我不找也不问那家花店的名字。但有一天，我会想要知道，而从那天起我会停下、倒回昨天。但它还不是明天。在昨天和明天到来之前，我必须让它们在我体内安静下来。这是今天。我在这里，今天。

伊万打来电话，他没法带我去火车西站了，最后时刻出了点事。没关系，他会给我寄明信片，但我没法再听他说了，因为我要马上打电话叫出租车。马利纳已经走了，莉娜还没到。但莉娜在路上，她在楼梯间看到我拿着行李箱，帮我抬了行李，她在出租车前拥抱我：最好健康地回来，尊贵的夫人，不然医生会不开心！

我在火车西站跑来跑去，然后跟着推我行李的搬运工走到 3 号站台的底端，我们得折返，因为要坐的车在 5 号站台，有两列车同一时间出发去萨尔茨堡。5 号站台的火车比 3 号的还要长，我们必须越过铁道，到站台末尾上最后一节车厢。搬运工想现在就拿钱，他认为从铁道上穿行是桩丑闻，很典型的丑闻，但他还是帮了我，因为我多给了他十先令，而这仍旧是桩丑闻。我更希望他不被这十先令贿赂，那样我就不得不回去，一个小时后我就会到家。火车发车了，我用最后的力气勉强关上那扇飞速打开、想把我甩出去的车门。我坐在我的行李上，直到列车员走过来把我带进车厢。此外，这列车在抵达阿特南 – 普赫海姆之前都不会想要脱轨，它会短暂地经停林茨，我从没去过林茨，我总是经过它，多瑙河上的林茨，我不想离开多瑙河岸。

> ……她看不到从这个只有柳丛、风和水的奇异景观中逃离的路……柳树发出更多低语，它们嘶嘶地响，它们大笑，它们发出刺耳的尖叫、呻吟……她把头埋进双臂，这样就听不到……她无法前进或后退，只能勉强在河水与压倒一切的柳树之间做出选择。

在萨尔茨堡车站，安托瓦内特·阿尔滕维尔和一些乘坐对面列车回慕尼黑的人挥别。我一向厌恶这座车站荒谬的等待时间和清关流程，但这次我不用被检查，因为我会待在这里，我属于"国内"。

但我需要等安托瓦内特吻别完所有人，然后她向出发的火车挥手，仿佛以她的亲切致意示意整个国家，当然，她没有忘记我。阿蒂无比期待见到我，很快他就要去参加划船比赛，所以？我不知道？安托瓦内特总是忘记别人对什么感兴趣，所以阿蒂想明天开船带我去圣吉尔根，因为他当然不会参加第一场比赛。我对安托瓦内特的话越来越困惑。我不懂为什么阿蒂要等我，安托瓦内特大概也不知道，只是出于好意编了这些。马利纳向你问好，我干巴巴地说。

谢谢，那你们怎么没一起来？哦不，真的吗？还在工作！我们这位亲爱的花花公子还好吗？

我很惊讶她说马利纳是花花公子，我笑了起来：安托瓦内特，你是不是把他和亚历克斯·弗莱塞尔或弗里茨搞混了！噢，你现在和亚历克斯在一起吗？我礼貌地回答：你一定是疯了。但我想象着马利纳独自待在维也纳的家里，如果他是个花花公子，那他一定过得很艰难。安托瓦内特开着一辆捷豹，英国车是唯一能开的车，她快速、安全地驶出了萨尔茨堡，走了一条她自己发现的近路。她对我的安

204

全抵达感到惊讶。人们总是听说一些关于我的滑稽事，比如我从来没有在预期的时间和地点到达过。我开始描述我第一次去圣沃尔夫冈的经历（我省略了旅程的主要内容，也就是一整个在酒店房间的下午），说那天一直下雨，整趟旅行毫无意义。尽管说实话我已经不记得了，但我让当时下雨，这样安托瓦内特就会给我一个明媚的萨尔茨卡默古特作为补偿。那次我只能难得地见上埃莱奥诺雷一个小时，因为她在大饭店的厨房值班，安托瓦内特生气地打断我：不，你说什么？这是什么意思，诺雷？哪个厨房？大饭店，那都不存在了，倒闭了，但那个地方住着还不赖！我匆忙让埃莱奥诺雷下场，不再试着让安托瓦内特开心而伤害了自己。我就不该再来这里一趟。

到了阿尔滕维尔家，已经有五个人在那里喝茶，还有两个人会来吃晚餐，我没有勇气说：但你答应过我不会有其他人的，你说这里会完全安静，只有我们自己！所以明天万丘拉一家会来，他们夏天租了一栋别墅，周末只有阿蒂的妹妹来，她坚持要带上巴比，巴比——你在听吗？一个很难以置信的故事——她天生就是个骗子，在德国和这个叫罗特维茨的结了婚，尽管她出身不好，但据说她在外面取得了"succès fou"[1]，德国人总是很好骗，他们真的觉得巴比和金斯基家族[2]有关系，也和他们阿尔滕维尔家有关系，是不是很神奇。安托瓦内特不住地感到惊讶。

我在下午茶时间偷闲，在村子里和河边散步。既然已经到这儿了，我便进行一些拜访。这一片的人变化无常。万丘拉一家为把房子租在了沃尔夫冈湖而感到抱歉，我没有为此责怪他们，毕竟我是一个人来的。克里斯蒂娜在屋里跑来跑去，她系着一条旧围裙，挡住了下面圣罗兰的裙子。她说这完全是意外，她宁愿待在施泰尔马克州最远的地方，但

1　法语：疯狂的成功。
2　一个源自波希米亚王国的捷克著名贵族家族。

现在，他们在这里，万丘拉一家，尽管萨尔茨堡节对他们来说可有可无。克里斯蒂娜双手按着太阳穴，这里的一切都让她不安。她在花园里种生菜和药草，她在每道菜里都用这些药草，他们在这里的生活很简单，难以置信的简单，今天克山德尔简单做了些米饭布丁，今晚轮到克里斯蒂娜休息。她又一次用手按住太阳穴，然后手指划过头发。他们没怎么游泳，在这里总是撞见熟人，我可以想象这一点。克里斯蒂娜问：噢，和阿尔滕维尔家一起？你知道的，就是品位的问题，安托瓦内特很有魅力，但阿蒂，你怎么受得了，我和他没什么交情，而且你知道，我是真的觉得他嫉妒克山德尔。我惊讶地问：为什么呢？克里斯蒂娜不满地说：毕竟阿蒂自己以前也画画，我不知道，好吧，他就是受不了看到有人真的能做出点什么，像克山德尔那样，但他们都是这样，这些半吊子，我不知道怎么和他们相处，我也根本不怎么认识阿蒂，有时候我在村里和在萨尔茨堡的理发店碰见安托瓦内特，对，没有在维也纳见过，他们非常保守，尽管他们自己不承认，但就算是安托瓦内特，即便她真的非常有魅力，在现代艺术这方面，她也毫无概念，再说，她嫁给了阿蒂·阿尔滕维尔，她就得一直这样过下去，克山德尔，我直接说了，我就是这样，你今天让我很生气，听到了吗！如果再有哪个孩子敢进厨房我就打他们，拜托，敢不敢就一次，管阿蒂叫阿尔滕维尔博士，我想看看他会是什么表情，他应该觉得这不可能，他这样一个坚定的共和党，带点红色色彩的，就算名片上写了一百次阿图尔[1]·阿尔滕维尔博士，他也仅仅因为人们还知道那是他而感到高兴。这些人都是这样！

隔壁住的是曼德尔夫妇，他们一年比一年更像美国人，一个年轻人坐在"客厅"，卡蒂·曼德尔低声告诉我，如果我没理解错的话，他是一位"出色的"作家，如果我没听错的话，他的名字叫马克特，或者马雷克，我没有读过或听说过他的任何作品，他一定是刚被发掘的新人，或是在等着被卡蒂

1　阿蒂（Atti）是阿图尔（Arthur）的昵称。

赏识。过了十分钟，他开始问阿尔滕维尔家的事，毫不掩饰他的贪婪，我只简短地回答，或者完全不回答。所以阿尔滕维尔伯爵[1]在忙什么？这位年轻的天才问，一个接一个问题，你认识他多久了，你们是不是好朋友，阿尔滕维尔伯爵是不是真的……不，我不知道，我没问他最近在干什么。我？大概两周吧。帆船？有可能。是的，我想他们有两三艘船，我不知道。可能是。马克特或马雷克先生想要什么？受邀去阿尔滕维尔家？还是说他只是想要不停地说这个名字？卡蒂·曼德尔看上去很丰满、友善，面色红润得像龙虾，她不晒太阳，从鼻腔里说一股维也纳美国话和美国维也纳话。她是这个家里的掌舵者，也是对阿尔滕维尔家来说唯一真正的"威胁"。曼德尔先生只偶尔小声说话，他更喜欢看着。他说：您不知道我妻子的精力有多旺盛。如果不快点上船启航，她就会把花园挖空，把房子掀了。有些人真的在生活，而另一些人只是看着他们生活。我属于

1　Graf，在奥地利被禁止使用的贵族等级，其相关特权于1919年8月废除。因此，此处仅为作家对阿尔滕维尔的称谓，而非真正的伯爵爵位。

看的那一类人。您呢？

　　我不知道。我拿着一杯兑了橙汁的伏特加。上次喝这种饮料是什么时候？我看着酒杯，就好像里面还有一个酒杯，它又回到我眼前，我想扔下它或者把它倒空，因为有一次，我在一间屋子里也喝兑了橙汁的伏特加，那是最糟糕的夜晚，有人想把我扔出窗户，我已经听不到卡蒂·曼德尔说国际帆船竞赛联盟的声音了，她天生就属于这个联盟，为了温柔的曼德尔先生，我喝光杯子里的酒，他非常清楚阿尔滕维尔一家在守时这件事上有多疯狂，我在黄昏散步回去，湖岸低语，嘤嘤作响，蚊子与飞蛾从脸上划过，我在找回家的路，我在倒下的边缘，我想，我必须看上去有自信，看上去状态不错，心情很好，我不允许任何人看到我的阴郁，这张脸要被留在外面，留在这条路上，我或许只会在我的房间，一个人的时候这样，我踏进那个明亮的屋子，兴奋地说：晚上好，安妮！老约瑟芬一瘸一拐地走过客厅，我笑着说：晚上好，约瑟芬！无论是安托瓦内特还是整个圣沃尔夫冈都杀不死我,没什么会让我颤抖,没什么能从回忆里扰乱我。而就算是在我的房间,当我可以完全看起来像我自己的时候,我也不会倒下:在洗手台,在彩釉陶的洗衣池边上,我很快看到一封信。首先,我洗手。我小心地把水倒进洗脸盆,把水壶放回去,然后坐在床上,握着伊万的信,这是他在我出发前寄出的,他没有忘记,没有弄丢地址,我无数次地亲吻这封信,不知道是该小心地沿边缘打开它还是裁开它,用指甲刀还是水果刀,我看着邮票,一个穿传统服饰的女人,为什么又是这种邮票?我宁愿不要马上读这封信,我想先听一些音乐,然后醒着,躺很久,握着信,读伊万写下的我的名字,把信放到枕头下,然后再抽出它,小心地在夜晚打开。有人敲门,安妮探头进来:请出来吃晚餐,尊贵的夫人,我们都在厅室准备好了。他们叫它"厅室",我的时间不多了,因为我必须很快地梳好头发,补妆,对阿尔滕维尔家的厅室微笑。楼下传来一阵闷闷的锣声,我在关掉灯之前撕开了信封。我没有看见地址,只有一、二、三、四、五、六、七、八行,正好八行,在纸的底部我念出：伊万。

我跑进厅里，现在我可以说出：这里的空气真是太棒了，我刚出门散步，拜访了一些朋友，但这里的空气真的太好了，终于，大城市之后，乡村！安托瓦内特用她尖锐、确定的声音说出一些名字，让客人们就座。首先是简单的肝丸汤。这是安托瓦内特的规矩，尤其是在圣沃尔夫冈的这个家里，要坚持维也纳传统料理。桌上不允许有任何时髦、轻浮的东西，也不许有法国、西班牙、意大利菜，如果看到煮过头的意大利面，或是可怜的化了的餐后甜点，人们不会像在万丘拉家或曼德尔家那样感到惊讶。或许安托瓦内特是出于阿尔滕维尔家的名声，才要菜品和菜名都保持纯粹。她知道大部分来客和亲戚都了解她的原则。即便维也纳的一切都消失了，只要阿尔滕维尔家还活着，他们就会继续吃炖李子、帝国土豆、骑兵烤肉，这里不会有自来水，不会有中央供暖，亚麻布的纸巾依旧是手工编织的，在这个家里会有交谈，别把它和"谈话""讨论""聚会"弄混了，它是一个正在消亡的变种，是无重力、相互跑题的，有益于消化和让每个人愉悦。可安托瓦内特没有意识到的是，她在这些领域的艺术鉴赏力并非来自她本来就有的些许混乱的知识，更不出于她杂乱收购的当代艺术，而是在阿尔滕维尔的精神下培养而成的。由于阿蒂的远房亲戚博蒙叔叔和他的女儿玛丽在场，今天桌上一半的人不得不说法语。[1] 当法语开始失去控制时，安托瓦内特插话要求道：阿蒂，亲爱的，有阵风，我能感觉到，在从那里吹进来！阿蒂两次起身，拉了拉窗帘，移动又扣上窗掣。做什么都那么马虎，这儿的工人真是的！但是我们那儿的工匠啊，拜托，在哪里都一样！我亲爱的朋友们，你们已经看到萨尔茨堡是如何被毁了的，还有维也纳！要是放在我们那儿，放在巴黎，绝对也是一样的，我向你们保证！真的，安托瓦内特，我很佩服你现在还能用这样的晚餐待客！是的，要是没有安托瓦内特……但是她有能力坚持住自己的立场！不，我们从意大利，从维耶特里订了一套简单的餐具，你知道的，那是在南边，不到萨莱诺！我想起来维耶特里产的一个又大又美的盘子，灰绿

---

[1] 后面的晚餐交谈中，法语部分将用楷体表示。

色，画着树叶，它被烧毁了，没了，我的第一个果盘，为什么今天不仅要有伏特加兑橙汁，还要有维耶特里的陶器？您确定说的不是法扬斯[1]吗？我的天，安托瓦内特大喊，贡特朗叔叔都把我绕晕了，帮帮我，我从来没想过，法扬斯是从法恩扎来的，或者在某种意义上来说它们是一个东西，真是每天都有新的知识呀。巴萨诺－德尔格拉帕？必须去一次，您得走那条路去，是在，你记得吗，玛丽？不，玛丽冷冷地说，老博蒙迟疑地看着女儿，然后看向我，寻求帮助，但安托瓦内特很快因为玛丽的冷漠而岔开话题说起了萨尔茨堡，她指出她做的维也纳肉饼的问题，悄悄对我说：不，今天的肉饼不达标。大声地对大家说：顺便，《魔笛》[2]，你们都去看了吗？觉得怎么样？安妮，去告诉约瑟芬，她今天真的让我很失望，她知道是为什么，你不需要向她解释。不过，你们觉得卡拉扬[3]怎么样？他对我来说真

---

1 Fayence，法语"faïence"的异体拼法，一种釉陶器，起源于意大利一座名为法恩扎（Faenza）的市镇。

2 Die Zauberflöte，莫扎特所作的歌剧。

3 指赫伯特·冯·卡拉扬（Herbert von Karajan，1908—1989），奥地利知名指挥家。

是一个谜！

阿蒂平息了过干的维也纳肉饼、卡拉扬未经安托瓦内特同意就指挥的威尔第《安魂曲》，以及《魔笛》之间的风波，安托瓦内特很清楚这部剧的德国导演的名字，但还是两次发错了音，就像莉娜常常故意搞混措施克和博施克那样。但安托瓦内特又说回了卡拉扬，阿蒂说：当然，你们都必须明白，每个男人对安托瓦内特来说都是一个谜，这也是为什么男人们觉得她如此脱俗而迷人。安托瓦内特发出她通过婚姻而获得的、无可效仿的阿尔滕维尔式笑声——如果说范妮·戈尔德曼是维也纳最美的女人，并可以说出最美的"您"的话，那么安托瓦内特就必须被授予最美笑声的大奖。啊，这完全就是阿蒂！我亲爱的，你不知道你现在多好，但最糟糕的是，她撒娇地说，一边从牛奶冻的餐盘里挖出一小勺，悬在她的脑袋与桌子中间，手保持着一个优雅的角度（约瑟芬简直了不起，牛奶冻简直完美，但我会小心不告诉她一点），糟糕的是，阿蒂，你还是我最大的谜，请不要反驳我！她脸红的样子很动人，当她想起自己以前从未说过的事情时，还是会脸红。

我喜爱您，我的爱人。她温柔地私语，却足以让每个人听见。如果与一个男人相处十年——噢，就我而言，是十二年——之后，他依旧是你最大的谜，那么——我们不想拿我们公开的秘密烦其他人——我们一定是中了大奖，是不是？这话我今晚必须对你们说！她看向周围，急切地寻求掌声，也看向我，给了安妮冷硬的一瞥，因为安妮正要从错误的一侧拿走我的盘子，但下一刻她又重新充满爱意地注视阿蒂。她转过头，夹起来的头发几乎无意中散落到肩上，金褐色，微微卷曲，她心满意足。老博蒙不识相地开始说起过去的日子，那些真正的避暑之旅，那时候，阿蒂的父母会带着整箱整箱的餐具、银器、亚麻布，与用人和孩子一起离开维也纳。安托瓦内特环顾周围，叹了口气，她的眼睑开始颤动，因为这整个故事可能要将近第一百次被提起了，霍夫曼斯塔尔和施特劳斯[1]每个夏天都和他们一起过，还有

1　指奥地利小说家、剧作家、评论家胡戈·冯·霍夫曼斯塔尔（Hugo von Hofmannsthal，1874—1929）和奥地利作曲家、指挥家小约翰·施特劳斯（Johann Strauss II，1825—1899）。

马克斯·莱因哈特和卡斯纳[1]，费奇·曼斯菲尔德写的那本珍贵的纪念卡斯纳的书，真的，我们今天终于应该看一看了，还有卡斯蒂廖内[2]的宴会，无与伦比的奇迹，令人难忘，他有一点阴沉，是的，但是莱因哈特，完全不一样，一位真正的绅士，他喜欢天鹅，他当然喜欢天鹅！那是谁？玛丽冷淡地问。安托瓦内特耸耸肩，但好心的阿蒂开始帮这位老先生解围，贡特朗叔叔，请和我们讲讲您在山里那些无比滑稽的事吧，您知道的，就是登山这种运动刚刚出现的时候，真的很好笑，你知道吗，安托瓦内特，贡特朗叔叔是第一批在阿尔贝格山区学习阿尔贝格技巧的滑雪者，那是不是和泰勒马克技巧还有克里斯蒂安娜技巧一个时期？[3]他也是第一个发明了向日葵籽饮食和日光浴的人，那时候人们都觉得这很大胆，赤身裸体，请和我们说说吧！孩子们，我

---

1 指奥地利戏剧、电影导演马克斯·莱因哈特（Max Reinhardt，1873—1943）和奥地利作家鲁道夫·卡斯纳（Rudolf Kassner，1873—1959）。
2 指卡斯蒂廖内伯爵夫人（Contessa di Castiliogne，1837—1899），贵族、摄影师，拿破仑三世的情妇。
3 这里提到的技巧均为高山滑雪的技术动作。

快死了，安托瓦内特大声说，我很高兴我可以随心所欲地暴饮暴食，不管身材。她尖锐地看了阿蒂一眼，拿开纸巾起身，我们从小厅室挪到边上更大的房间，等待摩卡咖啡。安托瓦内特再次制止老博蒙给我们讲阿尔贝格、克奈普疗法[1]、裸体太阳浴或任何世纪初的冒险。不久前，我刚对卡拉扬说，你没法知道那个男人是不是在听，他总是出神，阿蒂，拜托，你没必要这么恳求似的看我，我会闭嘴的。不过，你怎么看克里斯蒂娜的歇斯底里？她转向我：请你告诉我，这个女人到底是怎么回事。她看着我的样子像吞了把扫帚，我对她一直很友善，但这个女人目中无人，好像有意要用厄运和硫黄浇灌我，万丘拉和他的雕塑，现在他自然已经把她逼疯了，和他以前对丽泽尔是一样的，他在这方面臭名昭著，所有他的缪斯都筋疲力尽，因为她们必须一直在他工作室里站着，再说又有家务，我理解，可如果你要和这样一个男人一起在公共场合出现，就必须保持镇定，他是极有才华的，阿蒂买了他做的第一样

1　由德国神父塞巴斯蒂安·克奈普（Sebastian Kneipp, 1821—1897）发明的伪科学自然疗法，包括水疗、使用草药等形式。

东西，我会给你看的，那是克山德尔做过的最好的东西！

只要再过一个小时，我就可以回到床上，用乡下用的厚鸭绒毯子裹住自己，萨尔茨卡默古特的晚上很冷，外面有什么在呼呼作响，不久房间里也会响起嗡鸣，我会下床，四处走一走，寻找一只嗡鸣中的昆虫，找不到，一只飞蛾会安静地从我的台灯取暖，我可以杀死它，但它没有对我做什么，所以我不能伤害它，它必须发出噪声，一些令人痛苦的声音，以便让我想要谋杀它。我从行李箱里拿出几本犯罪小说，我需要读点什么。但翻了几页后，我发现我知道这本书。《简单的谋杀艺术》。安托瓦内特的琴谱躺在钢琴上，两本《歌唱与音乐》，我翻阅它们，试着小声弹奏小时候弹过的小节：《颤抖吧，拜占庭》[1]……《费拉拉的王子，升起》[2]……

---

1 "Erzittere Byzanz"，多尼泽蒂歌剧《贝利撒留》选段。
2 "Ferraras Fürst, erhebet Euch"，梅耶贝尔所作歌曲。

《死神与少女》[1]，《军中女郎》里的《列队》[2]……《让大家痛饮，让大家狂欢》[3]……《夏日的最后一朵玫瑰》[4]。我轻轻地唱，但不在调上：颤抖吧，拜占庭！然后再一次，更小声，但在调上：我们用双眼饮的酒……[5]

　　我和阿蒂各自吃过早餐，坐他的摩托艇出发。阿蒂脖子上挂着一只高精度的表，他把带钩的船杆交给我，我试着在关键时候把杆递给他，结果弄掉了。你这样不太聪明，你应该把我们挡开的，我们要撞上码头了，快让船抬起来！阿蒂一般不大喊大叫，但一旦到了船里，他就感觉必须喊出来，这足以毁了我在船上的体验。我们开始倒行，他转过

1　"Der Tod und das Mädchen"，舒伯特所作歌曲。
2　"Marsch"，多尼泽蒂歌剧《军中女郎》选段。
3　"Champagnerlied"，莫扎特歌剧《唐璜》选段。
4　"Des Sommers letzte Rose"，弗洛托歌剧《玛尔塔》选段。
5　勋伯格《月迷皮埃罗》第 1 乐章《月之醉》（"Mondestrunken"）第一句歌词。这里的七首乐曲中，实际只有两首在十三卷本《歌唱与音乐》（Sang Und Klang）中收录，分别是《死神与少女》和《夏日的最后一朵玫瑰》。

身，我想起曾在湖泊和海上的摩托艇里度过的所有日子，我再次看向过去的图景，所以这是被我遗忘的那片湖，它就在这儿！我试着告诉阿蒂，在水面上加速是多么美好，但阿蒂完全没有在听，他一心想着要在比赛开始前到达起点线。我们在圣吉尔根附近关了引擎，让船自己荡一会儿。距离第一声枪响应该过了十分钟，然后，第二声终于响起[1]，每分钟都有一个信号球被移走。你看，他们要拿走最后一个了！我什么也没看到，但我听见了发令枪响。我们待在帆船后面，它们正在起航，我只注意到我们面前的这艘船把帆从一侧舷转到另一侧，一种竞技式的转帆，阿蒂解说道，我们很慢地前进，以免打扰比赛，阿蒂看着这些悲伤的帆船手摇摇头。伊万会是一个很好的帆船手。我们会一起航行，明年，或许去地中海，伊万看不上我们的小湖。阿蒂很激动：我的老天，他这样可不聪明，他拉得太近了，那个漂远了，我在所有几乎不动的船中指出一艘正

---

1 帆船比赛中，倒计时 5 分钟是第一个出发信号；倒计时 4 分钟，选手们做最后的准备并寻找起点线上的最佳出发点；倒计时 1 分钟，选手们必须准备就绪，在各自的出发点等待。

在顺利前进的，他有自己的风！他有什么？阿蒂解释得很好，但看到我被遗忘的湖面上有这么多玩具，我就想和伊万一起在这里航行，但要远离所有人，哪怕这会撕破我的手，让我不得不在帆桁下匍匐来回。阿蒂把船开到所有参赛者都必须绕过的第一个浮标，很惊愕。你必须划到非常近的地方，然后再绕过它，第二个浮标至少还有五十米，单人船上的帆船手苦恼不已，他白白浪费了一阵风，我学到了有所谓真实风与表观风，我喜欢这个说法，我敬佩地看着阿蒂，复述了一遍所学到的：在帆船运动中，重要的是表观风。

我的在场让阿蒂的情绪温和了些，那个人并不只是滑稽地坐在船上，他得再向后退，看，终于，现在他能出来了。再来，再来一点！看上去很好玩，我说，但阿蒂又不耐烦起来，说这不好玩，他只想着风和他的船，我抬头看天，试着回忆我从悬挂式滑翔里学到的热成风是什么，它和热量的关系是什么，我改变视线，湖不再是那个浅色、铅色的湖，这更深的线条意味着什么，现在两艘船朝背风的方向倾斜，因为风又小了，他们试着撑起帆。我们跟

222

了他们一小段，靠近下一个浮标，天开始变凉。阿蒂认为人们将会"击毙"帆船赛，因为这不值得，真的不值得，阿蒂早就明白，为什么自己不参加这场比赛。我们乘摩托艇回家，掠过更激荡的水面，但阿蒂突然关掉引擎，因为莱布尔迎面来了，他也在圣吉尔根，我对阿蒂说：那是什么大汽船？阿蒂喊道：那不是汽船，那是一艘……

两个男人相互挥手。你好阿尔滕维尔！你好莱布尔！我们的船紧挨着彼此，男人兴奋地交谈，莱布尔还没有把他的船拿出来，阿蒂邀请他明天来吃晚餐。又来一个，我心想，所以他就是那个无往不胜的矮个儿莱布尔先生，他凭他的筏子赢得了所有帆船比赛，而鉴于我没法像阿蒂那样大叫，我礼貌地挥手，偶尔通过镜子看看后面。这位莱布尔先生之后一定会说，他今晚看到阿蒂没有和安托瓦内特，而是和某个金发女人同行。无往不胜的莱布尔先生不会知道的是，安托瓦内特今天必须去美发店，她根本不在乎阿蒂和谁在湖上比赛，因为三个月来，阿蒂只想着帆船和湖，而安托瓦内特只好痛苦地与所有人私下讲述这该死的湖，别无他法。

傍晚时分，我们需要以三十或三十五节[1]的速度再次出湖，因为阿蒂约了一位修帆工。夜晚微凉，安托瓦内特已经摆脱了我们，她要去《杰德曼》的首演。我总是听到音乐：梦到无边的……我在维也纳，我想起维也纳，我看着水面，看着水中，看我正漂流其间的黑暗故事。伊万与我是一个黑暗的故事吗？不，他不是，我一个人就是一个黑暗的故事。只能听见引擎的声音，湖面上很美，我起身，抓住舷窗的窗框，我可以看到对岸一排可怜的灯，暗淡，疲惫，我的头发被风吹起来。

> ……她是唯一一住在那里的人，她失去了方向……好像一切都在旋转，柳树枝的浪潮，多瑙河肆意奔流……一种她从未感到过的不安重重地压住了她的心……

---

1 船速单位。1 节约等于 1.852 千米 / 时。

如果不是因为有风，我会在去圣吉尔根的中途痛哭，但引擎发出不均匀的声响，然后灭了，阿蒂扔出一个锚和起锚的装置，他对我喊了些什么，我服从，我学会了这一点：在船上，你必须服从。在这里只有一个人可以说话。阿蒂找不到备用燃料罐，我在想，这样冷的天，要是一整晚待在船上，我会怎么样？没有人看得到我们，我们离岸还很远。但最终我们找到了燃料罐，还有漏斗。阿蒂在船上往前爬，我抓住灯。我不再确信我是否真的想要靠岸。但引擎启动了，我们拉起锚，无声地驶向家，因为阿蒂也意识到了我们差点要在湖中度过一整夜这件事。我们没跟安托瓦内特说什么，我们偷运来另一边的问候，都是些编造的问候，我想不起人们的名字。我想不起的事越来越多。晚餐时，我忘记了我想或我该和埃尔娜·扎内蒂说什么，她和安托瓦内特一起去的首演，我用来自维也纳的柯别茨基先生的问候试了试，埃尔娜很惊讶：柯别茨基？我表示抱歉，一定是哪里出了错，某位在维也纳的朋友让我转达问候，也可能是马丁·兰纳。是会发生这样的事，埃尔娜体贴地说，经常发生。整个晚餐期间我一直在想这件事。真的不应该发生，有可能我要说的是一件比问候更重要的事，不是问好，或许我应该问埃尔娜要些什么，不是萨尔茨堡的地图，不是萨尔茨卡默古特或这些湖的地图，不是美发店或药店的事。我的天，我想告诉或问埃尔娜的是什么！我不想要她的任何东西，但我要问她点什么。我们在大厅室喝摩卡，我始终愧疚地看着埃尔娜，因为我再也想不起来了。关于我周围人们的一切我都不会再想起，我在忘记，已经忘记，名字，问候，问题，信息，八卦。我不需要沃尔夫冈湖，我不需要什么休养，傍晚时分的对话让我窒息，状况不会真的恢复，只是一种暗示，恐惧让我窒息，我害怕失去，我还有可以失去的东西，我可以失去一切，那是唯一重要的事，我知道那叫什么，我不能就这样和这些人坐在阿尔滕维尔家。在床上吃早餐是愉悦的，在湖岸散步是健康的，去圣沃尔夫冈买报纸和烟是好而无用的。但想到有一天我将无比想念这些日子，我就会因为我以这样的方式度过了这些日子而惊恐地喊叫，而真正的生活发生在蒙德湖……那是我永远无法弥补上的生活。

午夜，我回到厅室，扫荡阿蒂的书房：《帆船运动 ABC》《从船头到船尾》《迎风与背风》。一些糟糕的书名，也不适合阿蒂。我还拿起一本书，《绳结，绳索，绳套》，看上去似乎适合我，"这本书不做假设……系统并清晰地探讨……从渔夫结到链编结，易懂的装饰性绳结系法"。我读了一本面向初学者的易于理解的教科书。我已经吃过安眠药。如果我现在才开始，会怎样？我什么时候可以离开，怎么离开？我可以在这里很快学会怎么航船，但我不想。我想走，我想我不需要更多东西了，我不需要理解如何放帆、收帆、修剪帆以度过我的人生。以前，阅读时我的眼睛从不会合上，现在也不会。我必须回家。

凌晨五点，我偷偷走到厅室里的电话机边。我不知道要怎么把发电报的钱付给安托瓦内特，毕竟她不应该知道有这封电报。请稍候，请稍候，请稍候……我等待，吸烟，等待。线上咔嗒一声，一个生动的女声：请提供来电者的姓名与号码。我害怕地低声念出阿尔滕维尔的名字和他们的电话，女人很快会回拨，我在第一声铃响的时候拿起听筒，轻声说话，这样家里就没有人会听见我：马利纳先生，匈牙利巷6号，维也纳第三区。内容：为紧急返回维也纳而发出的紧急电报。明晚到达。问好。

早上，马利纳的电报到了，安托瓦内特没有时间深究，只是短暂地惊讶了一下。我和克里斯蒂娜开车去萨尔茨堡，她问阿尔滕维尔一家到底过得怎么样。据说安托瓦内特已经彻底歇斯底里了，阿蒂确实是个心地善良又聪明的人，但这个女人还是要把他逼疯了。噢，我说，我没注意到，我完全没想过这些！克里斯蒂娜说：当然，如果你更愿意和这些人……当然，我们也很开心邀请你，来我们这里，你会真的获得一些平静，我们的生活实在太简朴了。我感到紧张，看向车窗外，不知道怎么回答。我说：你知道，我认识阿尔滕维尔一家很久了，但不，不是那样，我很喜欢他们，不，他们真的没有那么难相处，你说难相处是指什么？

　　一路上。我太累了，一直在哭，萨尔茨堡一定快要出现了，只有十五公里多了，只有五公里了。我们在火车站站着。克里斯蒂娜想起来她要去见一个人，要先去买些东西。我说：请走吧，拜托了，商店就要关门了！最后我一个人站在那儿，找到我的车厢，这个人总是自相矛盾，我也总是自相矛盾。我为什么直到现在才意识到，我对别人几乎已经没有耐心了？从什么时候开始这样的？我麻木地看车驶过阿特南 – 普赫海姆和林茨，手里的书跟着颠簸：《瞧，这个人》[1]。我希望马利纳在车站等我，但那里没有人，我必须打电话，而我不喜欢从火车站、电话亭或邮局打电话。尤其是电话亭。我一定是在监狱里待过，电话亭让我想到牢房，我也无法再从咖啡馆或朋友的家里打电话，打电话时我必须在家，

1　*Ecce Homo*，德国哲学家尼采的著作。

没有人可以在我周围，或最多只有马利纳，因为他
不会听。但那完全是另一回事。我正在打电话，因
为幽闭恐惧而出汗，我身处火车西站的一个牢房里。
不能在这里发生，我快要疯了，它不能在一个牢房
里发生。

你好，是我，谢谢你

我没法在六点前到火车西站

请你来吧，求求你，早一点走

你知道我不行，可能

好吧，当我没说，我可以想办法

不，不要这样，你的语气

没事，请当这件事没有发生过，我是说

不要弄得这么复杂，打辆车

所以我今晚会见到你，你也会见到我

是的，今晚，我们一定会见面

我忘了马利纳今晚要值班，我去坐出租车。谁
会想在今天再看见斐迪南大公在萨拉热窝被杀时坐
的那辆被诅咒的汽车，还有满是血的军服？我需要

查阅一次马利纳的书：轿车，品牌：Graef & Stift，车牌号：A III -118，型号：双辉腾车身，4 缸，115 毫米缸径，140 毫米冲程，28/32 马力功率，发动机编号 287。车后壁被第一枚炸弹的弹片损坏，右壁可见导致大公夫人死亡的子弹，左侧挡风玻璃旁，1914 年 6 月 28 日大公的皇帝旗……

我拿着军事博物馆的手册，从一个房间走到另一个房间，公寓看起来像几个月没有住过人，因为当马利纳独自一人时，他不会让任何一处陷入混乱。如果莉娜早上独自在家，那么我所有的痕迹都会消失，被装进箱子和衣柜里，没有灰尘落下来，只有我会让灰尘和垃圾在几小时内就出现、把书都弄混、把笔记散落一地。但现在还没有。走之前，我给安妮留了一个信封，因为可能会有寄到圣沃尔夫冈的给我的信，会是张明信片，不是什么特别的惊喜，但我还是需要这张卡片，好把它放进抽屉，放在巴黎和慕尼黑的信件和卡片边上，上面是一封从维也纳寄到圣沃尔夫冈的信。我仍然想念蒙德湖。我坐在电话机边，等待，抽烟，拨伊万的号码，让它响，他还有好几天接不到电话，还有好几天，我可以在荒芜的维也纳四处走，炎热的维也纳，我可以就这么坐着，我走神，心不在焉，什么是心不在焉？心去了哪儿？从内到外的走神，思绪散得到处都是，我可以在任何地方坐下，可以触碰家具，可以为我的逃脱感到欣慰，然后再一次活在缺席之中。我回到了自己的土地，这片土地同样缺席，我伟大之心的国度，在这里我给自己铺床。

　　一定是马利纳打来的，然而是伊万。

　　所以你为什么，我试着往那里

　　我突然，这很紧急，我只是

　　有什么，我们已经，对，他们向你问好

　　我这里天气也很好，非常棒

　　当然你还，但如果你一定要

　　可惜，我必须

　　我必须走了，我们正要

　　你有没有给我寄明信片，你还没有，所以

　　但我会从匈牙利巷给你写，一定

这都不重要，如果你有时间的话
我当然有时间，保重，不要觉得我
当然，我不会的，我要走了！

　　马利纳进了房间。他抱着我。我又可以抱着他了。我抓住他，抓得更紧了。我在那里几乎要疯了，不，不只是湖边，还有在电话亭，我几乎要疯了！马利纳抱着我，直到我冷静下来，我冷静了，他问：你在读什么？我说：我感兴趣，这手册开始让我感兴趣。马利纳说：你自己都不信！我说：你还是不相信我，你是对的，但会有那么一天，我或许会开始对你感兴趣，对你所做、所思考和感受的一切感兴趣的！
　　马利纳古怪地微笑：你自己都不相信。

　　最长的夏天可以就此开始。街道都是空的。我可以在极深的恍惚间穿过这片荒原，阿尔布雷希特坡道和约瑟夫广场上的大门紧闭，我将想不起我曾

233

在这里寻找什么，画，纸，书？我漫无目的地走在这座城市里，因为行走时我感觉得到它，我能最清晰地感觉它，在帝国大桥上（我曾在那座桥上把一枚戒指扔进多瑙运河），我震惊地感知它。我结婚了，一定是婚姻。我不再等蒙德湖的明信片了，如果与伊万在一起是这样的话，那我会增加我的耐心，我没法再甩掉耐心了，它已经不顾一切地作用于我的身体，现在我的身体只能连续、柔软、痛苦地在他的十字架上移动。这会是我的一生。在普拉特游乐场，一个警卫礼貌地说：您最好不要再待着了，晚上许多痞子来这儿，您最好还是回家吧！

我最好回家，凌晨三点，我靠在匈牙利巷9号的入口，两侧是石狮的头，待了一会儿，然后，在匈牙利巷6号门口抬头望9号，带着我的激情，我的激情故事[1]就在眼前，我又一次自愿穿行，从他的

---

1 Passionsgeschichte，《福音书》中指基督受难的历程。

家到我的家。我们的窗户很暗。

维也纳寂静。

第二章　第三个人

Zweites Kapitel
Der dritte Mann

马利纳应当问一切事。而我没有被问就回答了：这一次，"地点"不是维也纳。是一个叫作"四处"和"无处"的地方。"时间"不是今天。事实上，"时间"根本不再存在，因为它可以是昨天，可以是很久以前，可以是再一次，可以是永远，可以是永远不会发生的那些事。 其他时间陷入这一"时间"，"时间"的单位无法度量，而从未在"时间"里存在过的事物进入非时间后，它同样没有度量。

马利纳应当知道一切。但我决定：它们是今晚的梦。

一扇很大的窗户打开了。它比我见过的所有窗户都大，但它不在我们匈牙利巷屋子的庭院，而是在一片阴郁的云层上。云下可能有一片湖。对于它是哪片湖，我有一个猜想。但它不再冻结，不再是自由之夜[1]，一度站在结冰的湖面中央深情演唱的男子合唱团已经消失不见。而在这片看不见的湖周围的，是许多墓地。没有十字架，但每座坟上空都环绕着浓重黑暗的云——墓碑、铭牌，几乎无法辨认。我的父亲站在身旁，他的手从我肩上抽开，因为掘墓人向我们走来了。父亲威严地看着他，掘墓人因害怕父亲的眼神，转向了我。他想要说话，但只是久久地在沉默中嚅动嘴唇，我只听到最后一句话：

这是被谋杀的女儿们的墓地。

他不该告诉我的。我痛哭起来。

房间很大、很黑，不，这是个大厅，墙很脏，它可以是在普利亚的霍恩施陶芬城堡[2]里。因为这里没有窗，没有门。父亲把我关了起来。我想要问他打算怎么处置我，但我没有勇气，我又一次环顾

1　Freinacht，也称"女巫之夜"，4月30日晚，年轻人会去邻家偷五朔节花柱，搞恶作剧。这一传统始于许多世纪以前，刚入伍的士兵享受最后一个自由和恶作剧的夜晚。
2　位于今意大利南部。

四周，因为一定会有扇门，就一扇门，这样我就可以出去，但我已经明白了，那里什么也没有，没有开口，没有更多的开口了，因为它们都连着一根黑色的软管，软管砌在墙壁的四周，像巨大的水蛭，想要从中吸出什么。为什么没有早些注意到这些管子？它们一定是从一开始就在的！昏暗之中，我什么也看不见，我一路沿着墙摸索，以免跟丢父亲，这样我就可以跟着他找到门，而现在我找到了他，我说：门，告诉我门在哪儿。父亲平静地从墙上拿下第一根软管，我看见一个圆形的洞，有什么正吹进房间，我躲开，父亲继续走，一根接一根地拆下软管，而在我能够叫出声之前我已经吸入了毒气，越来越多的毒气。我在一间毒气室，这是世界上最大的毒气室，而我孤身一人。对毒气毫无抵抗。我的父亲消失了，他知道门在哪儿却不告诉我，我在死去，我想再见到他并告诉他一件事的愿望也死了。父亲，我对已不在的他说，我不会背叛你，不会对任何人说。这里不需要辩护。

在它开始的时候，世界就已经一片混乱，我知道我疯了。世界的元素还在，但没有人见过它们这样可怕地组合在一起。车辆缓缓行驶，滴落的漆，人们开始出现，幼虫诡秘的笑，而当它们向我靠近时，它们倒下了，稻草人，捆扎的铁丝，纸板人，我继续行走在这个不是世界的世界里，我握紧了拳头，伸出手臂，抵挡那些撞向我又散开的机器、物件，当我因为害怕而无法往前走的时候，我闭上眼，但那些油漆——明亮、艳俗、狂热的颜色——溅向我，我的脸，我光着的双脚，我再次睁开眼好看一看我在哪儿，我想找到出去的路，然后我飞起来，因为我的手指和脚趾已经胀成透风、天空色的气球，它们正带我去向从未到过的高处，那里更糟，然后它们爆裂，我摔下来，摔下来然后站起来，我的脚趾变黑了，我没法继续走。

陛下！

我的父亲从油漆的沉重浇灌中走下来，他轻蔑地说：走啊，继续往前！我用手捂住嘴，我所有的牙齿都掉了出来，它们立在我面前，像两道大理石块组成的曲线，无法攀越。

我什么也不能说，因为我必须离开我的父亲并越过大理石的墙，但我用另一种语言说：Ne！[1]Ne！用很多种语言：No！[2]No！Non！[3]Non！Njet！[4]Njet！No！Ném！[5]Ném！不！因为即便用我们的语言，我能够说的也只有不，我无法在任何语言中找到任何其他的话。一个旋转的支架正朝我移动，或许是贡多拉船上用来倒出排泄物的大转轮，我说：No！Ném！但为了让我不再喊出我的"不"，父亲把他又短又结实又坚硬的手指伸进我的眼睛，我失明了，但我必须继续走。这让人无法忍受。所以我微笑，因为我的父亲正在寻找我的舌头，他想把它扯掉，这样这里就不会有人听到"不"，尽管也没有人真的听得到我说话，而在他扯下我的舌头前，更可怕的事发生了，一块巨大的蓝色污斑涌进我嘴里，于是我再发不出任何声响。我的蓝色，我华美的蓝色，孔雀漫步其中，我的远

1　捷克语或克罗地亚语：不！
2　意大利语或英语：不！
3　法语：不！
4　以德语拼写的俄语：不！
5　匈牙利语：不！

方蓝色，我地平线上的蓝色意外！蓝色往身体的更深处去，深入我的喉咙，而父亲正帮忙撕开我的心和肠子，但我还能走，我在抵达永恒的冰前先迈入了半融化的冰，体内有一个回音问：难道没有人了吗，难道没有人了吗，整个世界，难道没有其他人了吗，在弟兄之间，难道所有人都一文不值吗，在同伴之间！我剩下的身体冻在冰里，凝成一块，我抬头看他们，其他人，生活其中的温暖世界，伟大的西格弗里德[1]在叫我，起先很轻，然后很大声，我不耐烦地听着他的声音：你在找什么，你在寻找什么样的书？而我没有声音。伟大的西格弗里德想要什么？他从上面越发清晰地呼喊：那将是一本怎样的书，你的书会是什么？

突然，在一根无法后退的杆的尖上，我可以喊出来：一本关于地狱的书。一本关于地狱的书！

冰碎了，我沉下杆底，进入地心。我身处地狱。细密的黄色火焰升起，它们鬈曲着，灼热地垂在脚

1　Große Siegfried，德意志民族史诗《尼伯龙根之歌》中的英雄，以屠龙闻名。

边，我吐出火，吞下火。

请放了我！将我从这个时刻里解救！我用学生时代的声音说，但以高度的意识思考着，我意识到事情已经多么严重，我倒在冒烟的地板上，我仍在思考，我躺在地上思考，我应该仍旧可以叫来人——用我全部的声音——可以拯救我的人。我呼喊我的母亲和妹妹埃莱奥诺雷，我准确地遵守顺序，因此先是母亲，用我童年时期的第一个小名，然后是妹妹，再然后——（醒来时我意识到我没有叫我的父亲）我从冰层来到火里并在火里死去，用我融化的头颅，我聚集了所有力量，我必须以正确的顺序召唤人们，因为次序即是反咒语[1]。

这是世界的终结，灾难般地坠入虚无，我疯了的那个世界结束了，我像我经常做的那样抓住我的头，吃了一惊，我发现它被剃光了，变成了金属板，我惶恐地看向周围。几个面容友善的穿白大褂的医生坐在我边上。他们一致表示，我得救了，金属板也可以移除，我的头发会长回来。他们进行了电击

---

1 Gegenzauber，一种反制咒语的防御性法术。

治疗。我问：我必须现在就付款吗？因为我父亲不会付钱。这几位先生保持友好，还有时间。重要的是，你得救了。我又摔倒了，然后第二次醒来，但我以前从没有从床上摔下去过，也没有医生，我的头发已经长回来了。马利纳把我抬起来，放回床上。

马利纳：保持冷静。这没什么的。但至少告诉我：你父亲是谁？

我：　　（我在大哭）我真的在这里吗。你真的站在那里吗！

马利纳：我的老天，你为什么总是说"我的父亲"？

我：　　你提醒了我，这很好。但让我想久一些。裹住我。谁会是我的父亲？你知道，比如说，你的父亲是谁吗？

马利纳：我们不谈了。

我：　　假设，我有一些头绪。你没有吗？

马利纳：你是在回避，假装聪明吗？

我：　　大概吧。我也想骗你一次。告诉我一件事。你是怎么发现我的父亲不是我的父亲的？

马利纳：谁是你的父亲？

我：　　我不知道，我不知道，我真的不知道。你更聪明，你总是知道所有事，你的无所不知让我难受。它不会有时候让你难受吗？噢不，你不会的。捂一捂我的脚，嗯，谢谢，只有我的脚睡着了。

马利纳：他是谁？

我：　　我不会说。总之，我没法说，因为我不知道。

马利纳：你知道。发誓说你不知道。

我：　　我从不发誓。

马利纳：那么让我来告诉你，你听着，我会告诉你他是谁。

我：　　不，不，永远不要。永远别告诉我。给我拿些冰块，一块冷的湿毛巾放在我头上。

马利纳：（起身）你会告诉我的，相信我。

　　电话在午夜轻声呜咽，它以海鸥般的叫声吵醒我，然后又像波音飞机般嘶鸣。电话是从美国打来的，我如释重负，说：你好。天黑了。我听见周围噼噼啪啪的响声，我在一片冰面即将开始融化的湖上，它曾深深地、深深地冻结着，如今我同电话线悬在水里，只有这根线还连接着我。你好！我已经知道是父亲在打给我。湖面马上就要完全张开，但我还远在这里，水中的一个岛屿，它与一切隔绝，也没有更多的船了。我想要对着电话尖叫：埃莱奥诺雷！我想打给我的妹妹，电话那头却只能是我的父亲，我很冷，我拿着电话等待，沉入水，浮上来，还通着，我可以清楚地听见美国，在水中你仍旧可以越水通话。我快速地说，咕噜咕噜地吞着水：你什么时候来，我在这里，是的，这里，你知道是哪里，真的很糟，没有连接，我被隔绝了，我一个人，不，没有船了！而正当我等待回应时，我看见了这个阳光之岛事实上多么阴暗，夹竹桃已经倒下，火山覆满冰晶，它甚至也冻结了，以往的气候不复存在。我的父亲在电话里大笑。我说：我被隔绝了——来这里吧，你什么时候来？他不停地笑啊，笑啊，他像人们在剧场里那样笑，他一定是从那里学会的这样残酷的笑：哈哈哈。只有：哈哈哈。已经没有人会这样笑了，我说，没有人会这样笑，停下。但我的父亲没有停止他愚蠢的大笑。我能打回给你吗？我问，为了让这出剧目终止。哈哈。哈哈。这座岛在下沉，你可以从任何一片大陆上看到，而笑声在继续。我的父亲去了剧场。上帝是一场演出。

　　父亲只有一次偶然回来了。我的母亲拿着三朵花，我生命的花，它们不是红的、蓝的或白的，但它们一定是给我的，她把第一朵花扔到父亲面前，就在他要走近我们时。我知道她是对的，她必须把鲜花扔给他，但现在我还知道，她知道一切，乱伦，那是乱伦，但我依旧想向她要其余的花，我在极大的恐惧里看我父亲从母亲手中抢走其余的花，为了向她报仇，他践踏它们，他重重地踩在三朵花上，就像他生气时那样跺脚，他踩在上面，践踏它们，就像想要杀死三只虫子一样，这就是我的生命与他的关系。我无法继续看我的父亲，我抓住母亲并开始尖叫，是的，是那样的，是他，是乱伦。但随后我注意到不仅我的母亲沉默、不动，而且从一开始我的声音便完全没有声音，我在尖叫但没有人听见，没有什么可以被听见，我的嘴只是张着，他也夺走了我的声音，我没法说出我想要朝他喊的字句，而正当我费力地用这张干涩、打开的嘴说话时，失声再一次发生，我知道我快疯了，为了保持理智，我朝父亲的脸上吐口水，但我已经没有了唾液，从我的口中，几乎连一口气都没有抵达他。我的父亲无法触碰。他是不可触摸的。我的母亲沉默地扫去被踩的花，那一点点的肮脏，以保持屋内的整洁。此刻我的妹妹在哪儿？我在整个房子里都没有看到我的妹妹。

父亲拿走了我的钥匙，他把我的衣服从窗户扔到大街上，但我抖掉了灰尘，立刻把它们交给红十字会，因为我必须回到房子里，我看见那些手下进去了，第一个人砸了盘子和玻璃杯，但有几个杯子被我的父亲摆到一边，而当我颤抖着走进门、靠近他时，他拿起第一个杯子扔向我，然后把第二个投向我面前的地板，他扔了所有的杯子，他瞄得很准，只有一些碎片溅到了我，但血从我的额头像流水一样淌下来，滑过我的耳朵，落到我的下巴，我的裙子沾满了血，因为有几小片玻璃穿透了布料，血更平和地流下我的膝盖。但我想要、我必须对他说出来。他说：就待在原地，待着，然后看！我不再理解任何事了，但我知道恐惧是有理由的，然后我发现恐惧并不是最糟糕的事，因为我的父亲下了命令拆掉我的书架，事实上他说的是，"拆了"，我想让自己站到那些书前，但男人们挡住了我，咧着嘴笑，我扑到他们脚边说：不要动我的书，就只有这些书，你想要对我做什么都可以，对我做什么都可以，这样，把我扔出窗外，这样再试一次，像你当年做的那样！但我的父亲假装不记得之前的事，他开始一次拿五六本书，像拿一包砖，把它们头着地扔进一个旧橱柜。那些手下用他们冰冷、发黏的手指拉出书架，一切都毁了，克莱斯特的死亡面具[1]在我面前飘荡片刻，荷尔德林的画像，底下写着：我

---

1 Totenmaske，以石膏或蜡将死者的容貌保存下来的塑像。海因里希·冯·克莱斯特（Heinrich von Kleist，1777—1811），德国诗人、戏剧家、小说家。

爱你，大地，你与我共同哀悼！[1]只有这些画像被我抓住，我牢牢握紧它们，小本的巴尔扎克打转，《埃涅阿斯纪》被压弯、起皱，工人们踢卢克莱修与贺拉斯[2]，但另一个人在一个角落整齐地把东西堆起来，他也不知道自己拿的是什么，我的父亲戳了一下他的肋骨（我曾在哪里见过这个男人：他在贝娅特丽克丝巷毁了我的一本书），和蔼地对他说：什么，这合了你的心意，就算是和她一起，嗯？现在，父亲冲我眨了眨眼，我懂他的意思，因为那个男人羞怯地一笑，说他想要，然后为了我，又表现得好像会好好对待我的书，但我满怀恨意地从他手里拽下那些法语书，那是马利纳给我的，我说：你不会得手的！我对我的父亲说：你总是把我们一个个地卖掉。而我的父亲大吼：什么，你现在突然又不想要了？那么我会，我会卖了你的！

　　男人们离开了屋子，每个人都拿到了小费，他

1　出自德国浪漫派诗人荷尔德林（Hölderlin，1770—1843）的诗歌《致太阳神》（"Dem Sonnengott"）。

2　卢克莱修（Lukrez，约前99—约前55），古罗马诗人、哲学家。贺拉斯（Horaz，前65—前8），古罗马诗人、批评家。

们挥着大手帕，喊道：图书万岁！他们对邻居和所有好奇的旁观者说：我们的任务结束了。现在，《林中路》[1]已倒下，《瞧，这个人》同样如此，而我蹲在书的中央，麻木、流血，注定如此，因为我在每晚睡前轻抚它们，马利纳给了我最美丽的书，我的父亲永远不会原谅我，它们全都变得难以辨认，注定会这样，再也没有秩序，我将永远无法得知屈恩贝格尔[2]或拉夫卡迪奥·赫恩[3]在哪里。我躺在书中，我再一次轻抚它们，一本接一本，一开始只有三本，然后有十五本，再后来上百本，我穿着睡衣跑向我的第一个书架。晚安，先生们，晚安，伏尔泰先生，晚安，王子，希望你们休息好，不知名的作家们，好梦，皮兰德娄先生，献上我的敬意，普鲁斯特先生。Chaire[4]，修昔底德！第一次，先生们对我说晚

1　*Holzwege*，德国哲学家海德格尔的文集。
2　费迪南德·屈恩贝格尔（Ferdinand Kürnberger，1821—1879），奥地利作家。
3　指小说家、学者小泉八云（1850—1904），出生于希腊，原名帕特里克·拉夫卡迪奥·赫恩（Patrick Lafcadio Hearn），1896年归化日本，改名小泉八云。
4　古希腊语中的问候语。

安，我试着不碰到它们，不让我的血弄脏它们。晚安，约瑟夫·K.[1]对我说。

我的父亲想要离开我的母亲，他从美国回来，坐一辆大篷马车，啪啪地抽着鞭子当车夫，边上坐着小梅拉妮，她以前和我一起上学，现在长大了。我的母亲不希望我们成为朋友，但梅拉妮不停地凑近我，把自己压在我身上，她又大又叫人兴奋的胸部让父亲高兴，让我尴尬，她比画着，笑，她梳棕色的辫子，然后又变成金色的长发，她对我撒娇、恭维，这样我就会给她留下点什么东西，我的母亲在马车上坐得越来越远，默不作声。我让梅拉妮吻了我一下，但只在一侧的脸上。我扶我的母亲下车，我已经起了疑。因为我们都被邀请了，我们都穿着新衣服，就连父亲也在长途旅行之后刮了胡子、换了衬衫，我们进入《战争与和平》里的舞厅。

1　奥地利作家弗朗茨·卡夫卡的小说《审判》中的主人公。

马利纳：起来，动一动，和我四处走走，呼吸，深呼吸。

我：　我做不到，对不起，而且如果继续这样下去，我也没法再睡着了。

马利纳：你为什么还在想"战争与和平"？

我：　这本书之所以叫这个名字，是因为一件事接着另一件事，不是吗？

马利纳：你不必什么都信，你最好自己想想。

我：　我？

马利纳：不是战争与和平。

我：　那是什么？

马利纳：战争。

我：　我要如何找到和平？我想要和平。

马利纳：是战争。你能有的只是短暂的休息，仅此而已。

我：　和平！

马利纳：你内心没有和平，即便是你。

我：　不要这么说，不要在今天说这个，你太糟糕了。

马利纳：是战争。而你就是战争。你自己。

我：　　　不是我。

马利纳：我们都是，包括你在内。

我：　　　那么我就不想再继续了，因为我不想要战
　　　　　争，让我睡吧，让它结束。我想要战争结
　　　　　束。我再也不想要恨，我想要，我想要……

马利纳：深呼吸，来。没事的，你看，没事的。我
　　　　　扶着你，到窗户边上来，更平静、更深地
　　　　　呼吸，休息一下，现在，不要说话。

　　父亲在与梅拉妮跳舞，这是《战争与和平》里
的舞厅。梅拉妮戴着我父亲给我的戒指，但他一直
让大家相信，他会在死后给我留一枚更贵重的戒指。
我的母亲直挺挺地坐在我旁边，一言不发，我们边
上有两把空椅子，我们的桌前也有两把空椅子，因
为那两个人不停歇地跳舞。我的母亲不再和我说话
了。没有人邀请我跳舞。马利纳走进来，意大利歌
手唱道："Alfin tu giungi, alfin tu giungi!"[1] 我跳起来

1　意大利语：你终于来了，你终于来了！出自意大利作曲家梅尔卡丹特
　　的歌剧《维尔吉尼娅》。

拥抱马利纳,我请求他和我跳舞,我向我的母亲微笑,松了一口气。马利纳拉着我的手,我们在舞池边缘倚靠着彼此,这样父亲就能看见我们,即便我知道我们两个都不会跳舞,但我们试着跳,我们必须成功,至少成功瞒过所有人,我们不断停下,好像只是看着彼此就足够了,而这与跳舞毫无关系。我不断轻声对马利纳说谢谢:谢谢你来,我永远不会忘记,噢,谢谢,谢谢。现在梅拉妮也想和马利纳跳舞,当然,有一瞬间我很害怕,但很快我听到马利纳平静、冷漠地说:不,很遗憾我们正要走。马利纳为我复仇。在出口处,我的白色长手套掉在地上,马利纳把它们捡起来,每走一步它们就掉一次在地上,马利纳把它们捡起来。我说:谢谢,谢谢你做的一切!让它们掉吧,马利纳说,我会为你捡起一切。

父亲正沿着他引诱我去的那片沙漠里的海滩散步,他结婚了,他在沙子上写下不是我母亲的女人的名字,我没有立刻注意到,在他写了第一个字

257

母之后才发现。阳光残忍地照在字母上，它们像影子一样躺在沙里，在凹洞里，我唯一的希望是在夜晚来临之前，它们会被吹散，但上帝，我的上帝，我的父亲带着维也纳大学镶满宝石的金色权杖回来了，我向它发誓：spondeo[1]，spondeo，我将尽我所知和所信，永远不会，在任何情况下都不会用我的知识……他竟然真的敢这样做，这根不属于他的古老权杖，我把手指放在上面，我唯一的誓言还在上面燃烧，他用它在沙子上又一次写下那个名字，这次我也可以念出来，MelaNIE[2]，再一次，MelaNIE，我在暮色里想：NIE，他永远不该这样做。父亲已经走到水边，心满意足地撑在金色的权杖上，我必须跑，即便我知道自己更弱，但我可以出其不意，从后面扑向他的背部，把他放倒，我只是因为维也纳的权杖而想要击倒他，我甚至不想伤害他，因为我不能用这根权杖打他，因为我发过誓，我站在那里，

1　拉丁语：我保证。维也纳大学有历史传统，毕业生须在毕业典礼上将两根手指放在大学的权杖上进行宣誓，博士学位持有者说"spondeo"，硕士和学士学位持有者则说"ich gelobe"（我保证）。

2　即梅拉妮，其结尾三个字母"nie"在德语中有"永不、决不"之意。

举起权杖，父亲在沙地里愤怒地咆哮，他咒骂我，因为他认为我想把权杖砸向他，他认为我想用它杀死他，但我只是把权杖举过头顶，让声音传向地平线，越过大海，一路传到多瑙河：我从圣战中将它带了回来。我握着一把沙子，那是我的知识，我行走在水上，我的父亲无法跟上我。

　　在我父亲的伟大歌剧里，我要担任主演，据说这是舞台总监的意向，他刚刚公布了这个消息，因为总监表示，这样一来，人们就会蜂拥而至，记者们也这样说。他们手拿记事本等着，我应该谈一谈我的父亲，以及这个我还不了解的角色。总监亲自迫使我穿上戏服，但因为这是给其他人定制的，所以他要亲手用大头针把衣服别起来，针划伤了我的皮肤，他真是笨手笨脚。我对记者们说：我什么都不知道，请去问我的父亲，我都不知道，这不是我的角色，这只是为了吸引观众蜂拥而至！但记者们写下了完全不同的东西，我没有时间尖叫或撕掉他们的笔记，因为这是开场前的最后一分钟，我横跑过整个剧场，绝望地尖叫。哪里都没有歌词本，我甚至不太清楚那两条入场提示，这不是我的角色。我对音乐很熟悉，噢，我知道，这段音乐，但我不知道词，我没法饰演这个角色，我永远没法做到，我更绝望地询问舞台总监的一个助理，第一段二重唱的第一句话是什么，我要与一个年轻男子一起唱的。他和其余所有人莫名地大笑起来，他们知道我不知道的事，他们都知道的是什么？我有一个猜想。但是幕布升了起来，底下是庞大的人群，他们成群结队，我开始胡乱地唱，绝望之中，我唱："谁帮帮我，谁帮帮我！"我知道剧本不可能是这样的，但我也发现音乐盖过了我绝望的话。台上有许多人，他们有的故意沉默，有的在被提示后小声地唱，一个年轻男人唱得自信而响亮，他有时迅速地偷偷和我商量，我意识到，无论如何，在二重唱里只有他的声音会被听到，因为父亲为他写了所有的部分，没有给我写任何东西，当然，因为我没有受过训练，只需要被展示。我只需要唱，带来钱，不脱离角色，不涉足不属于我的角色，或者说我可以唱一辈子，这样我的父亲就不能对我做什么。"谁帮帮我！"然后，我忘记了角色，我几乎忘记了我没有受过训练，终于，尽管大幕已经落下，票务清数完毕，但我真的唱了，不过是一个其他歌剧的片段，我还听见了自己的声音，在空房子里回响，升到最高点，又落到最低处，"于是我们死去，于是我们死去……"那个年轻男人假装过场，他不知道这个角色，但我继续唱。"一切都死了。都死了！"年轻男人走了，我独自站在台上，他们关掉了灯，只留我一人，身上是可笑的满是大头针的衣服。"看见了吗，我的朋友们，你们难道没看见吗！"一声巨大的哀叹里，我跃下这座岛和这部歌剧，一边继续唱着，"于是我们死去，不分离……"[1] 我坠入管弦乐池，而那里已经没有管弦乐团。我挽救了演出，但我躺在废弃的谱架与座椅间，摔断了脖子。

　　我的父亲在打梅拉妮，然后，因为一只大狗开

1　此处的歌词均出自瓦格纳歌剧《特里斯坦与伊索尔德》（*Tristan und Isolde*）。

始警告似的叫，他打了这只狗，狗完全服从于殴打。我和我的母亲也曾这样让自己被殴打。我知道那只狗是我的母亲，绝对服从。我问父亲为什么也打梅拉妮，他说他禁止我提这种问题，她对他而言什么都不是，我竟问出有关她的问题，这简直无耻。他不停地重复说，梅拉妮对他什么都不是，他只需要她再多几个星期作为调剂，我应当明白这一点。我想那条狗并不知道，它只需要咬一下我父亲的腿就可以制止这场殴打了：狗轻轻地嚎叫，不咬。事后，父亲满意地和我谈起，能进行抽打让他松了口气，但我依旧很沮丧，我想向他说明他让我感到多恶心，他迟早会知道的，我费力地列出我去过的所有医院，留着治疗花费的账单，因为我认为我们应当平摊。我的父亲心情很好，但他不明白这当中的联系，无论是和打人，还是和他的所作所为，还是和我终于想告诉他一切的愿望的联系——没用的，毫无意义，但我们之间的气氛并不紧张，相反，良好、愉悦，因为现在他想要和我上床，他拉上了窗帘，这样就不会被梅拉妮看到。梅拉妮躺在那里抽泣，但一如既往地，她什么都没明白。我抱着可怜的希望躺下，但随即很快又爬起来，我做不到，我告诉他我丝毫不在乎，我听见自己说：这对我毫无意义，这对我从来都毫无意义！我的父亲并不气愤，因为他对此也不在乎，他在发表他的独白，提醒我我曾经说过，总是一样的事。他说：一样的事，所以就没有借口，不要为你自己找借口，为现在这件一样的事找借口，如果它真的都是一样的事！但我们会被干扰，我们一直都被干扰，这毫无意义，我没法向他解释，它只和干扰有关，从来都不是同样的事，并且只和他有关，因为我看不出它有任何意义。是梅拉妮，是她在呻吟和扰乱，我的父亲走上讲坛，进行他的主日布道，一样的事，所有人都安静、虔诚地听着他，因为他是远近闻名最伟大的主日布道者。他总是在最后对某物或某人施加诅咒，以此增强他布道的力量，现在他又在这么做了。今天他诅咒我和我的母亲，他诅咒他的性与我的性，我走向天主教的圣水池，浸湿我的前额，以圣父之名，在布道结束前离场。

父亲和我向一千个环礁的国度游去。我们潜入海里，我遇见一群最神奇的鱼，我更希望和它们一起游下去，但我的父亲紧跟着我，我看见他在我身边，在我下方，在我上面，我必须试着抵达珊瑚礁，因为我的母亲藏身在那里，沉默地注视我、警告我，因为她知道会发生什么。我潜得更深，我在水底尖叫：不！然后：我不想要更多了！我不能！我知道在水底尖叫很重要，因为这可以赶走鲨鱼，所以应当也可以赶走想要攻击我的父亲，他想把我咬碎，或者他又想要同我上床，把我抓到珊瑚礁上，这样我的母亲就能看见。我尖叫：我恨你，我恨你，我恨你胜过恨我的生命，我发誓要杀了你！我和母亲找到一个地方，在她绵延不绝、枝繁叶茂、日益增长的深海麻木里，我焦虑而恐惧地挂在她的分枝上，可我的父亲伸手抓住我，他又一次伸手抓我，所以，不是我，刚才尖叫的人是他，是他的声音，不是我的：我发誓要杀了你！但我确实尖叫了：我恨你胜过恨我的生命！

马利纳不在那儿，我摆直我的枕头，找到那杯矿泉水，"居辛格"牌[1]，就快渴死了，我喝下这杯水。我为什么说那样的话，为什么？胜过恨我的生命。我有不错的生活，因为马利纳，它在变得越来越好。这是一个阴沉的早晨，但外面已经亮起来了。我在喃喃自语什么，为什么马利纳现在睡着？现在。他应该向我解释我的话。我不恨我的生命，因此，我怎么能够恨一样东西胜过恨我的生命呢。我不能。我只是在夜晚瓦解了。我小心地起身，这样我的人生就会保持良好，我烧泡茶用的水，在厨房，我必须喝茶，尽管睡袍很长，我还是冷，我给自己泡我需要的茶，因为在我什么都做不了的时候，这至少让我有事做。水开的时候，我不在"阿托尔"牌[2]灶边，我把水壶加热，数了几勺伯爵茶叶，倒上，我还可以喝茶，还可以把沸水引到水壶里。我不想叫醒马利纳，但我熬到早晨七点，叫他起床，给他做早饭。马利纳的状态也不太好，也许是回家太晚，也许是鸡蛋太硬了，但他什么也没说，我咕哝着道

---

1 Güssinger，曾经是奥地利最知名的矿泉水品牌之一。
2 Atoll，德国厨房用具品牌。

265

歉，牛奶变质了，可只过了两天，为什么？它毕竟在冰箱里呀，马利纳看到茶里白色的块状物，抬起头，我把它们倒了，今天他只好喝不加奶的红茶。一切都变质了。对不起，我说。怎么了？他问。继续，请，走吧，准备一下，不然你会迟到的，我没法在一大早说话。

我和其他人一样穿着西伯利亚犹太人的大衣。仲冬时节，越来越多的雪落在我们身上，我的书架在雪里倒塌，雪慢慢地埋葬它们，我们等待被运走，书架上的照片变得湿润了，那是所有我爱过的人的照片，我擦拭雪，晃动照片，但雪不停地落下，我的手指已经冻僵了，我不得不任雪掩埋了照片。父亲正看着我做最后的尝试，我因此感到绝望，他不属于我们，我不想要他看见我的努力，不想要他猜测照片里是谁。父亲也想穿件大衣，但他太胖了，他忘记了照片，他与人交谈，脱了外套去找另一件，幸运的是，这里没有更多大衣了。他看见我和别人走了，我想再和他说一句话，让他明白他不属于我们，他没有这个权利。我说：我没有时间了，我的时间不够了。现在来不及了。在我周围，有人指责我没有团结意识，"团结"，多么奇怪的单词！我不在乎。我应该在什么地方签名，但签名的是我的父亲，他总是"团结"，而我甚至不知道那意味着什么。很快，我对他说：再见了，我没有时间了，我不团结。我要去找人！我不知道我要找的人是谁，在这片人群中，一个来自佩奇的人，在这片可怕的混乱中。而且，我仅剩的时间也快过去了，我担心他在我之前已经被运走了，即便我只能对他谈这些，只能对他一个人谈，直到第七代，但我不能保证，因为我不会有任何后代。许多的营房，我在最后一间房中找到他，他在那里疲惫地等我。一个空荡荡的房间里，一束头巾百合立在他身旁，他躺在地上，穿着他那件比黑色更黑的恒星大衣，几千年前我就看他穿过。他困倦地坐起来，老了几岁，那么疲惫不堪。他用他的第一声说：啊，终于，终于，你来了！我倒下，大笑，大哭，亲吻他，真的是你，只要你在这里，终于，终于！那里还有一个孩子，我只看见一个，尽管我似乎觉得应该有两个，那个孩子躺在墙角。另一个角落，温和、耐心地躺着一个女人，他孩子的母亲，她对我们在被运送前如此躺在一起并不介意。突然间，命令下达：起来！我们都站起来，动身，小孩已经在载重车上了，我们必须快一些，这样才能一起走，我只是得找到我们的保护伞，我全部找到了，他的，温柔的女人的，孩子的，我的，但我的伞不是我的，是曾经谁落在维也纳的，我很沮丧，因为我一直想把它还回去，但我现在没有时间这样做了。一顶死了的降落伞。太晚了，我必须拿上它，这样才能到匈牙利，因为我又一次找到了我的初恋，下雨，倾盆大雨浇在我们所有人身上，尤其是那个孩子，他这么开朗又沉着。又开始了，我的呼吸过于急促，也许是因为那个孩子，但我的爱人说：保持冷静，你要像我们一样冷静！月亮随时都会升起。只是我依旧无比害怕，因为这一切又来了，我疯了，他说：冷静，想想城市公园，想想那树叶，想想维也纳的花园，我们的树，泡桐树正开着花儿。[1] 我立刻平静下来，因为我们经

---

[1] 德语中泡桐树叫"Paulownien"，而策兰的名字是"Paul"。

历过同样的事，我看见他指了指他的头，我知道他们对他的头做了什么。卡车穿过了河，是多瑙河，然后是另一条河，我试着保持全部的冷静，因为我们是在多瑙河的沼泽里第一次相遇，我说我没事，但随即我的嘴张开却没有尖叫，因为我发不出声音。他对我说，别再忘了，是：Facile[1]！但我弄错了，我无声地大喊：Facit[2]！在河里，深河里。我可以对您说几句话吗，女士？一位先生问道，我有事想告诉您。我问：谁？您要告诉谁？他说：我只带话给卡格兰公主。我打断他：不许，永远不许说这个名字。不要告诉我任何事！但他拿出一片干枯的树叶，我知道他说的是真的。我的人生结束了，在运送的途中，他溺死在河里，他是我的生命。我爱他胜过爱我的生命。[3]

---

1 法语：容易。
2 拉丁语：他做。
3 这里描述的应是策兰诗歌的意大利语译者莫舍·卡恩（Moshe Kahn，1942— ）给巴赫曼带来策兰死讯的场景。树叶是策兰诗歌的核心意象，也是两人在维也纳相恋时策兰赠给巴赫曼的礼物。

马利纳搂着我，那个说"保持冷静！"的人是他。我必须保持冷静。但我和他在公寓里来回地走，他想要我躺下，但我没法继续躺在这张床上，它太软了。我躺在地板上，但很快又爬起来，因为我曾经这样躺在一块别的地板上，在一件温暖的西伯利亚外套下面，我和他来回地踱步，交谈，说话，省略词语，加入词语。我失落地把头靠在马利纳的肩上，那里一定有一块铂金，在一场车祸里他折断了锁骨，有一次他这样告诉我，我注意到我开始变冷，我又开始发抖，月亮出来了，可以透过我们的窗户看见它，你看见月亮了吗？我看见另一个月亮和一个恒星世界，而另一个月亮并不是我想要说的，我只是需要说，不停地说，为了拯救我自己，为了不对马利纳这样做，我的脑袋，我的脑袋，我快要疯了，但马利纳不能知道。可是马利纳知道，我一边在公寓里来回走，一边请求他，抓住他，我让自己倒下，又站起来，解开衬衫，再次倒下，因为我就快疯了，它向我涌来，我快要疯了，我没有任何慰藉，而马利纳重复道：保持冷静，让自己完全倒下去。我倒下，想起伊万，我的呼吸变得规律了一些，马利纳按摩我的手、脚、心脏周围，但我快要疯了，一件事，我只想请求你一件事……但马利纳说：为什么要问，不用问。但又一次，我用我今天的声音说：拜托了，伊万一定不能知道，永远不能（茫然，我意识到，马利纳对伊万一无所知，为什么在现在谈论伊万？）伊万必须，永远，答应我，而只要我还能够说话，我就会说，这很重要，我说话，你知道我只是在说话，请对我说话，伊万必须永远，永远都不知道，请对我说些什么，说说你的晚餐，你在哪里吃的，和谁，告诉我那张新唱片，你带着吗，噢，古老的芬芳！对我说话，我们说什么不重要，一些事情就好，说话，说话，说话，这样我们就不再身处西伯利亚，不再身处河中，不再身处河谷低地，多瑙河的沼泽，我们会回到这里——匈牙利巷，你，我的应许之地，我的匈牙利之地，对我说话，打开所有灯，不用担心电费，所有地方都必须有光，打开所有开关，给我些水，开灯，打开所有灯！点上烛台。

马利纳开了灯，马利纳拿来水，我的混乱平息，我越发茫然，我对马利纳说什么了吗，我有没有提到伊万的名字？我有没有说"烛台"这个词？你知道，我没那么激动了，我说，你不应该太当真，伊万活着，并且他以前活过一次，很奇怪，是不是？最重要的是，不要让这些扰乱你，只是今天，它尤其让我不安，所以我很累，但请留着灯。伊万还活着，他会打给我。如果他打来电话，我会告诉他——马利纳又在同我来回走，因为我没法静躺，他不知道他该对伊万说什么，我听见电话在响。告诉他，告诉他，请告诉他！别告诉他任何事。最好：我不在家。

父亲要给我们洗脚，就像一年中有一天，使徒皇帝要给他穷苦的臣民洗脚。[1] 我和伊万已经在洗了，水在流，冒着黑色、肮脏的泡沫，我们很久没有洗脚了。我们最好自己来，因为我的父亲已不再

1　"使徒国王"是罗马教廷授予匈牙利君主的称号，历史上该王位长期由奥地利皇帝兼任，原文"使徒皇帝"是粗略的简写，正式称号为"奥地利皇帝和匈牙利使徒国王"。濯足礼起源于基督为门徒洗脚（《约翰福音》第 13 章），后演变为一年一度的国王为穷人洗脚的仪式。

履行这项圣职。我很高兴我们的双脚又干净了，我很高兴它们闻上去是干净的，我擦干伊万的脚，然后擦我的，我们坐在床上，欣喜地看着彼此。但有人来了，来不及了，门开了，是父亲。我指着伊万，说：是他！我不知道我是否会因此被判死刑，或被送去集中营。我的父亲看着肮脏的水，我把我白净、好闻的双脚从中抬起来，我自豪地向他展示伊万干净的脚。无论如何，我都不想让我的父亲注意到：即便他没有履行他的职责，但在这场漫长的旅途后，把一切脏污洗去也还是使我很高兴。从他到伊万的旅途太长了，我弄脏了双脚。隔壁房间的收音机在放：嗒叮，嗒当。我的父亲大吼：关掉收音机！你知道那不是收音机的声音，我肯定地说，因为我从来没有过收音机。我的父亲又吼起来：我可告诉你，你的脚完全是脏的，而且我已经告诉了所有人。脏，脏！我笑着说：我的脚洗过了，我希望所有人都和我一样双脚干净。

那是什么音乐，够了！我的父亲从未这样发怒过。现在立刻告诉我，哥伦布哪天到的美洲？原色有几种？多少色彩？三原色。奥斯特瓦尔德[1]列了五百种色彩。我所有回答都快速而准确，但很小声，如果我的父亲听不到，那我也无能为力。他又开始尖叫。他每提高一次声音，就有一块水泥从墙上掉下来，或是一块木板从镶木地板上飞起来。如果他不想听到回答，那他怎么可以这样发问呢。

窗户前很黑，我打不开窗，所以把脸贴在窗玻璃上，几乎什么也看不见。慢慢地，我意识到那片阴森的水塘可能是一条河，我听见喝醉的男人在冰上唱一首赞美诗。我知道父亲从我身后进来了，他发誓要杀了我，我连忙走进厚重的窗帘和窗户之间，这样在我向外看时他就不会吓到我，但我已经知道了我不该知道的事：河岸上，是被谋杀的女儿们的墓地。

1　威廉·奥斯特瓦尔德（Wilhelm Ostwald，1853—1932），德国化学家，曾获诺贝尔化学奖，1920年创立了自己的色彩系统。

在一艘小船上，父亲开始拍摄他伟大的电影。他是一名导演，一切都按他希望的样子进行着。又一次，我不得不让步，因为父亲想让我拍几个片段，他保证我不会被认出来，他有全世界最好的化妆师。我的父亲顶着一个别的名字，没人知道是哪个，有时候它出现在横跨半个世界的电影院的霓虹灯上。我坐着等待，还没有穿好衣服或化妆，头上戴着卷发夹，只有肩上有一条毛巾，突然，我发现父亲已经趁机偷偷开始拍了。我生气地跳起来，找不到东西遮住身体，但我还是冲到他和摄影师面前，说：停下，立刻停下来！我要求他们立刻销毁胶卷，它和电影没有任何关系，违反了合约，这卷胶片必须销毁。我的父亲回答，这就是他想要的，这会是电影里最有意思的部分，他继续拍着。我惊恐地听着摄影机的嗡鸣，再次要求他停下，交出胶卷，但他无动于衷地继续拍摄，又一次说不。我越来越激动，我大喊他有一秒钟的时间重新考虑，我不怕被勒索，如果没有人来帮我，我可以自己帮自己。他没有回应，一秒钟结束了，我看向船的烟囱和甲板上所有的器材，我被电线绊倒，我在找，我在找，怎样才能让他停下来，我跑回化妆间，门上的链条被拆了，于是我没法把自己反锁在里面，我的父亲笑了，但就在这个时候，我看见镜子前有一个小碟，里面装着做指甲时用的肥皂水，我拿起碟子把肥皂水泼向摄影机、倒进船的管道里，所有东西都开始冒烟，我的父亲站在那里，僵住了，我对他说我警告过他，我不必再听他的了，我变了，从现在开始，我会像对待他一样去对待每一个人，只要违反了合约，我就以即刻的报复来回应。整艘船都在冒烟，越来越浓，这场拍摄毁了，必须立刻叫停，大家焦急地站在一起讨论着，但他们说，反正他们也不喜欢这个导演，他们很高兴不用继续拍了。我们用绳梯离开了船，坐上小救生艇，然后被带到一艘大轮船上。我精疲力竭地坐在大船的一条长凳上，看人们援救小船，一些人体在水上漂，他们还活着但被烧伤了，我们需要留出点地方，这些人都要被救上来，因为在离我们沉下去的船更远处，还有一艘船爆炸了，那艘船也是我父亲的，上面有许多乘客，很多都受伤了。不知道为什么，我开始担心是我的小肥皂碟让另一艘船也爆炸了，我做好了一上岸就被指控谋杀的准备。越来越多的身体冲过来，他们要被捞起来，死了的也要。但这时，我听到另一艘船完全是因为其他原因沉的，就松了一口气。我和它没关系。是我父亲的疏忽。

我的父亲想带我离开维也纳，去另一个国家，他很有说服力，说我必须离开，我的朋友们对我有不好的影响，但我发现他不需要目击者，他不希望我和任何人交流，不希望任何事情出现。但事情会出现的。我不再为自己辩护了，只是问他我是否可以往家里写信。他说到时再看，这听上去不太乐观。我们去了一个陌生的国家，我甚至被允许在街上走路，但我不认识任何人，也不懂这里的语言。我们住得很高，我感到晕眩，没有房子可以这么高，我从没住过这么高，我一整天都躺在床上，一种预防措施，我被监禁了又没有被监禁，父亲只会偶尔来看我，大部分时候，他派一个脸上有绷带的女人来，我只能看到她的眼睛，她知道些什么。她给我食物和茶，很快，我站不起来了，因为一旦我跨出第一步，一切都开始旋转。我想到了其他情况，我必须起来，因为食物或茶里一定有毒，我走到卫生间，把食物和茶倒进马桶，女人和父亲都没有注意到，他们给我下毒，这很糟糕，我必须写一封信，但我只能写下一些开头，我把它藏在包里、抽屉里、枕头下面，但我必须写一封信并把它从这个屋子里寄出去。我身体一震，笔掉了，因为我的父亲正站在门口，他很早就猜到了。他找所有的信，他从废纸篓里拿出一封，大喊：说！这是什么意思？张嘴，我叫你！他连续几个小时不停地喊，他不让我说。我哭得越来越大声，我越哭，他就喊得越起劲，我不能告诉他我不吃东西，我把吃的扔掉了，我已经想通了，我一边哭一边从枕头下拿出一封皱巴巴的信交给他。张嘴！我用眼神告诉他：我想家，我想回家！我的父亲嘲讽地说：想家！多好啊，想家！这些是信，但我会确保它们永远寄不出去，给你亲爱的朋友们的亲爱的信。

我虚弱到骨子里，我支撑不起自己，但我勉强从阁楼搬下我的行李，悄悄地，在午夜，我的父亲睡得很熟，我听到他打鼾，他大口喘气。尽管很高，但我还是伸出身子往下看，马利纳的车停在路的另一边。他没有收到任何信，但马利纳一定明白了，所以派来了他的车。我把最重要的东西放进行李箱，或者说所有我能拿上的东西，我必须很安静，以最快的速度完成，必须是今晚，不然就无法成功。我带着行李箱跟跄地走到街上，每几步就要放下它们，等喘得上气再提起来，然后我进了车，我把行李箱推到后座上，车钥匙插着，我开车，在空旷的夜路上歪歪扭扭地开，我大概知道通往维也纳的主干道，我知道方向，但我不会开车，所以我停了下来，不行。我得至少开到邮局，然后发电报给马利纳让他来接我，但这行不通。我必须掉头，天变亮了，车不受我控制，它滑回原来的位置，然后停在那里；这辆车面朝错误的方向，我想再一次踩下油门，开进墙里，开进我的死亡，因为马利纳不会来了，白天了，我倒在方向盘上。有人扯我的头发，是我的父亲。那个女人挪动脸上的绷带，把我从车上拽下来，带我回房子里。我看到了她的脸，她急忙又一次遮住自己，我开始号叫，我知道她是谁。他们都想杀了我。

　　我的父亲带我去一栋很高的房子，楼上还有一座花园，他让我在里面养花、种树，打发时间，他因为我栽了很多圣诞树而笑话我，它们是我童年的圣诞树，但只要他在开玩笑，就没事，树上有银色的装饰球，开出紫色和黄色的花，但它们不是对的花。我也往陶瓷花盆里种东西，我播种，但开出的花总是错的，不想要的颜色，我不满意，我的父亲说：你以为你是个公主，是吗！你以为你是谁，你觉得你比其他人都好，是吗！会消失的，你会不再想这些，还有这个，和这个——他指着我的花——这些都会很快结束的，可笑的无用功，这些绿油油的东西！我握住手中的软管，我可以把它对准他，这样水就会喷满他的脸，他就会停止侮辱我，他的确把花园交给了我，但我放下了软管，用双手捂住我的脸，他应该告诉我该做什么，水在地上流，我不再想浇灌这些植物了，我关了水，进屋。父亲的客人到了，我挣扎着来回端那些盘子和放满玻璃杯的托盘，然后坐在那里听，我甚至不知道他们在聊什么，而我应该和他们交谈，但一旦我试着寻找答案，他们就刻薄地看着我，我结巴，什么都不对了。我的父亲微笑，用他的魅力招待每一个人，他拍着我的肩膀，说：她想假装我只让她在花园干活，看看这位勤劳的园丁，给他们看看你的手，孩子，看看你美丽白皙的小爪子！所有人都笑了，我也让自己笑，我的父亲笑得最大声，他喝了很多，客人们走后又喝了更多。我不得不再给他看一次我的手，他把它们翻过来，扭它们，我跳起来，我还可以远离他，因为他醉了，起身时跟跟跄跄，我跑出去，想关上门，躲在花园里，但父亲追上来，他的眼神很可怕，他的脸因怒气变成了红棕色，他把我逼到一根栏杆边，这不可能还是同一栋房子，那么高，他扯着我，我们搏斗，他想把我扔下栏杆，我们脚下开始打滑，我冲到另一边，我必须到墙的那一边，跳上隔壁的屋顶，甚至是跑回屋里，我失去了理智，我不知道怎么逃脱，而我的父亲，他也害怕栏杆，没有跟着我到离栏杆更近的地方，他拿起一个花盆砸我，花盆在我身后的墙上碎开，我的父亲拿起又一个，泥土溅在我脸上，花盆裂成了碎片，我眼睛里都是土，我的父亲不可能这样，他怎么能够这样！门铃响了，万幸，一定是有人被惊动了，门铃又响了，或者是某位客人折返了。有人来了，我低声说，停下！父亲轻蔑地说：有人来看你了，当然，为你来的，但你要待在这里，听到吗！因为门铃还在响，因为它一定是来救我的，因为我脸上全是土什么也看不见，因为我试着去找门在哪儿，所以我的父亲开始把所有他能找到的花盆扔过栏杆，这样与其来救我，人们还不如离开。但我一定是逃脱了，因为突然间，我站在路边的入口处，黑暗中马利纳在我面前，我小声说，他还是不明白，我小声说，不要现在来，不要今天，而我从没见过马利纳这样苍白和惊讶，他困惑地问，怎么了，发生什么了吗？我小声说：请走吧，我需要让他冷静下来。我听见警笛声，警察们已经从一辆巡逻车上下来了，我很害怕，我说：现在帮帮我，我们必须摆脱他们，我们必须。马利纳和警察说话，解释说这里有一场派对，人们情绪高涨，高涨的情绪，好的情绪。他把我推进黑暗。警察真的开走了，马利纳回来，他迫切地说，现在我明白了，他把那些东西扔下来，差一点就砸中了我，你现在要和我走，不然我们就再也见不到了，这一切必须结束。但我轻声说，我不能和你走，让我再试一次，我想要他冷静下来，他那样是因为你按了门铃，我必须马上回去。请不要再按铃了！但你要明白，马利纳说，我们会再见面，但会是在这一切结束之后，因为他想杀了我。我小声地反驳他，不，不，他只有我，我开始哭，因为马利纳走了，我不知道我应该做什么，我必须抹掉所有的痕迹，我搜集街上的碎片，用我的双手把所有鲜花、泥土扔进排水沟，今晚我失去了马利纳，今晚马利纳差点死了，我们，马利纳和我自己，但它比我和我对马利纳的爱强大，我会一直否认，屋子里有一束光，我的父亲在地板上睡着了，在一片废墟中，一切都被废弃了，摧毁了。我躺在我的父亲边上，在一片废墟中，因为这里是我的地方，在他身旁，他睡着了，无力、悲伤、衰老。而即便看着他让我感到厌恶，我必须，我不得不去明白他的脸上还写着怎样的危险，我必须明白恶从哪里来，我害怕，但这次和以往不太一样，因为恶在一张我不认识的脸上，我爬向一个陌生的男人，他手上沾满泥土。怎么变成了这样，我是怎么落入了他的权力之下，谁的权力？疲惫中升起一个怀疑，而这个怀疑太大了，我立刻打消了它，他不可能是一个陌生人，一定不是白白来的，一定不是骗局。这不可能是真的。

马利纳在开一瓶矿泉水，但与此同时，他拿着一个大玻璃杯，在我面前喝了一口威士忌，并说我也一定要喝。我不喜欢在半夜喝威士忌，但因为马利纳看上去很担心，因为他用手指按住我的手腕，所以我想我可能不太好。他找我的脉搏，数着，看上去不太满意。

马利纳： 你还是没有话要对我说吗？

我： 我开始认识到一些事，我开始看到其中的逻辑，但我具体又什么都不明白。有些事半真半假，比如说，我等你，或者比如说，有一次我跑下楼梯拦住你，警察那次几乎也是真的，只是你不是那个叫他们离开的人，这当中有些误会，是我自己告诉他们的，我叫他们走的。对吗？梦里的恐惧更强烈。而且，你会报警吗？我做不到。事实上我没有，是邻居报的警，我把所有线索藏起来，做假证，这是应该要做的事，不是吗？

马利纳：你为什么要包庇他？

我：　　我说那是一场派对，一场热闹的派对，和所有其他派对一样。亚历山大·弗莱塞尔和那个叫巴多斯的年轻小伙站在楼下，他们正要出去，亚历山大差点被什么砸中，我不会告诉你那是什么，是个大到足以杀死一个人的东西。也有瓶子被扔下去，但当然，没有花盆。我说那是个误会。这种情况总会发生。尽管不经常，不是在每一个家庭、每一天、每一处都会发生，但它确实会发生在一场派对上，你想象一下在场每个人的情绪。

马利纳： 我没有在说每个人，你知道的。我也没有在说情绪。

我： 况且，当你知道它真的有可能发生的时候，你也不会害怕，恐惧之后才会来，以另一种形式，它今晚会来。但你自然还想知道些别的。第二天，我去亚历山大家，可能也有什么砸到了巴多斯，我不怎么认识他，但那个时候他已经在一百米之外了。我告诉亚历山大我非常，怎么说，我有些丧气，完全说不出话，尽管我说了很多话，亚历山大有他的想法，你知道，我觉得他可能会向上面汇报，但你必须明白，我不能让这种事发生！我也说了，"不管是谁"扔的东西，那个人一定觉得街上没有人，谁会想到巴多斯会那么晚还站在那里呢，但也可能"不管是谁"看见了巴多斯，我确信"不管是谁"看见了，但只有我知道这件事，我开始讲以前的苦日子，但你可以从亚历山大的表情里看出，他不觉得苦日子是这种行为的借口，所以除此之外，我又编出重大疾病的借口，我不停地编。亚历山大不怎么信。我没有想让他相信，但我当时只是想阻止最坏的情况发生。

马利纳：你为什么那么做？

我：　　我不知道。我就是这样做了。在当时这是正确的。之后你就不记得了。一个理由都不记得。因为反正，都已经失效作废了。

马利纳：你会怎么做证？

我：　　我不会。我最多只会说一个词，一个我还能够说出来的词——尽管我已经不知道它的意思了——我可以消灭任何、所有提问。

（我用手指向马利纳比画，用国际手语。）

你不觉得这就足够让我开脱了吗？或者，我可以承认我有牵连，但我没有义务做证。你笑得很轻松，你什么都没经历过，你没有站在门口。

马利纳：我在笑吗？你是在笑的那个。你应该去睡一会儿，如果你不说实话，我们说话就没有意义。

我：　　　我给了警察一些钱，他们不是都接受贿赂，但这些警察收了，当然了。他们很开心可以就这样回警局，或是回家睡觉。

马利纳：我在乎这些故事吗？你知道你在做梦。

我：　　　我在做梦，但我向你保证我开始明白了。那也是我开始扭曲所有我读到的东西的时候。我把"夏季时装"（Sommermoden）读成"夏季谋杀"（Sommermorde）。这只是一个例子。我可以举出上百个。你相信吗？

马利纳：当然，但我还相信许多你还不想相信的事。

我：　　　比如说……

马利纳：你忘了明天我值班。请按时起床。我累死了。如果这次早餐的鸡蛋能不太软，也不太硬，那我会很感激的。晚安。

　　　新的"冬季谋杀"到了，在各个重要的"谋杀"

厅里展出。父亲是镇上一流的裁缝[1]。尽管我拒绝，但我照理要去当婚纱模特。在今年的所有"谋杀"活动上，白色是主导，只有几款黑色的，白色被保存在零下 50 摄氏度的冰宫，在那里，模特们在公众面前为公众举行婚礼，戴冰冻的面纱与冰花。新娘和新郎必须赤裸。冰宫位于滑冰俱乐部的旧址，也是夏天人们举行摔跤比赛的地方，但我的父亲租下了那整片区域。我应该要嫁给年轻的巴多斯，他们请了一支管弦乐队，而他们不敢在这样的温度下演奏，怕被冻死，但我的父亲已经向那些寡妇担保过，她们还会是那些音乐家的妻子。

　　我的父亲从俄罗斯回来，他受了伤。他没有参观冬宫，但研习了酷刑的技艺，并带回了女沙皇梅拉妮。我和巴多斯要在全维也纳和全世界的掌声中，走进一座精心设计的优雅冰亭，因为表演通过卫星播出，它发生在美国人或俄罗斯人，或者说他们一

起飞向月球那天。我父亲唯一的顾虑是，维也纳冰展会让全世界忘记月球和超级大国。他乘一辆皮草覆盖的马车在第一区和第三区来回，任自己和年轻的女沙皇在壮观盛况开始前再次被人们瞻仰。

首先，人们从扩音喇叭里知道了冰宫独创的细节，窗户用最薄的冰片镶成，透明如最美丽的玻璃。上百个冰做的烛台点亮整个大堂，室内装潢也叫人叹为观止：沙发，矮凳，装有最精致易碎的食具、玻璃杯和茶具的橱柜，一切都是冰做的，又像奥格腾瓷器[1]一般焕发光彩。涂着石脑油的冰木在壁炉里烧，透过冰做的蕾丝窗帘，你可以看到一张气派的四柱大床。女沙皇管我的父亲叫"熊"，她和他打趣，称在这样一座宫殿里生活一定愉快极了，只是可能对于睡觉来说有点太冷了。我的父亲弯下腰，用最轻浮的语气对我说：我敢肯定你今晚不会冻死的，你有巴多斯先生暖床，毕竟他要保证你们之间的爱之火永不熄灭！我跪在父亲脚下，不为我自己

1　Augarten-Porzellan，原维也纳皇家瓷器，产于同名瓷器厂，该厂是欧洲第二古老的瓷器厂。

的生命向他恳求，而是为我甚至不怎么认识的小巴多斯，他也不怎么认识我，他正茫然地看着我，身体僵直，他已经失去意识了。我不知道为什么他也要在这场大众娱乐里成为牺牲品。父亲向女沙皇解释说，我的同伴也必须脱掉衣服，和我一起淋多瑙河和涅瓦河的水，直到我们变成冰。可那也太可怕了，梅拉妮动情地回应，我的大熊呀，你应该让这两个可怜人先死掉再冻成冰的。不，我的小母熊，我的父亲回答道，这样的话，他们就没法做出任何自然的动作，而那是美的法则里的必要元素，所以我会让他们活着淋水的，我怎么可能拿对死的恐惧来取乐呢！你很残忍，梅拉妮说，但我的父亲承诺给她狂喜，他知道残忍与淫欲是怎样紧密地联结在一起的。裹在皮草大衣里看，你就会很容易觉得享受，他向她保证，并希望有一天梅拉妮可以在她的残酷上超越所有其他女人。街上的人们和全维也纳开始欢呼：不是每天都能看到这样的事！

我们站在零下 50 摄氏度的冰宫前，脱光了衣服，被要求保持某种姿势，观众中有人开始叹息，但既然人们已经开始往我们身上泼冰水了，那么所有人一定都认为巴多斯也有罪，尽管并不是这样的。我依旧可以听到自己的呜咽和发出的最后一声咒骂，我最后看到的是我父亲面带胜利的微笑，我最后听到的是他满意的叹息。我没法再为巴多斯的生命祈求了。我冻结成冰。

我的母亲和妹妹派一位国际谈判员来找我，她们想知道这次事件"之后"，我是否还愿意维持我与我父亲的关系。我告诉这名使者：为了什么都不会！这个人一定是我的一位老朋友，他对此不太高兴，并认为很可惜。在他看来，是我太苛刻了。之后，我留我的母亲和妹妹失语、无助地站在原地，走进隔壁房间，和我的父亲面对面谈这件事。尽管我的思考、判断和整个身体都变得僵硬，我还是没法摆脱我必须履行自己职责的想法：我会再和他睡觉，牙关紧闭、身体僵直。但我想让他知道，我这样做只是为了别人，为了不引起国际轰动。我的父亲很沮丧，他说他不太舒服，他应付不动这些事了，我不能找他谈事，他患了一种他根本没有得的病，这样他就不用考虑梅拉妮和我了。我突然间意识到，他之所以提出各种各样的借口，是因为——他和我的妹妹住在一起。我没法再为埃莱奥诺雷做什么了，她捎来一张字条：为我祈祷，请为我祈祷！

　　我坐在床上，我太热了，又太冷了，我伸手去拿书，《与大地对话》[1]，睡前我把它放在了地上。我已经忘了自己读到哪儿了，我漫无目的地翻着目录、附录、术语表、地底的力量和形成、内在动力。马利纳从我手里把书拿走，放到一边。

马利纳：你妹妹在这里做什么，你妹妹是谁？
我：　　埃莱奥诺雷？我不知道，我没有叫埃莱奥

1　*Gespräch mit der Erde*，德国地质学家汉斯·克洛斯（Hans Cloos，1885—1951）的自传，叙述了作者在世界各地旅行中的地质学发现。

诺雷的妹妹。但我们都有些姐妹，不是吗？原谅我。我怎么能！但你应该是想知道关于我真正的妹妹的事吧。当然，小时候我们一直一起玩，然后有一段时间在维也纳，我们周日早上一起去金色大厅听音乐会，有时候我们和同一个男人约会，她也读书，有一次她写了三页很悲伤的话，那一点也不适合她，就像还有很多事情不适合我们做一样，我没有当真。我落了一些事。我的妹妹现在会在做什么？我希望那之后她很快就结婚了。

马利纳：你不该这样谈论你妹妹，隐瞒她只会让你感到压力。埃莱奥诺雷呢？

我：　　我应该更认真地对待这件事的，但那时候我还太小了。

马利纳：埃莱奥诺雷呢？

我：　　她比我妹妹大很多，她一定活在另一个时空，甚至是另一个世纪，我见过她的照片，但我不记得，我不记得……她也读书，有一次我梦见她给我读书，她的声音

294

来自坟墓。"Vivere ardendo e non sentire il male."[1] 这句话是哪里的?

马利纳: 她怎么了?

我: 死于他乡。

　　父亲囚禁我的妹妹,不透露他的意图,他索要我的戒指,因为我的妹妹应该戴它,他把戒指从我手指上扯下来,说:这就可以,这就够用! 你们没什么两样,你们都会体验的。他"废黜"了梅拉妮,有时候他也说"解雇",他看透了她,看穿了她的野心和她的瘾,她想通过他让自己引人注目。然而,他用来解释这种瘾的长篇大论听上去很奇怪,出现了很多次"雪"这个词,她想同他穿过我的雪地,也穿过阿尔卑斯山脉脚下我们共同的雪,我问他是否收到了我的信,但它们似乎卡在了雪地里。我再次问他要了几样最后我会需要的东西,两个奥格腾

1　意大利语:活于烈火而不感到痛苦。出自文艺复兴时期最重要的意大利女诗人之一加斯帕拉·斯坦帕(Gaspara Stampa,1523 —1554) 的十四行诗。

瓷咖啡杯，因为我想再喝一次咖啡，不然我就没法履行我的职责，它们不见了，这是最糟糕的，我必须告诉我的妹妹，她至少应该把杯子还回来。我的父亲发动了一场小雪崩以吓唬我、抹掉我正在说出的愿望，咖啡杯在雪里。但他只是想骗我，他释放第二场雪崩，慢慢地，我开始明白这场雪是为了埋葬我的，没有人会再找到我。我跑向树，它们会给我帮助和救赎，我懦弱地试图大喊，我不要了，他该忘掉这个愿望，我什么都不想要，一场雪崩威胁着我，我必须用双臂划桨，我必须在雪里游泳，保持悬浮，除了漂在雪上，我别无办法。然而，我的父亲踏上一块雪板，发动了第三场雪崩，它毁了我们所有的森林，最古老、坚硬的树也被这不可思议的力量打败，我无法再履行我的职责，我同意，战斗结束了，我的父亲请搜索队喝啤酒，他们现在也可以回家了，直到下一个春天之前，什么也做不了。我被困在我父亲的雪崩里。

　　在我们屋子后面有些许积雪的山坡上，我第一次滑了雪。我必须努力地扭动、转弯，这样我才能避开那些光秃秃的地方，并在滑行中停留在雪地里的句子上。那可能是我早些年写的句子，一个孩子笨拙的笔迹，摊开在我年幼时剩余的雪里。我隐约记得那是在一个新年前夜，我在一本棕色笔记本的第一页写下的：知道"为什么"活着的人能承受几乎所有的"如何"。但这个句子也说明了我仍旧和我的父亲合不来，无法指望摆脱这一不幸。一位老妇人——一位算命师——在教我和附近的一群人怎么滑雪。她确保每个人都在坡地停下。在我停下的地方，我累极了，我找到一封信，是 1 月 26 日的，内容和一个孩子有关，信被折得很复杂，封了很多道口子。暂时还不能打开它——它完全结冰了——因为里面是一个预言。我穿过大森林往下走，脱掉雪板，把滑雪杖也留在那里，用双脚继续走，向城市去，到我维也纳的朋友们家去。所有人的名字都不在门牌上。我凭借最后的力气试着按响莉莉的门铃，我按着，即便她从来没有来过，我对此感到绝望，但我保持冷静并在门外告诉她：我的母亲和埃莱奥诺雷今天会来把我安置进某个不错的机构，我

297

不需要住宿了，我必须马上去机场，但一下子，我不知道我该去施韦夏特还是阿斯佩恩，我没法同时在两个机场，我甚至不知道我的母亲和妹妹是否真的坐飞机来，今天有没有飞机，我的母亲和妹妹是否真的能来，她们有没有得到通知。莉莉是唯一被通知的人。我说不完这个句子，我想尖叫：只有你被告知了！而你又做了什么，你什么都没做，你只是让事情变得更糟！

因为所有人都从维也纳消失了，我不得不向一个年轻女孩租一个房间，一个比我小时候的儿童房大不了多少的房间，我的第一张床也在里面。我突然爱上了那个女孩，我抱住她，此刻布赖特纳太太——我那匈牙利巷的看护人（或贝娅特丽克丝巷的男爵夫人）——正躺在隔壁，她又胖又沉，她注意到我们在拥抱，即便我们盖在我蓝色的大毯子下面。她没有生气，但她说她确实没有想过这种可能，毕竟，她认识我，也很了解我的父亲，尽管她今天才知道我的父亲去了美国。布赖特纳太太发出抱怨，因为她认为我是个"圣人"，她不断重复着"某种圣人"，而为了不解约，我试着向她解释，这终归是可以理解的、自然的，在与我父亲发生的巨大不幸之后，我只能这样做。我更仔细地观察女孩，我之前从没见过，她很瘦、很年轻，她对我说起沃尔特湖旁的一条林荫步道，我很惊讶，因为她竟然在说沃尔特湖，但我不敢称她为"你"，因为那样她就会发现我是谁。她不该发现。一些音乐响起来——多么轻柔、优美——我们轮流和着音乐往里面填词，男爵夫人也加入了，她是我这栋楼的看护人，布赖特纳太太，我们一直出错，我唱"我所有的烦闷都粉碎"[1]，女孩唱"看见了吗，我的朋友，你难道没看见吗？"[2]，布赖特纳太太唱"小心！小心！夜晚就要溶解！"[3]。

1　出自勋伯格《月迷皮埃罗》第 21 乐章《噢，古老的芬芳》。
2　出自瓦格纳《特里斯坦与伊索尔德》选段《爱之死》（"Liebestod"）。
3　出自瓦格纳《特里斯坦与伊索尔德》选段《在夜晚孤独醒来》（"Einsam wachend in der Nacht"）。

在去我父亲家的路上，我遇见一群也想见他的学生。我可以给他们带路，但我不想和他们同一时间到达门口。我靠在墙上，等他们先按门铃。梅拉妮开门，她穿着一条长裙，她的胸部太大了，所有人都可以看到，她无比热情地与学生们打招呼，假装她记得他们每一个人，假装自己在讲座上见过他们似的，然后又无比热情地说，今天她还是梅拉妮小姐，但这不会持续太久了，因为她想变成梅拉妮太太。不会的，我心想。然后她看到了我，我破坏了她的表演，我们虚伪地相互问好，轻轻握手，两只手几乎没有碰到。她带我穿过走廊，这已经是间新公寓了，而且很显然，梅拉妮怀孕了。屋里，我的莉娜低头站着，她没有指望我会再来，在这间公寓里，她叫丽塔，因而没有什么会使她想起我了。公寓很大，而里面只有一个极其狭小的房间，加上一个庞大的房间，这样的布局可以追溯到我父亲对建筑的理解，我知道他的想法，它们不容误解。在所有家具中，我看到我在贝娅特丽克丝巷时用的蓝沙发，因为我的父亲忙着布置，我在大房间里和他说话。我就这个蓝沙发提出建议，还有些别的，但父亲没有在听，他拿着一把码尺来回走，量窗户、墙壁和门，他又在做一些大计划。我问他觉得怎么样比较好：我是应该现在口头向他说明，还是之后把我想要的布置写下来。他继续走动，很冷漠，只说了句：忙，我很忙！离开公寓前，我看了看几样东西，墙上很高处挂着一个奇怪的带羽毛的装饰，许多死了的小鸟挤在一个被点亮成红色的壁龛里，我自言自语，这是多么乏味，一如既往的乏味。一直以来都是"趣味"区隔了我们，他的冷漠和乏味，这两点混在一起，变成了一个短语，当任自己被叫成丽塔的莉娜送我到门口时，我说：乏味，这里一切都没有趣味，一切都是冷漠的，我的父亲永远都不会变。莉娜有些尴尬地点头，她偷偷握了我的手，现在，我想鼓起勇气，我想要、我必须大声地把门甩上，就像我父亲一直以来摔所有的门那样，所以，他至少要知道一次被别人摔门的感觉。但门安静地扣上了，我仍旧没法摔它。我倚在房子前的墙上，我不该来的，永远不该，现在梅拉妮在这里，我的父亲也已经安排好了房子，我回不去，我逃不走，但我还是可以翻过栅栏，那里的灌木很茂密，我在死一般的恐惧里跑向栅栏，爬了上去，这是救赎，这将会是救赎，但爬到顶部时我卡住了，是铁丝网，刺铁带着十万伏特，我受到十万伏特的电击，我的父亲给电线供电，数不清的伏特灼烧我身体的每一根纤维。我被焚烧，死于我父亲的癫狂。

一扇窗户打开了，外面，昏暗、多云的风景中，一个湖泊在变得越来越小。湖周围是一片墓地，坟墓都清晰可见，大地在坟墓上展开，有一瞬间，死去的女儿们站起来，头发在风中吹，她们的面庞难以辨别，长发落到手边，每个女人都举起她的右手，右手在白色的光里清晰可见，她们张开蜡制的手指，上面没有戒指，每只手都没有无名指。我的父亲让湖水冲破湖岸，这样就什么都没了，什么都不会被看见，女人会在坟墓上溺水，坟墓会溺水，我的父亲说：这是一场演出——《咱们死人醒来的时候》[1]。

---

1 *Wenn wir Toten erwachen*，挪威剧作家易卜生的最后一部戏剧作品。剧中的艺术家鲁贝克创作了一座象征女性觉醒的雕像，与为他当模特的少女爱吕尼陷入爱河。分手多年后，鲁贝克的创作转向"大型群像"，这时又与爱吕尼重逢，两人旧情复燃后，一同被大雪埋葬。

醒来的时候，我知道离我去剧院已经过去好几年了。演出？什么演出，我不知道任何演出，但它一定是场演出。

马利纳：你总是想象得过了头。

我：　　但那时我什么都想象不出。或者说我们谈论想象和演出，但其实没在说同一件事。

马利纳：让我进入正题。你的戒指为什么不见了？你真的戴过戒指吗？当然，你没有。你告诉过我，你不可能在手指上、脖子上或手腕上戴任何东西，就我所知，还有你的脚踝上。

我：　　一开始，他给我买了一枚很小的戒指，我想把它放在盒子里，但他每天都问我喜不喜欢那枚戒指，并且不断提醒我这是他给我的，多年来，他不停地谈论这枚戒指，好像我可以靠这枚戒指过活一样，要是我没有每天主动提起戒指，他就会问，你把我的戒指放去哪儿了，孩子？我，就是这个孩子，我说：看在上帝的分上，我不可能把戒指，不，我非常肯定，我只是把它放在了洗手间，我会立刻去取，然后把它戴在手指上，或者放在床头的梳妆柜里，没有戒指在边上，我睡不着。他就这枚戒指上演了可怕的闹剧，他也告诉每一个人他给了我这枚戒指，他给了我生命或至少一个月的津贴，或是一间屋子和一个花园和可以呼吸的空气，我几乎再也不戴这该死的戒指了，一等到戒指不再有效，我就会愉快地把它扔在他脸上，因为何况，他完全没有真的把它给我，不是出于他的自愿，我迫使他给我一些确认，因为从没有任何的迹象，因为我想要一个迹象，最后，我得到了他一直说的戒指。但你没法真的把一枚戒指丢到谁的脸上，在紧要关头，丢到谁的脚下或许是可以的，但说起来比做起来容易，因为如果他坐着或是在来回踱步，你就不太能很好地把一样很小的东西扔到他脚下，达到你的目的。这就是为什么我先跑进洗手间，想要把它扔进马桶，但那样一来似乎就太容易、太实际、太得当了，我想演一出自己的戏，不仅如此，现在我想要赋予这枚戒指一些意义，于是我开车到克洛斯特新堡，在冬天的第一阵风里，我好几个小时站在多瑙河的大桥上，然后我从大衣口袋里拿出那只小小的戒指盒，再把戒指从盒子里取出来——我已经几周没有戴它了——那是 9 月 19 日，在那个寒冷的下午，我把它扔进了多瑙河，天还是亮的。

马利纳：这没有说明任何事。多瑙河里满是戒指，每天都有戒指从手指上被取下来，在冬天寒冷的风或夏天的热风里被扔进克洛斯特新堡和菲沙门德之间那段多瑙河的某处。

我：　　我没有从手指上取下戒指。

马利纳：这不是重点，我不想听你的故事，你在逃避我。

我： 最奇怪的是，我一直知道他带着杀意在我身边，只是我不知道他会用什么方式除掉我。什么都有可能。但他只想到了一种可能，而那正是我猜不到的。我没想到它在此时此地依然存在。

马利纳： 可能你不知道，但是你同意了。

我： 我向你发誓，我没有同意，所有人都不可能同意，都会想离开、想逃走。你想告诉我什么？我从来就没有同意！

马利纳： 不要发誓。别忘了，你从不发誓的。

我： 我当然知道他会想攻击我最脆弱的地方，因为那样一来，他除了等着就什么都不用做了，等我，等到我自己……

马利纳： 别哭了。

我： 我没有哭，你想让我觉得我在哭，你想让我哭。但情况完全不一样。我好好地看了看四周，我注意到每个人都在等待时机，我附近的人，远处的人——他们其他的什么都不做，至少没做什么特殊的，他们把安眠药交到人们的手里，或者是剃刀，他们确保你在山崖边的小路上行走时神志不清，在打开一辆行驶中的火车门时是烂醉的，或者就是让你染上什么病。如果他们等得够久，崩溃就一定会发生，你的结局或长或短。有些人活下来了，但只是活下来而已。

马利纳：又需要多少同意呢？

我：　　我受了太多苦，我已经什么都不知道了，我什么都不承认，我怎么会知道呢，我知道的不够，我恨我的父亲，只有上帝知道我有多恨他，我恨他，我不知道为什么。

马利纳：你把谁当偶像？

我：　　没有人。不能再继续了，没有进展，我哪里都到不了，我什么都看不见，我只是一直听到一个声音，它伴随着画面，有时候响，有时候轻，它说：乱伦。这是明确无误的，我知道它意味着什么。

马利纳：不，你其实不知道。一个人只要有一次从什么事情中活了下来，那么活下来这件事本身就会干预你的认知，你甚至不知道哪些生活属于从前，哪些属于今天，你甚至会混淆你自己的人生。

我： 我只有一个人生。

马利纳： 把它交给我。

在黑海面前，我知道多瑙河必定流入黑海。我将像它一样流。我平安地漂过所有河岸，但就在我抵达三角洲前，我看见一具半覆着水的肥胖身体，我蹿到河中央却避不开它，因为这里的河太深、太宽，全是漩涡。我的父亲躲进河口附近的水里，他是一条庞大的鳄鱼，他疲惫、下垂的眼睛不让我通过。尼罗河上再没有鳄鱼了，最后一条被带到了多瑙河。我的父亲时不时微微睁眼，他看上去好像只是懒洋洋地躺在那儿，好像他什么都没在等，但他当然在等我，他知道我想回家，回家是我的救赎。有时，鳄鱼张开他贪婪的大口，里面挂着成堆的烂肉，其他女人的肉体，我想起所有他撕碎过的女人的名字，水上漂浮着旧血，也有新鲜的血；我不知道今天我的父亲有多饿。突然，我在他旁边看见一条小鳄鱼，他找到了一条适合他的鳄鱼。但小鳄鱼的眼睛闪着光，并不懒惰，它游过来，假装友善地想要亲我两颊。在它就要吻我之前，我尖叫：你是一条鳄鱼！回到你的另一条鳄鱼那儿，说到底你们是一伙的，你们是鳄鱼！因为我立刻认出了梅拉妮，她虚伪地半闭双眼，那双人的眼睛不再闪光。我的父亲尖叫：再说一遍！但我没有再说，尽管我该这么做，因为他指示了。我只能选择，要么被他撕成碎片，要么游进河的最深处。在黑海前，我消失在我父亲的喉咙里。但有三滴我的血，我最后的血，流入了黑海。

父亲走进房间，他用口哨吹着歌，穿一条睡裤站在那儿，我恨他，我不能看他，我假装忙着整理行李箱。请穿上些什么，我说，请穿上些别的衣服！因为他穿着我在他生日送给他的睡衣，我想把它扯掉，但突然我有了个主意，我漫不经心地说：哦，是你！我开始跳舞，我自己跳华尔兹，而我的父亲有些惊讶地看着我，因为床上躺着他的小鳄鱼，身穿丝绸和天鹅绒，他开始为丝绸和天鹅绒写下遗嘱，他在一张很大的纸上写，他说：你不会得到任何东西，你听到了吗，因为你跳舞！我真的在跳舞，嗒嘀，嗒当，我在所有房间跳舞，然后开始在地毯上旋转，他无法从我脚下抽走地毯，那是《战争与和平》里的地毯。我的父亲叫我的莉娜：把地毯从她脚下拿走！但莉娜今天休息，我大笑，跳舞，然后突然大喊：伊万！这是我们的音乐，现在是伊万的华尔兹，一遍又一遍，为伊万，这是救赎，因为我的父亲从来没有听过伊万的名字，他从来没有见过我跳舞，他不知所措了，他们不能从我脚下拿走地毯，他们不能在我回旋的舞蹈里、我快速的旋转里阻止我，我呼唤伊万，但他不必来，不必拥抱我，因为以一种人类从未拥有过的嗓音，以星群的声音、恒星的声音，我唤出伊万的名字与他的无所不在。

我的父亲大发雷霆，他大喊：这个疯子应该停下或者消失，她应该立刻消失，不然她会吵醒我的小鳄鱼。我跳着，靠近鳄鱼，我取回我失窃的西伯利亚衬衣、寄往匈牙利的信，我从沉睡、危险的颌里取走属于我的东西，我还想要回我的钥匙，当我从鳄鱼的牙齿上摘下它时，我已经在笑了，我继续跳舞，但随即，我的父亲从我手中夺过钥匙。在所有东西之中，他偏偏拿走了我的钥匙，那是我仅剩的钥匙！他想要杀了我！一封我的信仍挂在鳄鱼的巨齿上，不是寄往西伯利亚的信，也不是寄往匈牙利的信，我惊恐地想起了信的收件人，因为我可以读到开头：我亲爱的父亲，你让我心碎了。咔啦咔啦碎掉当嘀当我碎掉的我的父亲咔啦咔啦啦啦咔嗒嘀当伊万，我想要伊万，我是说伊万，我爱伊万，我亲爱的父亲。我的父亲说：把这个女人赶走！

我的孩子——现在四五岁了——来找我，我立刻认出了他，因为他看起来很像我。我们照了照镜子，越发肯定。这个小家伙低声告诉我，我的父亲要结婚了，和那个漂亮但磨人的女按摩师。因此，他不想再和我的父亲待在一起。我们在一间陌生人的公寓里，我听见我的父亲在另一个房间和一些人说话，这是个好机会，我很突然地决定把孩子带去我住的地方，尽管我很肯定他也不想和我生活，因为我的生活太混乱了，因为我还没有一间公寓，因为我必须先离开流浪收容所、付清救援工作和搜索队的费用，而我没有钱，但我紧紧搂着孩子，承诺我会尽一切所能照顾他。他看上去同意了，我们向对方保证我们必须待在一起，我知道，从现在起我将为这个孩子而战，我的父亲不可以对这个孩子行使任何权利，我搞不明白我自己，但他就是没有任何权利，现在，我牵着孩子的手，想立刻去见我父亲，但我们当中还隔着其他房间。我的孩子还没有名字，我觉得，他无名，就像是一个还没有出生的人，我必须快点给他一个名字，也把我的名字给他，我低声提议：灵魂[1]。我的孩子情愿不要名字，但他能理解。每一个房间里都发生着最恶心的场景，我遮住孩子的眼睛，因为我在钢琴室看到我的父亲，他和一个年轻女人躺在钢琴下面，可能是那个女按摩师，父亲解开她的上衣纽扣，正在脱她的胸罩，我担心我的孩子还是看到了这一幕。我们穿过喝香槟的客人，走进下一个房间，我的父亲一定是完全

1　原文为拉丁语。

醉了，不然他怎么会这样不顾这个孩子呢。我们到另一个房间避难，有个女人躺在地上，用一把左轮手枪威胁所有人，我想这是场危险派对，一场左轮手枪派对，我试着应和这个女人的疯狂想法，她先对准了天花板，然后穿过房门对准我的父亲，我不知道她是认真的还是开玩笑，或许她是那个女按摩师，因为她突然间卑鄙地问我在这儿做什么，还有这个小畜生是谁，还拿左轮手枪对着我，我问难道不应该反过来吗，不应该她才是那个不该在这里的人吗，但她尖叫着回答：这个挡路的畜生是谁？出于对死的恐惧，我不知道是该把孩子拉近我，还是推开他，我想大喊：跑，快跑！跑得越远越好！因为这个女人不再玩弄左轮手枪了，她不想让我们挡她的路，今天是 1 月 26 日，我把孩子拉到身边，这样我们就可以一起死，这个女人想了一下，然后精确瞄准，对孩子开枪。这样一来，她就不必再击中我了。父亲只批准了一次射击。当我倒在孩子的身上时，新年钟声响起，人们碰杯，喷洒香槟，跨年夜的香槟流过我全身，我埋葬了我的孩子，没有当着我父亲的面。

我进入了跌倒之年，邻居们有时会问是不是发生了什么。我跌进一座小坟墓，砸到了头，胳膊脱臼，必须在下次跌倒前全部痊愈，而我必须在墓穴里度过这些时间，我已经在为下一次跌倒而感到害怕，但我知道，那句预言说：我将跌倒三次，仍必兴起。[1]

我的父亲把我送去监狱，我不是很惊讶，因为我知道他人脉很广。起初，我希望他们会对我不错，至少允许我写作。毕竟，在这里我会有很多时间，也免受父亲的迫害。我可以读完我之前找到的那本书，在去监狱的路上，我在警车盘旋的蓝灯里看到一些句子，一些挂在树当中，一些漂在排水沟上，被许多车轮压进滚烫的沥青。我记下了所有句子，

1　化用《圣经·箴言》第 24 章第 16 节：因为义人虽七次跌倒，仍必兴起；恶人却被祸患倾倒。（据和合本）

有些我还记得，有些是更早些时候记下的。我被人领着走过很长的走廊，他们想试试不同的牢房，看看我适合哪一间，但随后我发现，我不会获得任何特权。不同部门间来回拉锯了很久。幕后是我的父亲，他让一些文件消失，越来越多有利于我的文件消失了，最后，我不被允许写作。如我悄悄许愿的那样，我被分到一个单人牢房，他们还推进来一个装了水的锡碗，尽管牢房那么黑、那么脏，但我脑子里只有书，我想要纸，我敲打着门，要纸，因为我有必须写下来的东西。在牢房里写会很容易，我并不后悔被关在了这里，我立马就习惯了，只是我一直试着和从外面经过又不理解我的人说话，他们以为我在抗议、反抗被捕，而我想说，被捕没有关系，但我想要一些纸，一些可以用来写字的东西。一个守卫猛拉开门，说道：没用的，你没有获得给你父亲写信的许可！他冲我的脑袋摔上门，而我在大叫：但我不是给我父亲写，我保证，不是给我父亲！我的父亲已经在司法系统里散布消息，说我很危险，因为我又想要写信给他。但不是这样的，我只是想把从底部浮现的句子写下来。我毁了，因此我甚至把装水的锡碗弄翻，我情愿被渴死，因为事情不是这样的，而在我要渴死的时候，那些句子在我周围欢呼，它们越变越多。有些只能看见，有些只能听到，就好像在格洛里亚街[1]上，第一次被注射吗啡之后那样。我蹲在一个角落，没有水，我知道我的句子不会离我而去，并且我有权获得它们。我的父亲从一扇小窗看进来，我只能看到他浑浊的眼睛，他想要抄下我的句子，把它们带走，但在最饥渴的时刻，在我最后一场幻觉之后，我仍知道他在无言地看我死，我已经藏起所有从底部浮现的句子里的词语，它们永远安全，不会被我父亲知道，我用力屏住呼吸。我的舌头伸在外面，但它一个字也不说。由于搜身的时候我没有意识了，他们想要弄湿我的嘴、湿润我的舌头，以找到那些句子，加以监护，但他们只在我身旁找到了三块石头，他们不知道这意味着什么，也不知道石头是从哪里来的。那是三块坚硬、发光的石头，是最高当局丢给我的，即便是我的父亲也对它们产生不了影响，而只有我

1　Gloriastraße，位于瑞士苏黎世，也是苏黎世大学附属医院所在处。

知道每块石头传递着什么信息。第一块红色的石头上，初生的闪光不断闪烁，它从天上掉进我的牢房，它说：活于惊奇。第二块蓝色的石头闪烁所有蓝色的色调，它说：写于惊奇。而我已经把第三块石头握在手里，它是白色的、闪耀的，没有人可以阻止它坠落，父亲也不能，可牢房越来越黑，以至于第三块石头的信息难以辨认。看不见石头了。我会在被释放后，知晓最后的信息。

　　我父亲现在也有了我母亲的脸。那是张衰老、褪色、巨大的脸，还可以从中辨认出鳄鱼的眼睛，但是他的嘴，就像一个老妇人的嘴，我不知道是他成了她，还是她是他，但我必须和我的父亲谈一谈，或许是最后一次。陛下！起初他不应声，然后他拿起电话，接着对谁发号施令，而这当中他说，现在对我来说还太早，我还没有活下去的权利。我依然紧绷着，困难地说：但我不在乎，你应该知道我已经不在乎你的想法了。又有人来了，库恩教授和讲座教授莫罗库蒂挤进我和我父亲中间，库恩先生为他的虔诚奉献发誓，我尖刻地说：您能让我和我父亲单独待十分钟吗？我所有朋友也都出现了，维也纳人迫切地在街边排队，不过很安静，几群德国来的人不耐烦地伸长脖子，他们总是觉得，在维也纳一切事情都要花太久的时间了。我决绝地说：一个人要和自己的母亲就一些重要的事情进行仅有一次的十分钟的谈话，是完全可以的。父亲惊讶地抬起头，但他还是没有明白。我时不时地失声：不管怎样，我允许我自己活下去。有时我又有了声音，每个人都能听见我：我还活着，我会活着，我有让自己活着的权利。

父亲签署了一份文件，它一定还是和让我丧失权利有关，但人们开始注意到我。他喘着粗气，坐下享用餐食，我知道不会再有给我吃的东西了，我看着他无边无际的自私，我看到装着薄煎饼条汤的碗，然后他拿过一盘炸肉排和一碗我们的苹果蜜饯，我失控了，我赤手而来，但我注意到面前所有办公室都有大玻璃烟灰缸和镇纸，我拿起第一件重物，朝汤碗扔过去，我的母亲吃惊地拿纸巾擦她的脸，我拿起又一样重物，瞄准了炸肉排，碗碎了，肉排飞到父亲脸上，他跳起来，推开挡在我们中间的人，在我能够扔出第三样东西前冲到了我面前。现在他准备好听我说话了。我完全冷静，我不再害怕，我对他说：我只是想让你看看，我能对你做任何事。你应该知道这一点，仅此而已。我没有扔第三次，但黏稠的蜜饯已经顺着父亲的脸淌下来。一时间，他对我无话可说。

　　我被叫醒了。在下雨。马利纳站在打开的窗户边。

马利纳：你会在这里窒息的。而且，你抽太多烟了，
　　　　我给你把被子盖上了，空气对你有好处。
　　　　你对这一切明白了多少？
我：　　几乎全部。我一度以为我再也不会明白了，
　　　　我母亲让我彻底糊涂了。为什么我的父亲
　　　　也是我的母亲？
马利纳：你觉得为什么？如果一个人对你来说是一

	切，那么那个人身上可以有很多人。
我：	你是在说有人是我的一切？大错特错！这是最痛苦的事。
马利纳：	是。但你要行动，你必须行动，你必须毁掉那个人里的所有人。
我：	但被摧毁的是我。
马利纳：	是的，那也是事实。
我：	谈论它变得那么容易，已经容易多了，但和它共存是那么难。
马利纳：	不必谈论它。你只要带着它一起活下去。

　　这一次，我父亲又有我母亲的脸。我不知道到底什么时候他是我父亲，什么时候是我母亲，然后怀疑加剧了，我知道，他谁也不是，是第三个人，因此，我在人群中无比激动地等候我们的会面。他经营着一家企业或是一个政府，他在剧院导戏，他有附属权利和附属公司[1]，他不断下达指令，同时

1　德语中的词头"附属"（Tochter-）为"女儿"之意。

讲好几个电话，就是因为这样，我没法让他听见我说话，直到他点起一根雪茄。我说：父亲，这一次你得听我说话，回答我的问题！我的父亲挥挥手，感到无趣，这些他都知道，我来，我问他问题，他继续打电话。我走向我的母亲，她穿着我父亲的裤子，我对她说：你要在今天结束前和我谈谈，给我答案！但我的母亲，她现在也有我父亲的额头，她以和父亲一样的方式，疲惫无神的双眼上方折起两道皱纹，喃喃地说着"晚点"和"没空"之类的话。现在我的父亲穿着她的裙子，我第三次说：我想我很快就会知道你是谁，今晚我会自己告诉你，就在今晚结束前。但那个人庄严地坐在桌子前，示意我走，而当我走到为我敞开的门边时，我转过身，慢慢往回走。我用我全部的力气走，在法庭的大桌前停下，而对面桌上的那个人开始在十字架下切他的炸肉排。我不说话，只是展示我的厌恶，他那样把叉子伸进蜜饯，愉快地对我微笑，就像看到一位突然离席的观众一样，他喝红酒，边上是又一支雪茄，我还是不说话，但他不可能不明白我的沉默，因为现在，这沉默有分量。我拿起第一个很沉的大理石烟灰缸，掂了掂，将它举起来，那个人还在安静地吃，我瞄准了盘子扔过去。叉子从那个人手里掉下来，炸肉排落在地上，他还拿着刀，他把它举起来，但这时，因为他仍旧不回答，所以我拿起下一件东西，瞄准了蜜饯，他用纸巾擦了擦脸上的果汁。现在，他知道了我对他不再抱有感情，我可以杀死他。我第三次投掷，进行我的第三次瞄准，精确瞄准，物体扫荡了桌面，所有东西都飞走了，面包、酒杯、碗碟的碎片、一支雪茄。父亲用一张纸巾挡在他的脸前面，他对我无话可说。

所以？

所以？

我亲自擦干净他的脸，不是出于怜悯，而是为了更好地看见他，我说：我会活着！

所以？

人群散开了，他们没有值回票价。天空底下，我和我的父亲独自站着，我们站得那么开，说的话在房中有回音。

所以！

父亲先脱掉了母亲的衣服，他站得那么远，我不知道他下面穿了什么，他不停地换衣服，一下子他穿屠夫沾血的白围裙站在黎明的屠宰场前，然后他披刽子手的红色斗篷爬上楼梯，然后他一身银黑，踩着闪亮的黑靴站在带刺的电铁丝网下，在装卸货物的坡道前，在一座瞭望塔上，他身着能佩戴马鞭、步枪、枪击颈部用的手枪的服饰，他的衣服在最深的夜里穿戴，满是血迹，令人毛骨悚然！

所以？

没有我父亲嗓音的我的父亲从远处问我：

所以？

我远远地说，因为我们正离得越来越远，越来越远，越来越远：

我知道你是谁。

我什么都明白了。

马利纳搂着我，他坐在床的一角，有一阵子我们谁也没有说话。我的脉搏没有变快，也没有变慢，没有发作的迹象，我不冷，也没有出汗，马利纳搂着我，搂着我，我们无法分开，因为他的平静已经传递给了我。然后我把自己从他身上分离开，自己摆直了枕头，双手握住他的手，我没法看他，我盯着我们的手，直到它们扣得越来越紧，我没法看他。

我：　　这不是我的父亲。这是谋杀我的人。

马利纳不回答。

我：　　这是谋杀我的人。

马利纳：嗯，我知道。

我不回答。

马利纳：为什么你总是说：我的父亲？

我：　　我真的说了吗？我怎么可能这么说？我没有想要这样说，但人只能说出自己看到的，它是怎么展现在我眼前的，我就是怎么告诉你的。我还想告诉他一些现在我早已明白的事，就是——人是不会死在这里的，他们是被谋杀的。这也是为什么我明白他得以进入我生活的方式。总有人得这样做。他就是那个人。

马利纳：所以你永远不会再说：战争与和平。

我：　　　永远不会。

　　　　　总是战争。

　　　　　这里总有暴力。

　　　　　这里总是斗争。

　　　　　是永恒的战争。

第三章　最后的事

Drittes Kapitel
Von letzten Dingen

目前，最让我惧怕的或许是我们的邮政工人们的命运。马利纳知道，出于一些原因，除了道路工人之外，我对邮递员有特别的好感。我对前者的偏爱让我感到羞愧，尽管我没有做任何不该做的事，对于这群在日晒下汗流浃背，光着胸膛铺砂砾、喷柏油或吃午餐的人，我向来只为一个友善的问候，或是为透过车窗的短短一瞥而感到满足。总之，我从没大胆到停下来过，或是让马利纳帮我去和某个工人交谈，尽管他知道，也理解我这一莫名其妙的软肋。

不过，我对邮递员的情感没有混杂任何不纯的想法。很多年来，我甚至认不出他们的脸，因为我总是很快地在他们站在门口递给我的单子上签字，用他们随身带的老式水笔。我亲切地感谢他们带来快件和电报，从不吝啬小费。但我没法像我想的那样，为他们没有投递的信件感谢他们。然而，我的亲切，我在门口的热情洋溢，同样适用于那些没有寄到、丢失或搞错了的信。不管怎么说，我很早就懂得了投递信件与包裹的美妙。即便是那条走廊前的邮筒，在一排由现代设计师们为高瞻远瞩的邮政产业设计的邮筒中间——它们估计是为维也纳现在还没有的那种摩天大楼设计的——与世纪末的尼俄伯[1]大理石像、宽敞庄严的大厅入口格格不入，它也从不会让我对那些往里面放满讣告，画廊与机构的邀请函，召唤人们去伊斯坦布尔、加那利群岛和摩洛哥的旅行社小册子的人失去兴趣。即便是挂号信，也是由明事理的塞德拉切克先生或更年轻一点的富克斯先生投递过来的，这样我就不用自己跑去拉苏莫夫斯基巷的邮局，而搅动我心绪的汇票总会在一大早送来，我还赤着脚，穿着睡衣，但我随时准备好了签字。晚间的电报，如果是八点前送来的，则会以一种分解或重组的状态到我这儿。我快步走到门口，头上裹着一条毛巾，刚洗好的头发还没干，一只眼睛因为滴了眼药水还在泛红，我担心会是到

1　Niobe，古希腊神话人物，因渎神遭到天罚，十四个孩子均被射杀，她则在悲伤流泪中化为石头。尼俄伯及其十四个孩子的大理石像是最知名的古希腊幸存雕塑群之一，被 19 世纪末维也纳的折中主义流派建筑用作仿古希腊风格的素材。

得太早的伊万，但发现只是一些新朋友或是投递晚间电报的老朋友。我对他们有所亏欠，这些如有袋类动物一般，兜里装满了最珍贵的好消息或令人无法忍受的噩耗的人，这些踩自行车的人，在干草市场街上骑摩托车嘎吱作响，爬上楼梯，负重按响门铃，完全不确定这一趟旅程是否值得，收件人是否会在，是否觉得这个消息值一先令或者四先令——我们亏欠这些人的是什么，还没人讲清楚过。

今天，终于有一句话被说了出来，不是塞德拉切克先生也不是年轻的富克斯先生，而是一个我想我并不认识的邮递员说的，他从未在圣诞和新年期间带着假期问候出现过，也没什么理由对我友善。今天，邮递员说：我相信您收到的邮件都是很好的，而把它们带给您，我不得不花很大的功夫！我回答：是的，您花了很大的功夫，不过让我们先来看看是不是您带来的所有邮件都真的很好，因为，很不幸，有时您的邮件让我痛苦，就像我的邮件让您受苦那样。这个邮递员如果不是个哲学家，那一定就是个流氓，因为他喜欢把四个黑色边的信封放在两个普通信封上面。或许他希望某封讣告会让我高兴。但这样一封讣告没有来，我甚至都不用看，我读也没读，就把四封信扔进了废纸篓。如果有哪封信是对的，我会感觉到的。或许这个迎合我的邮递员已经看穿了我，只有在你几乎不认识的人中才会有真正的知己，比如这个非正规的邮递员。我再也不想见到他。我会问塞德拉切克先生，为什么我们还需要一位几乎不认识我家的新邮差，他几乎也不认识我，却对我品头论足。一封信里有一则提醒，另一封里有人说他会在明早八点二十分到达火车南站，我不认识这个字迹，签名也难以辨别。我得问问马利纳。

有些日子，邮递员会看到我们一下脸色煞白或泛起红晕，这或许也正是我们不邀请他们进屋、坐下、喝杯咖啡的原因。他们太了解那些可怕的事了，却带着它们无所畏惧地走在城市里，于是他们在门前被打发走，有时候有小费，有时候没有。这样的命运是他们完全不应得的。这样的对待，就算是我对待他们的方式，也都是愚蠢、傲慢、不可理喻的。即便是来自伊万的明信片，也没有让我请塞德拉切克先生喝一杯香槟。不过，我和马利纳一瓶香槟也没有，但我应该为塞德拉切克先生准备一瓶，因为他看着我脸红或苍白，也不怀疑什么，但他一定知道些什么。

克拉根福著名的邮递员克拉内维策证明了一个人可以因为感受到使命召唤而成为一名邮递员，投递邮件并非胡乱选择的职业，或者说，把它当作一个职业选项是个错误，而他最终因渎职和挪用公款被判数年监禁，他完全被误解了，被法庭和媒体不公平地对待。我比看这几年最惊人的谋杀案还要认真地读了克拉内维策的案子，尽管在当时我只为这个男人感到惊叹，但现在，他获得了我最深的同情。从某天起，奥托·克拉内维策毫无理由地停止了投递邮件，连续好几周、好几个月地把它们囤积在他独自居住的老式两室一厅公寓，邮件堆到了天花板，他把大多数家具都卖了，以给这座越来越高的邮政山腾出空间。他没有拆任何一封信或包裹，没有挪用支票债券，没有偷过母亲寄给儿子的纸钞，没有任何证据显示有这类事。他只是，突然不再投递了，一个敏感、细腻、高大的男人认识到了他工作的全部意义与影响，而正是因为这样，小官员克拉内维策不得不在耻辱与羞愧中被奥地利邮政辞退，因为它们只以雇用积极、可靠、有毅力的邮递员为豪。而在每一项职业中，一定至少有一个人活在深刻的怀疑里，于是发现自己身处矛盾。投递信件似乎尤其需要一种潜在的恐惧，一种地震仪一样感受情感冲击的能力，而这一能力只有在比这更高级，或是最高级的职业中才被认可，就好像邮件们不该有危机一样，不该有思考 – 意欲 – 存在 [1]，没有审慎的、崇高的放弃，而这一权利是很多人都有的，他们拿着更高的报酬，坐在教授席上，获许思考上帝存在的证据，思考存在、真理，或者就我所知，地球，甚至宇宙的起源！但默默无闻、收入微薄的奥托·克拉内策只被指控行为卑劣和玩忽职守。没有人

---

1 Denken – Wollen – Sein，均为康德哲学的核心概念。

意识到他已经开始思考了，哲学问题和人类发源的惊奇[1]已抓住了他，而鉴于这些让他感到不安的事，你不可能说他是无能的，因为没有人能比这位在克拉根福送了三十年信的人更清楚地看出邮政机构的问题，它本质的问题。

他对我们的街道了如指掌，他很清楚哪些信件，哪些包裹，哪些印刷品的盖章是正确的。不仅如此，即便是收件拼写上最细微的不同——某位"非常尊敬的阁下"，一个没有写"先生"或"女士"的名字，某"双博士教授"[2]——也会透露给他社会学家和心理医生都发现不了的某种态度、代际冲突、社交关系上的警醒。他能立即通过一个写错了或没写全的寄件地址看出一切，当然，家庭邮件和商务邮件的区别，以及这两者和关系亲密之人的友好信件的区别，对他来说一目了然，而这位杰出的邮递员，

1 化用柏拉图的名言：哲学始于惊奇。
2 Prof. Dr. Dr.，在德语国家，人们书写称谓时习惯把所有头衔都包括在内，这里即拥有两个博士学位并有教授头衔的人。

冒着职业生涯的一切风险，为其他所有人背起了十字架，面对公寓里这座越来越高的邮政山，他一定惊恐万分，一定遭受了无法描述的良心上的痛苦，这是他人无法明白的，因为对他们来说，一封信只是一封信，印刷品也只是印刷品。另一方面，不管是谁，只要尝试着把自己数年来的所有邮件收集、摆在面前，就像我现在这样（即便是这样一个人，在独自面对这些邮件时，也做不到完全不带偏见，因而也就看不到其中更大的联系），应该就会明白一场邮政危机——哪怕只是在一个比较小的城市发生了那么几个礼拜——在道德意义上，比那些公共允许发生的全球性危机的发端更重大，那些危机往往就是人们轻率地造成的，而正变得越来越罕见的思想，不只是特权阶级和它可疑的代表人物以及那些官方沉思者的资产，它也是属于奥托·克拉内维策的。

克拉内维策案之后，我感到体内许多东西不知不觉发生了变化。我必须向马利纳解释这一点，我正在这么做。

我：　　自那之后，我理解了什么是"通信隐私"。今天我已经完全能够完整地想象它了。克拉内维策案之后，我烧掉了多年来我所有的信，开始写完全不一样的信，大部分是在夜里写的，写到早上八点。我没有把它们都寄出去，但它们却是对我最重要的一部分信。在过去的四五年里，我应该写了一万封信，就是写给自己，什么都写在里面了。很多信我也都不拆，这是我在试着练习通信隐私，我想以此达到克拉内维策的思想高度，以此理解读信这一行为里包含的不正当性。但有时我也会复发，我会突然打开一封信开始读，甚至把它摊在手边，这样我就可以，比如说，在厨房的时候读它，我就是这么糟糕地看管这些信的。所以我无法应对的并非什么邮政或者写作危机，而是我会重新陷入好奇，时不时拆开一个包裹，尤其是在圣诞节，在拿出一条围巾、一支蜂蜡蜡烛、一把妹妹寄给我的镀银梳子、一本亚历山大寄来的新日历时脸红。我还是这么自相矛盾，即便克拉内维策的案子或许能让我有所改善。

马利纳： 为什么通信隐私对你这么重要？

我： 也不是因为奥托·克拉内维策。是为了我自己。也为了你。我在维也纳大学向一根权杖发过誓。那是我唯一的誓言。我从来做不到向任何人、任何宗教或政治体系，发任何誓，即便是在我还是个孩子的时候，我都会立刻生病，因为除此之外，我没有其他防御的方法，我会马上生病，发高烧，这样就不能被领去宣誓了。但只发过一次誓的人更难。好几个誓言自然就可以打破，但一个不行。

马利纳了解我，也熟悉我这样莫名从一个话题跳到另一个的说话方式，因此他相信，相比于我在我们日常有限的可能性中所袒露的事情，我有意愿把事情推得更远，我也会想彻底搞明白通信隐私，并且遵守、维护它。

今晚，维也纳的所有邮递员都面临折磨，他们想知道自己是否能承受通信隐私的重担。然而，其他一些人只需被检查静脉曲张、扁平足和身体是否有其他畸形。有可能从明天起，军队会被派来送信，因为邮递员将遭受殴打，受伤，被折磨，被拷问，或是因注射真理血清而崩溃，于是没法继续投递。我考虑写一篇激烈的讲话，一封信，是的，一封给邮政局长的激烈的信，以保护所有邮递员，还有我自己。或许已经有一封信被士兵拦截并烧毁了，火焰烧掉了字迹，或是把它们变黑，或许在邮政部的走廊里，公务员会追上局长，给他一张烧焦的纸。

我：　　你明白吗，我燃烧的信，我燃烧的呼吁，
　　　　我燃烧的诉求，这场我用我灼伤的手在纸

上纵的火——我怕它们全都变成一张烧焦
的纸。毕竟，世界上所有纸都会被烧焦，
或被水溶化，因为它们在火上送水。

马利纳：古人说一个人愚蠢，是说他没有心。他们
把智力的席位放在了属于心的位置上。你
没必要把每件事都挂在心上，就让你的演
说和所有信件都着火、燃烧吧。

我：　　但有多少人是除了脑袋别无他物的，也就
是说，是完全没有心的？让我告诉你现在
到底发生了什么：明天，维也纳将被不遗
余力地转移到多瑙河，甚至动用军队。他
们想要维也纳漂在多瑙河上。他们想要水，
不是火。又一个水流淌过的城市。那太恐
怖了。请你，立刻打电话给马特赖尔科长，
立即联系局长！

　　而维也纳所剩的时间不多了，它正在溜走，房
屋入睡了，人们越来越早地关灯，再没有人醒着，
所有街区被冷漠笼罩，人们不再相聚，也不再分开，

城市滑向衰亡，即使孤独的想法和飘忽不定的独白仍在黑夜里出现。有时，是马利纳与我的最后的对话。

我独自在家，马利纳让我等了很久，我与《国际象棋入门》坐在棋盘前，正在下棋。没有人坐在我对面，我不断换座位，这一次，马利纳不能再说我要输了，因为最终我会同时输和赢。但马利纳回到家，只看见一个玻璃杯，他没看棋盘，他对这盘棋没有兴趣。

马利纳如我所料地说：维也纳在燃烧！

我一直想有个弟弟，或者有一个年轻的丈夫，马利纳应该知道这一点，毕竟每个人都有姐妹，但只有一些人有兄弟。我从很小的时候就开始留意找这个弟弟，晚上，我在窗台边放两颗糖，不是一颗，两颗糖是给一个兄弟的。况且，我已经有一个妹妹了。所有年长的男人都让我害怕，哪怕他只比我大一天，我永远不会对一个比我年长的男人袒露自己，我情愿去死。光是脸，什么都说明不了。我必须知道日期，我必须知道他比我小五天，不然我就会被这些疑虑侵扰，或许从属关系随之而来，或许我会遭到最大的诅咒，因为很有可能事情会再次发生在我身上，我必须更加，更加努力地避免回到我一度身处的地狱。但我不记得了。

我： 我必须能够自愿臣服，毕竟你比我小一些，我也是后来才认识的你。早些还是后来不重要，但这个区别很重要。（我甚至不想提伊万，因为马利纳不会发现，因为尽管伊万想把衰老从我身体里赶走，但我还是愿意守着它，这样的话，相对我而言伊万就不会变老。）你只比我小一点，这就给了你巨大的力量，用好它，我会臣服，我会时不时这样做。这不出于任何理性的考虑。它源自亲密或厌恶，那是我已经改变不了的事。我害怕。

马利纳：我可能比你大。

我： 当然不，这点我很清楚。你随我而来，你
不可能在我之前就存在，在我之前，你完
全无法想象。

　　我对 6 月的最后几天没有什么特别的信念，但
我经常发现，我尤其喜欢夏天生的人。马利纳轻蔑
地反驳我的这种观察，我很快还会问他一些我完全
不了解的占星问题。在戏剧圈备受推崇的森塔·诺
瓦克女士，她也接受实业家和政治家的咨询，有一
次，她把我的方方面面和可能的倾向画成了圆圈和
方块，她看了我的星盘，说它看上去非常奇怪，我
应该自己看看，每一道都划得那么清晰，她说只需
要一眼，就能看出我的盘上有某种紧张关系，它不
像是一个人的，而像是两个对立的人的图像，如果
我给的生辰都是对的，那么这意味着我始终处于某
种考验，在撕裂的边缘。我殷切地问：撕裂开的男
人，撕裂开的女人，对吗？如果他们是分开的，就
可以活下去，诺瓦克女士接着说，但事情往往不会

如此，而且男性和女性，理智与情感，生产力和自我毁灭，也会以一种奇怪的方式出现。我一定是搞错了生日，因为她一下就喜欢上了我，我是个如此自然的女人，她喜欢自然的人。

马利纳对待一切都同等严肃。他不觉得迷信和伪科学比科学更荒谬，而每过十年，人们就越来越清楚地发现科学在多大程度上基于迷信和伪科学，要放弃多少结论才能取得进步。这是马利纳的特点，对一切人和事都不动情，因此他属于少数不那么自给自足，却也没有朋友、没有敌人的人。他也关心我，有时远观，有时近照，他让我做想做的事，说只有在不逼迫一个人的情况下，你才能够理解他，如果你不向对方索求任何事，且不允许对方挑战你，那么一切都会自己显现出来。他内心的这种平衡、这种平静，让我绝望，因为我会对所有情境做出反应，卷入每一场情绪起伏并承受损失，马利纳注意到了这一点，尽管他置身事外。

有人觉得我和马利纳是夫妻。我们从没想过我们会成为夫妻，或有可能成为夫妻，也没想到过有人会这么觉得。很长一段时间里，我们甚至没有想过，所到之处，我们和其他人一样，被看作男人和女人，丈夫和妻子。这对我们来说完全是意外，我们不知道如何应对。所以我们总是笑。

某个早晨，我在疲惫、心不在焉地准备早饭，而马利纳，比如说，却能够对住我们庭院对面的小孩显示出一些兴趣，一年来，那个孩子只喊两个词：哈啰，哈啰！你好，你好！有一次我差点出手干预，我想过去和孩子的母亲谈谈，因为显然她完全不和这个孩子讲话，这里发生的事让我对未来感到担忧，也因为他每天的哈啰和你好对我的耳朵来说是种折磨，比莉娜吸尘、冲水和砸碎碟子的声音还要糟。但马利纳一定从中听到了某些不一样的东西，他不认为我需要立刻喊医生或儿童福利机构来，他听这个孩子喊叫，仿佛这里只是出现了一个新的生命，在他看来，这不比那些掌握了成百上千个词的生命奇怪。我认为，马利纳不关心任何变化和转变，因为他向来看不出什么好什么坏，更不用说什么更好了。世界似乎就这样存在，就像他第一次发现它时的样子。但有时候，我会被他吓到，因为他对一个人的看法来自最伟大、最全面的知识，这种知识是无论何时何地都不可能获得，也不可能传授给别人的。他的倾听让我备受羞辱，因为他似乎能从一切所说的话背后听到没有说出来的事，以及那些被说了太多的事。我自己时常想象过度，马利纳会指出我的臆想，而即便如此，我还是无法想象他的目光和听觉究竟有多精准、超群。我怀疑他不是看穿一个人或揭开他们的面具——那是普遍且低廉的，也是对人的不尊重——马利纳注视人们，这很不一样，因为人们不因此被削弱，而是增长，他们变得极大，而我所使用的想象力——也就是他笑话的想象力——或许只是他用来延展、填充、区分、完善事物的一个很低级的变量。所以我不再和马利纳谈论三个谋杀犯，更不会讲那第四个，关于他，我不必向马利纳讲任何事，因为我尽管有自己的表达方式，却没什么描述技巧。马利纳不想要任何我和谋杀者共进晚餐的印象或描述。他会全力以赴，以不满足于一个印象，或这种无聊的不安，而是给我看那个真正的谋杀犯，让我与他对峙，然后醒悟。

看到我垂着脑袋，伊万说：你没有理由一定要去那里！

他是对的，毕竟有谁会想从我身上得到什么呢，又有谁需要我呢？可马利纳应当帮我找到一个我在这里的理由，因为我没有一个需要赡养的年迈父亲，也不像伊万，有一直有需求的孩子们：温暖，冬衣，止咳糖浆，运动鞋。能量守恒的定律也不适用于我。我是第一个彻头彻尾的废物，我狂喜又无法好好地用这个世界，我可以在这个社会的化装舞会上现身，也可以远离，像个被扣留或忘戴面具的人，或者一个由于粗心大意再也找不到自己服装的人，有一天这个人将不再被邀请。当我也许是因为受邀而站在维也纳一扇熟悉的公寓门前时，我在最后时刻想到，这也许是错的门，错的日子，或时间，于是我转头开车回到了匈牙利巷，疲倦得太快，怀疑得太多。

　　马利纳问：你有没有想过，别人因为你遇到过多少麻烦？我感激地点点头。确实如此，他们甚至不惜向我展现性格特征，他们提供给我故事，还有钱，这样我就可以穿着衣服到处跑，吃着残羹冷炙，继续生活下去而不被注意到我过得怎么样。疲惫得太快的时候，我可以坐在博物馆咖啡厅翻阅报纸和杂志。我又燃起希望，我热烈、兴奋，因为现在每周有两班到加拿大的直飞航班，澳洲航空会带你舒适地飞往澳大利亚，游猎更便宜了，来自阳光明媚的中美洲高原的多罗咖啡很快将带着它别致的芬芳出现在维也纳，肯尼亚获得了不少宣传，亨克尔桃红葡萄酒让你和一个新世界调情，日立电梯不会嫌任何一栋楼太高，激励男人的书同样给女人灵感，为了保证世界对你来说永远不太狭窄，这里有"威望"[1]，辽阔空间与海洋的和风。人们都在讨论抵押

1　Prestige，奥地利一家始于 1989 年的游艇公司。

债券，于是一家抵押银行宣称，请放心交给我们。你可以穿"塔拉科"牌皮鞋走很长的路。我们为你的柔铝[1]百叶窗上两层漆，你再也不用为它们操心，RUF[2]计算机永远不孤单！然后是安的列斯群岛，美妙的旅程[3]。这就是为什么博世（Bosch）的"精致"（EXQUISITE）型号是世上最好的洗碗机之一。真理时刻来临，就在顾客向我们的专家提问的时候，在工艺流程、计算、利润率、包装机器、交货时间都尚待商榷时，维我百达[4]来唤起你的记忆。在早上服用……然后这一天就是你的！所以我需要的只是维我百达。

我想要在一种迹象中获胜，但因为没有人需要

---

1 Flexalum，世界上最大的窗帘产品公司亨特·道格拉斯（Hunter Douglas）推出的由轻质铝板条制成的百叶窗，主打美观、轻便、便于清洁。

2 一家创建于 1917 年的公司，拥有一种账目管理系统的专利。在 RUF 计算机上，即使计算机出现故障，账目依旧可读。

3 原文为法语。

4 Vivioptal，一种用于营养补给的胶囊药品。

我，因为他们就是这么告诉我的，我被伊万和这两个小孩打败了，我或许能再陪他们去看电影，沃尔特·迪士尼的《米老鼠》正在城堡电影院上映。如果不是他们，又该是谁赢呢。但打败我的或许不只是伊万，而是一些更大的东西，一定是什么更大的东西，因为一切都驱使我们走向一种命运。有时，我还是会想我能为伊万做什么，因为为了他没有什么是我不能做的，但伊万没有要求我从窗户跳下，没有叫我为他跃进多瑙河，或冲到一辆车前（也许是为了救贝洛和安德拉什），他只有很少的时间，也没有需求。他也不想让我代替阿格内斯太太去打扫他的两个房间，洗和熨他的衣服，他只想顺道来一下，往威士忌里要三块冰，问问最近怎么样，他也让我问他的近况，上瓦特山上一切如何。克恩滕环城大道上一如往常，总是很多工作，没什么特别的。不够时间下象棋了，我没再怎么进步，因为下得越来越少。我不知道是从什么时候开始，我们越下越少，我们几乎根本不再下了，象棋的句子集合休耕，其他句子集合同样遭受损伤。我们慢慢发现的句子们不可能就这样慢慢离开我们。一个新的集合出现了。

> 很抱歉，我有点赶时间
> 当然，你的时间总是那么紧迫
> 只是今天我的时间特别
> 显然，要是你现在没有时间的话
> 当我有更多时间了
> 随着时间我们可以，只是现在
> 那么我们可以，只要你有时间
> 只是此时此刻，又来了
> 随着时间过去你会不那么
> 如果我准时的话
> 噢亲爱的，时间，你不该待得太晚
> 我从没有过这么少的时间，很抱歉
> 或许当你有更多时间了就可以
> 之后我会有更多的时间！

　　每天，我和马利纳——有时甚至微醺——会思考今晚维也纳还会发生什么恐怖的事。因为一旦你开始投入读报，一旦轻信了一些新闻报道，你的想象力就会开始"高速运转"（这不是我也不是马利纳提出的说法，但马利纳确实觉得这个词很滑稽，所以把它从一场德国旅行中带了回来，因为类似"高速运转"这样的词只有在有这样活力和动作的国家才会见到）。但我没法戒掉读报，尽管我正在越来越长时间地什么都不读，或是最多只读一期从储物室里挑出来的东西，那里堆满了旧杂志和报刊，边上是我们的行李箱，我惊愕地看见上面的日期：1958 年 7 月 3 日。多么狂妄啊！就算是已经过去了那么久的这一天，他们也还是在用不想要的新闻，用社论，给我们下药，他们告知我们地震、飞机失事、国内的政治丑闻、外交政策失误。当我今天低头看 1958 年 7 月 3 日的报纸时，我试着相信这个日期是真实的，这一天也确实可能存在过，而这一天的日程表上，我什么也没找到，没有缩写符号"3 PM R！5 PM 打给 B，晚上戈塞尔，上课 K"，它们都写在 7 月 4 日而不是 3 日下面，那一页完全是空白的。或许是不怎么费解的一天，显然也没有头痛，没有焦虑，没有无法忍受的记忆，只有一些记忆，来自不一样的时间，也可能只是莉娜进行夏季大扫除然后把我赶去咖啡馆的一天，在那里我读7月3日的报纸，今天我又一次读它。这让这天成了一个谜，一个空的、被劫走的日子，我老了一些，我没有抵抗，我任它发生。

我还找到一本7月3日的杂志，马利纳的书架上有一本文化政治期刊的7月刊，我开始来来回回地读，因为我想知道这一天的全部。号外：这些书我从未见过。《钱都去哪里了？》是最难懂的一个标题，即便是马利纳，也没法向我解释，所以钱在哪里，人们又会把钱用去哪里？这是个不错的开始，像这样的标题让我发抖、打战。《如何发动一场政变》。以权威的专业知识和干巴巴、随意而讽刺的幽默感写成……给想要进行更多政治思考、受更多启发的读者的阅读贴士……我们需要这个吗，马利纳？我拿起笔，开始填写一份问卷。我充分地、很好地、非常好地、在平均水平以上地了解情况。笔一开始乱写，然后好像空了，然后又开始写第一行。我在小白框里画叉。您的丈夫是否从不，偶尔，会出人意料地，还是只在生日和纪念日送礼物给您？我必须非常小心，一切都取决于我想的是马利纳还是伊万，我为他们两个勾选，比如伊万是"从不"，马利纳是"出人意料地"，但这个答案也不那么确切。您打扮自己是为了他人还是只为了取悦他？您会定期，每周，每月一次，还是只有在绝对有需求的时候，去理发店？那是什么需要？什么政变？我的头发悬在政变上并且有着最大的需求，因为我不知道我是否应该剪它。伊万认为我应该任它长。马利纳认为我应该剪掉。我叹了一口气，数我画的叉。最后伊万得了 26 分，马利纳也是 26 分，尽管我给他们勾选的都是完全不同的框。我又算了一次。仍旧都是 26 分。"我今年十七岁，我觉得我没法去爱。我会对一个男人感兴趣几天，然后马上又喜欢上另一个。我是个怪物吗？我目前的男友十九岁，他处于绝望之中，因为他想和我结婚。""蓝色闪电"号与"红色闪电"号相撞[1]，107 人死亡，80 人受伤。

但那是很多年前了，现在又被拿出来，车祸，

1　分别为奥地利联邦铁路公司（ÖBB）和格拉茨 – 克夫拉赫铁路公司（GKB）于 20 世纪 50 年代建造的柴油发动机火车，前者车身蓝色，被称为"蓝色闪电"（Blauer Blitz），后者车身红色、速度较快，获得绰号"红色闪电"（Roten Blitz）。

一些犯罪,峰会公告,对天气的猜想。今天不再有人知道为什么那些事会被报道。当年他们推荐了潘婷定型喷雾,我只用了几年,我不需要在那么久以前的某个 7 月 3 日采纳这样的建议,今天,更不需要。

晚上,我对马利纳说:或许剩下的只有发胶,也许它涵盖了一切,因为我还是不知道把这些钱花去哪里,不知道如何发动一场政变,不管怎么说,太多的钱已经打了水漂。现在事已至此。等这罐空了我就不会再买新的了。你拿了 26 分,不能要更多了,我单纯没法给你更多了。随便拿它们做什么吧。还记得"蓝色闪电"撞上"红色闪电"那次吗?谢谢你!我也是这么想的,所以你有多关心灾难事件呢,也不比我好。然而,有可能,这是个难以置信的骗局。

马利纳一句也没有听懂,我坐在摇椅上摇摇晃晃,他给我们弄了点喝的,也给自己找了个舒服的位置,我开始解释:

这一切是个难以置信的骗局，我在新闻部工作过，我近距离看到了这场骗局，看到了那些公告是怎么来的，他们胡乱地把从电传打字机里涌出的句子拼在一起。有一天我要换到夜班，因为有人生病。晚上十一点，一辆黑色的大车来接我，司机在第三区绕了一下，一个叫皮特曼的年轻男人在赖斯纳街附近上了车，我们被带到塞登巷，那里所有办公室都一片漆黑、空无一人。即便是同一栋楼里的夜间编辑部，也只是很偶尔才有人出现。夜间门卫把我们领到最远的房间，我们走的应该是木板，因为走廊裂开了，某个我不记得的楼层，我想不起来，我什么都不记得……每晚我们四个都在那儿，我煮咖啡，有时候在半夜吃送来的冰激凌，门卫知道哪里能弄到。这些男人读电传打字机里吐出的表单，把它们剪、粘、拼在一起。我们实际上没有窃窃私语，但在整座城市都入睡了的夜里大声说话几乎是不可能的，男人们时不时发出笑声，我就自己安静地喝着咖啡、抽烟，他们会把报告扔到我放打字机的桌上，一些由着性子随意选的报告，然后我会重写一份干净的版本。由于我不知道有什么可以同他们一起笑的，所以，对于在第二天早晨会把人们唤醒的新闻，我了如指掌。男人们总是以一些关于大洋彼岸的一场棒球赛或拳击赛的短文收尾。

马利纳：你那时候的生活是什么样的？

我：　　凌晨三点，我的脸色会越来越白，我慢慢衰退，它压弯了我，那个时候，我被压弯了。我失去了一个很重要的节奏，一种再也没法重新获得的节奏。我会再喝一杯咖啡，然后再一杯，写字的时候我的手经常发抖，然后我的字就完全毁了。

马利纳：可能这就是为什么我是唯一还能读懂它的人。

我：　　下半夜和上半夜没有联系，是住在一个夜里的两个夜，你可以想象上半夜的人们光彩照人，说笑着，手指快速击打按键，每个人都在动，两个瘦小的欧亚人觉得他们比碍事的皮特曼先生更聪明、华贵，他做动作总是很吵又很笨拙。动作很重要，因为你很容易就能想象夜里人们在其他地方喝酒、叫嚷，或者出于对这一天的厌倦和对第二天的排斥相互拥抱，跳舞到精疲力竭。第一夜，还是白天，它的放荡决定了夜晚。直到第二夜来临，你才意识到已经是晚上了，人们变得安静，一个个起来伸展，或是偷偷做其他动作，尽管到新闻部的我们每个人都是充分休息过的。凌晨五点左右是最可怕的，每个人都被重担压弯了腰，我会去洗手，用一块又脏又旧的毛巾擦我的手指。塞登巷里的建筑像谋杀现场一样诡异。我听到不存在的脚步声，电报机停下，然后又嘎吱作响，我跑回我们的大房间，那里即便隔着浓重的香烟烟雾，还是能闻到一股汗味。这是疲惫的开始。早上七点，我们几乎不道别，我和年轻的皮特曼先生钻进那辆黑车，一言不发地看向窗外。女人们带着新鲜的牛奶和面包卷，男人们步伐果断、自信，他们胳膊下夹着公文包，大衣领子立着，嘴前吐出小小的晨云。我们在高级轿车里，指甲满是污垢，嘴巴褐色又苦涩，年轻男人再次在赖斯纳街下车，我在贝娅特丽克丝巷下车。我拖着身子，搭着扶手上楼梯，我害怕在门口遇见男爵夫人，她会在这个时间出门，去市政福利办公室，因为她不认同我神神秘秘地在这个时间回家。然后，我很久都没法入睡，我会穿着衣服，带着一身难闻的气味躺在床上，到了中午才能够把衣服解开，真的睡觉，但那也不是个好觉，不断被白天外面的噪声打断。公告已经在被传阅，新闻报道也生效了，我从没读过它们。整整两年，我的生活没有新闻。

马利纳：所以你没有真的在生活。你要从什么时候试着开始生活，你在等什么？

我：尊敬的马利纳，一定也有那么几个小时，一周有那么一天的空闲，我会做些琐事。但我不知道人们是怎么度过他们人生的前半部分的，它一定就像上半夜，那些光彩照人的时间，可我发现我很难把那些时间

359

聚集到一起，因为那时我开始感觉到思想，它占据了我剩下的时间。

我害怕那辆黑色的大车，它让人想到秘密的旅程、间谍、不祥的纠葛，那个时候，维也纳有传言说有一个转运中心，那里进行着人口贩卖，人和文件被裹在毯子里消失，每个人都在为某一方工作，而他们甚至不自知。没有一方流露任何迹象。每个在工作的人都不知不觉成了妓女，我在哪里听过这句话？我为什么对它发笑？这是普遍卖淫的开始。

马利纳：　你以前用完全不一样的方式和我讲过这件
　　　　　事。大学毕业后你在某个公司工作，报酬
　　　　　还行，但不够，所以后来你开始上夜班，
　　　　　因为这样就可以比在白天挣得多一些。
我：　　我没有在说，我不会说，我做不到，它不
　　　　　仅仅是我记忆里的一个干扰。和我说说你
　　　　　今天在你的兵工厂里做了什么吧。

马利纳： 没什么。就平时那些事，然后有些拍电影的人来，他们要拍摄和土耳其打仗的戏。库尔特·斯沃博达在找有什么可以用来当模型的，他有任务在身。还有，我们已经同意给一部德国人要拍的电影帮忙，他们要在名人堂拍。

我： 哪天我想去看看拍摄。或者当个群演。会不会让我想到不一样的东西，有些改变？

马利纳： 那很无聊，好几个小时、好几天地拍，你会被电线绊倒，所有人就只是站着，大部分时间无事发生。星期天我值班。只是告诉你一下，这样你可以做好安排。

我： 那么我们可以现在出去吃饭，但我还没怎么准备好。请让我先打个电话，只要一下。就一下，好吗？

　　我的记忆里有干扰，我被每一个记忆粉碎。那时，在废墟里根本没有希望，人们这样说，反复说，想用第一个战后时期的说法来描述那段时间，以说服彼此。你再没有听说过第二个时期。那也是个骗局。我自己几乎都相信了，一旦窗户和门框被重新安上，一旦成堆的瓦砾不见，那么一切都会瞬间好起来，人们将重新安居乐业，继续生活。而很多年来，我想说，这种生活和继续生活是如此奇怪，仅仅这一点就令人害怕，可没有人想要听我说这件事。我从没想过一切要先被掠夺、偷窃、抵押，然后又在身边被购买和出售三次。据说最大的黑市在雷塞尔公园，它危险重重，所以人们要给它空间，甚至从傍晚开始就一路走到卡尔广场。有一天，人们突然说，黑市不在了，但我不相信。一个普遍黑市形成了，每当我买烟或者买鸡蛋的时候，我知道——但只是在今天——它们是从黑市来的。总之，整个市场都是黑的，之前它不可能那么黑，因为它缺少一种普遍密度。后来，所有橱窗都摆满了，所有东西都堆了起来，罐头、箱子、纸板箱，这时我就再也没法买任何东西了。我偶尔会走进玛丽亚希尔夫大街的大商场，比如格恩格罗斯，随即我就恶心，克里斯蒂娜建议我不要去那些昂贵的小店，而相比于格恩格罗斯，莉娜更偏爱赫兹曼斯基，我也试着去了，但就是不行，我没法同时看超过一件东西。上千种布料，上千种罐头、香肠、鞋子、纽扣，眼前所有货品堆在一起，让它们每一件都变得乌黑。庞大的数量让一切都受到了极大威胁，数量应该是抽象的，它必须是一个理论中的公式，必须可操作，它必须有数学的纯粹，只有数学能让十亿也那么美，十亿个苹果，而它不能吃，一吨咖啡自己就可以阐明数不尽的罪行，十亿人难以想象的堕落，可怜，可恨，卷入黑市，每天需要十亿的土豆、大米口粮和面包。在有足够的食物之后很久，我还是吃不好，即便是现在，我也只能在有人和我一起吃的时候吃东西，或者是我自己一个人的时候，面前只有一个苹果、一片面包，或是剩下的一根香肠。必须是剩下的什么。

马利纳：要是你不停止讲这些，那我们今天也许什么都吃不了了。我们可以开车去科本茨尔，起来，换衣服，不然就太晚了。

我：　　请不要去那里。我不想要这座城市在我脚下，为什么我们只是想吃一顿晚餐，却要整座城市在我们脚下呢。我们去近一些的地方吧。去"老海勒"。

早在巴黎的时候就开始了，在我第一次逃离维也纳之后，有一阵我的左脚没法正常走路，它很疼，疼痛伴随我的呻吟，噢，上帝啊，噢，上帝啊。危险冲动的重大后果总是先在身体里发生，它使得人说出某些词语，因为在此之前，我与上帝只在概念的层面上结识，来自一些哲学研讨会，伴着存在、虚无、本质、存在、梵天。

在巴黎，我几乎总是身无分文，但每当钱快用完的时候，我就一定要把它花在一些特殊的事情上，这样说来，今天也是如此，毕竟钱不能随便花在任何东西上，我必须有一个怎么用它的最终灵感，因为如果有了一个想法，那么至少有一刻，我便知道我也同住在这个世界上，是这个不断大幅上升、轻微下降的人口中的一部分，我就能意识到这个挤满了贫困的人，吃不饱、时刻在紧急状态下的人的世界，它如何在宇宙中旋转，而只要我还站在这里，被重力拉着，口袋空空，脑中有一个想法，我就知道要做什么。

那次，在蒙热街附近，去孔特斯卡普广场的路上，我在一家通宵营业的小酒馆买了两瓶红葡萄酒，然后又买了一瓶白葡萄酒。我对自己说，或许有人不喜欢红的，毕竟你不能判处一个人必须喝红酒。那些人睡着了或是假装睡着了，我蹑手蹑脚走到他们边上，把酒瓶放得离他们很近，以免引起误会。他们需要明白，这些瓶子理应是他们的，当我又一个晚上这么做的时候，一个流浪汉睁开眼，说了句什么和上帝有关的话，"愿上帝……"[1]，后来，我又在英国听到类似"……保佑你"[2]的话。当然我已经不记得那是什么情景了。我想有时，受过伤的人会这样和同样如此受伤的人说话，然后继续在某处

---

1 原文为法语。
2 原文为英语。

生活，就像我，我也在某处继续生活，伤痕累累。

　　在巴黎的男人中，尽管我不知道夜里醒来的那个人是不是他，有一个名叫马塞尔的，他的名字是我能记起的全部，一个关键词，挨着其他关键词，比如蒙热街，比如两三个酒店名和 26 号房间。但我知道马塞尔不再活着了，他死亡的方式很不寻常……

　　马利纳打断我，他在保护我，但我认为，他的想要保护我意味着我不能讲述。是马利纳，不让我讲述。

我：　　　你认为我生活里没有什么会再改变了吗?

马利纳：你到底在想什么? 马塞尔，或仍旧是那件事，还是所有把你放在十字架上的事? [1]

我：　　　和十字架又有什么关系? 你从什么时候开

1　《圣经》中基督被钉死在十字架上，引申义为遭到背叛。

始也喜欢和其他人一样用这种谚语?

马利纳： 到目前为止，你一直都能懂的，不管有没有用谚语。

我： 给我今天的报纸。你毁了整个故事，之后你会后悔没能听到马塞尔不可思议的死法，因为我是唯一还能讲述这件事的人。其他人不是在什么地方活着，就是在什么地方死了。马塞尔当然已被遗忘。

马利纳递给我报纸，他有时会从博物馆带些回来。我跳过了开始的几页，看星座运势。"多一些勇气，您将能克服面前的困难。留意道路交通。保证充足的睡眠。"马利纳的星象里说到，在一些感情问题上会有风暴般的进展，但这些都没法引起他的兴趣。除此之外，他还需要保护支气管。我从没想过马利纳有支气管这件事。

我： 你的支气管在做什么?你有支气管吗?

马利纳：为什么不？我为什么不应该有？每个人都有支气管。你什么时候开始关心我的健康了？

我：　　我只是问问。今天怎么样，有没有什么风暴？

马利纳：哪里？兵工厂里当然没有，就我所知。我在整理文件。

我：　　一点也没有？或许如果你很努力地回想一下，是不是有一些小风暴？

马利纳：你为什么这么可疑地看着我？你不相信我？可笑，而且你为什么这样盯着那个地方，你看到什么了？那不是蜘蛛，也不是狼蛛，你自己几天前弄脏的，倒咖啡的时候。你看到了什么？

　　我看到，桌上有东西不见了。是什么？有什么之前在那里。那里几乎总是有一包伊万的半满的烟盒，他总是故意落一包在这里，这样如果他有需要的话，就可以立马抽一根。我意识到他有一阵子没落下过一包烟了。

我：　　　你有没有想过住在其他地方？有更多绿色
　　　　的地方。比如希青[1]马上会有一间很不错的
　　　　公寓空出来，克里斯蒂娜从朋友那里知道
　　　　的，她朋友的朋友要从那里搬走。你会有
　　　　更多地方放你的书。这里完全没有空间，
　　　　书架因为你的那些狂热爱好都满出来了，
　　　　我不反对你狂热，但这是躁狂，你还说你
　　　　能在走廊闻到弗朗西丝和特罗洛普的猫
　　　　尿。莉娜说她现在不觉得了，就是你的敏
　　　　感所致，你太敏感了。

马利纳：你说的话我一个字也没懂，我们为什么要
　　　　打包搬去希青？你我都从来没想过住在希
　　　　青、上瓦特山或德布灵[2]。

我：　　　请不要说上瓦特山！我说的是希青。我从

1　Hietzing，维也纳第十三区。
2　Döbling，维也纳第十九区。

来没想过你会对希青有意见！

马利纳： 哪个都差不多，它们都不可能。不要马上
　　　　 就开始哭。

我：　　 我一句上瓦特山的话都没说，也不觉得我
　　　　 要哭了。我只是有些鼻塞。我需要保证更
　　　　 充足的睡眠。当然我们会待在匈牙利巷。
　　　　 其余的事都不可能发生。

　　我今天想做什么？让我想想！我不想出门，也
不想读书或听音乐。我想我就凑合跟你待着吧。但
我会给你解闷，因为我想到，我们从没谈论过男人，
你也从未问起过男人。然而，你没有藏好你的旧书。
我今天在读，它不怎么好，比如你描写一个马上就
要入睡的男人，估计是你自己，但其实我可以成为
你的模特。男人总是马上就睡着了。而且，你为什
么不像我一样，觉得男人有趣极了？

　　马利纳说：也许在我的想象中，所有男人都和
我一样。

　　我回答：这是你能想象的最荒谬的事。一个女

人可能会想象她和其他女人都一样，她也更有理由这样想。而这也是受到了男人的影响。

马利纳做出愤慨的样子，举起双手：但请不要讲他们的故事，或者最多讲几个片段，如果它们足够好笑的话。说你能说的，不要冒失。

马利纳真的该了解了解我是谁！

我继续：男人各不相同，事实上，他们每一个人都应该被看作无法治愈的临床病例，因此教科书和论文都不足以从根本上解释和理解任何一个男人。理解一个男人的大脑要容易一千倍，至少对我而言。照理说那是他们共有的，但又一定不是这样。多么大的错误！要总结归纳，所需的材料几个世纪也收集不出来。一个单身女人必须应付太多奇怪的事，没有人事先告诉她要适应、面对什么症状，你可以说男人对女人的整个态度都是病态的，而且是如此独一无二的病态，男人永远没法摆脱这种疾病。对女人而言，最多可以说，她们或多或少被因同情他们而传染上的疾病影响了。

你今天很放肆。确实开始给我解闷了。

我开心地说：如果一个人经历的新鲜事少之

又少，必须一遍遍自我重复，那么他一定会生病，比如一个男人咬我的耳垂，并非出于那是我的耳垂或者他迷恋耳垂才必须咬它，而是因为他咬所有其他女人的耳垂，不管它们是小还是大，是发紫还是苍白，是敏感还是麻木，他不管耳垂是怎么想的。你必须承认，如果一个男人——他可能或多或少有些知识，但几乎没有机会学以致用，也许持续好几年——当这样一个男人认为他要扑向一个女人的时候，这会是种很严重的强迫，仅此一次也没关系，每个女人都可以承受一次的强迫。这也解释了男人们隐秘、模糊的怀疑，因为他们没法想象一个女人天生就和其他病了的男人表现得完全不同，他只能浅显地意识到一些差异，还主要是通过口口相传的方式意识到的，或者这些差异被科学以一种极险恶的方式呈现了出来。马利纳实在不太明白。他说：我以为一些男人应该很有天赋，至少有时你会听到人们谈论某个人，或是更广泛的人群——比如说，希腊人。（马利纳狡猾地看着我，然后笑了，我也笑了。）我试着保持严肃：在希腊的时候，我碰巧很幸运，但只是那一次：有时候幸运会降临，但我敢肯定大多数女人从没得到过幸运。我在说的，和所谓"一些男人是不错的恋人"这件事无关，真的没有关系。这是个总有一天要被摧毁的传说，顶多是一些男人完全无可救药，一些还没有那么无可救药。尽管没有人问，但这就是为什么只有女人会满脑子自己和丈夫或其他男人的故事和感情，这些想法真的占据了每个女人最多的时间。但她必须想，因为如果没了这些源源不断的情绪推动，她就永远无法忍受和一个男人在一起，因为每个男人都真的患了病并且几乎注意不到她。对他来说，不想女人很容易，因为他那病态的系统坚实可靠，他重复，重复着，会再重复。如果他喜欢吻脚，他就会再吻五十个女人的脚，为什么要费神思考和担忧面前的这个生物是不是享受让他吻她的脚呢，至少他是这么想的。然而，一个女人必须接受现在，正因为轮到了她的脚，她就必须发明出一种难以置信的感觉，然后整日把她真实的感觉掩蔽在发明出的感觉下面，一方面是为了忍受她的脚，但更重要的是为了忍受那个缺失的更重要的部分，因为任何对脚如此依恋的人，一定都极大地忽视了某些别的部分。此外，还有些冷不防的转变，从一个男人到另一个男人，女人的身体必须忘记一切，然后再次适应一个全新的东西。但一个男人只是平静地延续他的习惯，有时候奏效，有时就不那么走运。

马利纳对我不太高兴：现在这些都是我没听过的东西，我一度很确信你喜欢男人，你也一直觉得男人有吸引力，你缺不了他们的陪伴，即便……

当然，我一直对男人感兴趣，而这也是为什么他们不用被喜欢，事实上，对于他们中的大多数，我根本就不喜欢，他们只是让我入迷，我抱着这样的想法：等他咬完了我的肩以后，接下来要做什么呢，他期待接下来发生什么呢？或者有人背对你，背上有很久以前某个女人用她的指甲，她的五爪留下的五道划痕，永远可见，于是你彻底地心烦意乱或者至少不知所措了，你要拿这个背怎么办呢，它始终让你想起一些狂喜的时刻，或者痛苦发作的时刻，那么你应该感到什么样的痛苦、什么样的狂喜呢？很长一段时间，我什么都感觉不到，因为那些年我开始感觉到了思想。然而，和其他所有女人一样，当然，出于上述的原因，我总还是想到男人，而我很确定，反过来在男人的脑海里，他们很少想到我，只会在工作之余，或是休息日想起。

马利纳：没有例外?

我：　　只有一个。

马利纳：怎么来的例外?

　　很简单。你只需要，碰巧，让一个人足够不幸，比如说，不帮他弥补某些蠢事。当你确实让某人陷入了不幸时，他注定会想着你。然而，往往是大多数男人让女人不幸，而这不是相互的，因为我们面临的不幸是自然的、无法避免的，就像男人的疾病一样，它让女人不得不在脑中承受那么多，并且不停地重学她们刚刚学到的事情，因为如果你不停地想着某人，并对他产生感情，那么你一定会变得彻头彻尾地不快乐。不仅如此，你的不幸会随着时间双倍、三倍、百倍地增长。一个人如果想要避免不幸，要做的就是每次都在几天后就分手。你不可能变得不幸，为一个人哭，除非他已经开始让你彻底不快乐。没有人会在几个小时后就为一个男人哭，不管他多年轻、英俊、聪明还是善良。但和一个十足的空谈家，和一个恶名昭著的白痴，和一个被最奇怪的习惯支配的叫人厌恶的软弱的人相处半年，那会让即便是最坚强、理性的女人动摇，会迫使她们自杀，想想埃尔娜·扎内蒂[1]，据说她因为这个戏剧研究的讲师（你能想象吗，为了一个戏剧讲师！）吞了四十片安眠药，我很肯定她不是唯一这么做的女人，他还让她戒烟，因为他受不了香烟。我不知道她是不是还得成为一个素食者，但我敢肯定还有

---

1 有学者指出，由于巴赫曼曾于 1950 年和 1951 年见过小说家、剧作家埃利亚斯·卡内蒂（Elias Canetti，1905—1994），而当时正值卡内蒂剧本《确定了死期的人们》（*Die Befristeten*）写就前夕，他可能在与巴赫曼的交谈中提到过对死亡和自杀的看法；巴赫曼也曾与卡内蒂的妻子、奥地利小说家韦扎·卡内蒂（Veza Canetti，1897—1963）结交，韦扎把自己的作品《食人魔》（*Der Oger*）和丈夫的作品《虚荣喜剧》（*Komödie der Eitelkeit*）送给了她。因此，埃尔娜·扎内蒂（Erna Zanetti）这一虚构名字很可能是夫妻二人名字的结合，而文中的戏剧讲师或许指代德国戏剧界，他们对这对流亡的文学夫妇始终冷漠。

其他糟糕的事情。但现在她非但没有庆幸这个白痴离开了她，非但没有在第二天就出门、享受二十根烟，并且吃所有她想吃的食物，反而失了智想要自杀，她想不出更好的事可做，因为她不停地在想他，数月地为了他而受苦，当然还因为尼古丁戒断反应和所有那些卷心菜叶和胡萝卜。

马利纳装作感到惊恐，但还是笑了：你不会是在声称女人比男人更不幸吧!

当然不是，我只是说女人面临的不幸尤其无法避免且毫无用处。我只是在聊不幸的性质。你无法比较，而且我们也没有说今天要谈论这种看上去给每个人都造成了沉重打击的普遍意义上的不幸。我只是想给你解解闷，和你说些滑稽的、奇怪的或者好笑的东西。比如说我，我很不满我从没被强奸过。在我刚到维也纳的时候，俄罗斯人已经完全失去了想强奸维也纳女人的欲望，喝醉的美国人也越来越少，不过也没人真的把他们看作强奸犯，这就是为什么比起俄罗斯人，他们的行径要被讨论得少得多，因为被神圣、虔诚地实施的恐怖自然是有原因的。从十五岁的女孩到九十岁的奶奶，据说。有时候你还能从报纸上读到两个穿制服的黑人，但拜托，两个在萨尔茨堡闲逛的黑人对一个有那么多女人的地方来说太微不足道了，而我认识的和不认识的男人，以及那些在树林里从我身边经过，或是看到我毫无防备地独自坐在小溪边石头上的男人，却从没想到过这件事。你可能不会相信，但除了一些醉汉，一些强奸杀人犯，还有些登在报纸上被叫作性犯罪者的人之外，没有一个有正常冲动的正常男人会有明显的想法，觉得一个正常的女人想要正常地被强奸。当然，这一部分是因为男人不正常，但人们已经对男人的异常行为、他们惊人的缺乏本能习以为常，以至于都看不到他们的病征。但在维也纳，情况可能有所不同，应该没那么糟糕，因为这是一座为普遍卖淫而建立的城市。你可能想不起战后的第一年了。简单来说，维也纳是一座有着最奇怪机构的城市。但那段时光已经被从这个城市的历史上抹去，没有人再提起了。它也没有被禁，但即便是这样，人们也不会谈论它。每到节假日，甚至是像圣母节、耶稣升天节这样的宗教节日或纪念共和国的日子，市民们都会被迫前往城市公园紧邻环城大道的那一侧，在环城的街上，他们不得不走进这恐怖的公园，在那里公开做想做或是能够做的任何事，尤其是当栗子树开花的时候，当然之后栗子成熟、爆开、落到地上的时候也是。几乎没有人不曾在那里遇见每个人和每个人。尽管一切都在无声中进行，几乎完全冷漠，你还是可以将其形容为噩梦般的场景，整座城市都在参与一场普遍卖淫，每个女人一定都同每个男人一起躺在了被践踏的草坪上，或者他们靠着墙壁，呻吟、喘气，有时是几个人同时、交替、混乱地进行。每个人和每个人睡觉，每个人相互利用，所以今天没有人会惊讶为什么几乎没有相关的流言，因为今天，同样的男人和女人相互礼貌地问候，就好像无事发生，男人脱帽，亲吻女士的手，女士脚步轻盈地走过城市公园，小声问好，带着优雅的小包和阳伞，看起来娇媚。这场圆舞似乎就是从那时开始的，到了今天，它已不再匿名。我们应当将主导今天的种种情境视作这场流行病的一部分，比如说，为什么先是厄登·保陶基和弗兰齐斯卡·兰纳在一起，然后是弗兰齐斯卡·兰纳和利奥·约尔丹在一起，为什么利奥·约尔丹在结束和埃尔薇拉的婚姻后又结了两次婚，埃尔薇拉于是帮助了小马雷克，为什么马雷克最终毁了范妮·戈尔德曼，为什么先前她和哈里关系那么好，之后又跟了米兰，但小马雷克开始与卡琳·克劳泽约会，那个小个子德国女人，但之后马雷克也和伊丽莎白·米哈伊洛维奇在一起了，她后来爱上了贝托尔德·拉帕茨，而他……现在我都知道了，我知道了为什么马丁和埃勒菲·涅梅茨之间发生了怪诞的恋情，埃勒菲后来又遇上了利奥·约尔丹，我知道了为什么每个人和每个人以最怪异的方式相互联系，即便只有很少数情况下才能知情。当然，没有人知道其中的原因，但我已经看到为什么了，总有一天每个人都会看到！但我不能说出事情的全貌，因为我没有时间。就算我只考虑阿尔滕维尔家在其中起了什么作用，我也无法说出事情的全貌——虽然他们自己从来不会意识到（应该说没有任何一家的主人会知道，包括芭芭拉·格鲍尔在内），有什么在萌发、什么要结束，通过什么样愚蠢的讲话和什么样的手段，他们共同造就了这一切。社会是最大的谋杀现场。最难以置信的罪行的种子以最细微的方式播种其中，永远不为这个世界的法庭所知。我之前没有发现，是因为我从未仔细地看和听，现在我听得越来越少，但我听得越少，就越为我开始看见的联系感到震惊。我生活得没有节制，这就是为什么我能够充分感受到这些和平游戏（它们就这样自我掩饰，好像它们真的不是战争游戏一样）的所有暴行。在我看来，相比之下，那些举世闻名、满城皆知的罪行显得很简单、残暴、毫无神秘，它们是给精神科医生和大众心理学家准备的，他们也不会控制它们，因为这些罪行只是给太过勤奋的专家们出了个谜题，并具有如此宏伟的原始性。然而当时，以及现在仍在这里发生的事从来都不是原始的。你还记得那个晚上吗？范妮·戈尔德曼回家回得出奇的早，独自一人，她起身离开桌子，什么也没发生，但今天我知道了，我知道原因。有字，有神情，是可以杀人的，没有人注意到，每个人都牢牢抓着一个表面，一场上了色的扭曲表演。而克拉拉和哈德雷尔，在他死前，不过我就说到这里……

有一段时间，在罗马，我只留意水手，周日他们站在某个广场上，我想是人民广场，晚上在那里，从乡下来的人们会蒙住眼睛，试着从方尖碑旁的喷泉笔直走到科尔索大道。这是项不可能的任务。在博尔盖塞别墅也能看到水手，但那里更多是士兵。他们直视前方，严肃、贪婪的目光直指即将消逝的周日。这些年轻男人令人着迷。然后，又有一段时间，我完全对一个埃德贝格的机械工入了迷，他必须扳开我车上的一块挡泥板，给前车身喷漆。他对我来说深不可测，带着一种无比深刻的严肃，只需要想想那些眼神和也许困难、犹疑的想法！我回到那个地方好几次，看他做各种工作。我从未在一个人身上见过这样的痛苦，这样严肃的无知。完全深不可测。悲伤的希望在心中闪现，悲伤、压抑的愿望，没有别的了：终究，这些男人永远不会理解，但谁又真的想被理解呢。这世上谁会这么想！

我总是很胆小，不勇敢，我本该把我的电话号码和地址留给他的，但在他面前，我太过沉浸在一个谜团里，我做不到。它可能很好猜，就算猜不到每一个想法，也能想到爱因斯坦、法拉第、某个发光的信标灯、弗洛伊德或是李比希考虑了什么，因为他们是没有真正秘密的男人。而美和它的缄默，要优越得多。这个机械师，这个我永远不会忘记的机械师，我向他朝圣，为了问他要最后的账单而已，他对我而言更重要。他对我而言很重要。正是因为美，美更重要，我所缺少的和想要引诱的美。有时我走在街上，几乎一见到比我优越的人，我就感到被那个方向吸引，这是正常的吗，自然的吗？我是一个女人，还是异形？我不完全是女人吗，那我到底是什么？报纸上总有这样可怕的报道。在波茨莱因斯多夫，在普拉特的草地上，维也纳的森林里，在每一个郊外，女人们被谋杀、绞死——这几乎也发生在我身上，但并不是在郊外——被残忍的人勒死，然后，我总是对自己说：这可能会是你，这会是你。一个不知名的女人被一个不知名的男人谋杀。

我想了个借口去找伊万。我喜欢摆弄他的晶体管收音机。我又过上了没有新闻的日子。伊万建议我，如果那么喜欢听新闻或音乐，那么最后我该自己买一台收音机。他觉得这会有助于我在早上起床，像他自己就是，而到了晚上，我也能有东西对抗寂静，我慢慢转动旋钮，小心翼翼地寻找那会出现的能抵抗寂静的东西。

房间里响起一个激动的男声：亲爱的听众，现在我们接通来自伦敦的电话，在线上是我们的常驻记者阿尔方斯·沃思博士，沃思先生将从伦敦向我们发回报道，请稍等片刻，我们现在就切到伦敦，亲爱的沃思博士，我们听得非常清楚，我想代表奥地利的听众请问您，此刻的伦敦，在英镑贬值之后，人们的心情如何，现在话筒交给沃思博士……

请你关掉那个盒子！伊万说。他对来自伦敦或雅典的表态毫无兴趣。

伊万？

你想说什么？

你为什么从来不让我说话？

伊万背后一定有一段历史，他一定曾身处旋风，他认为我也有自己的故事，通常的那种故事，往往包含一个男人和应有的失望，但我说：我？没什么，什么都没想说，我只是想对你说，"伊万"，仅此而已。我也可以问问你对杀虫药的看法。

你家有苍蝇吗？

没有。我试着想象一只苍蝇的生活，或是一只在实验里被糟蹋的家兔，或者老鼠，被注射了，满怀恨意，最后一跃。

伊万说：这样的念头不会让你快乐。

我现在就是不快乐，有时候我感觉不到任何快乐。我知道，我应当要更经常地快乐。

（我就是无法让自己对伊万——他是我的快乐和我的生命——说出：你就是我的快乐，我的生命！因为那样的话，我或许会更快地失去伊万，有时候我已经失去了他，从这些天不断减少的喜悦中，我可以清楚地意识到这一点。我不知道伊万缩短了多少我的生命，这一点我必须开始和他谈一谈。）

因为有人杀了我，因为总有人想要杀我，于是我开始在脑中杀死别人，也就是说，不是在脑中，是在别的地方，它和思想没什么关系，所以情况和"在脑中"是不一样的，这一点我甚至也克服了，我不再"在脑中"做任何事了。

伊万抬起头，一边用一把螺丝刀拧松螺丝，试着修电话的延长线，一边难以置信地说：你？哦，你，我温柔的小疯子？你都在脑中想了谁！伊万笑着，再次朝着插头弯腰，小心翼翼地把电线绕过螺丝。

这会让你惊讶吗？

完全不，为什么会？在我脑中，在我心上，有几十个惹恼过我的人，伊万说。他的修理工作很成功，现在，对我想说的关于我自己的事情，他完全无动于衷。我迅速穿好衣服，嘀咕道，今天要早些回家。马利纳在哪儿？上帝啊，要是我已经和马利纳在一块儿就好了，因为事情又变得难以忍受，我就不应该开始说话，我对伊万说：请原谅我，我只是感觉不太舒服，不，我忘了些东西，你介意吗，你会介意吗？我必须马上回家，我想我把咖啡留在炉子上了，我敢肯定我没关火！

不会，伊万从来不介意。

回到家，我躺在地板上等待，呼吸，我呼气，换气，越来越多，心脏不止几次地早搏，我不想在马利纳到达之前死去，我看着闹钟，几乎一分钟都没有过去，而这里，我的生命在我眼前流逝。我不知道我是怎么到的浴室，我在冷冰冰的水流下握住双手，水流到我的手肘，我用一块冰冷的布擦我的胳膊、双腿和双脚，再到心脏，时间没有过去，可现在马利纳必须来，然后马利纳来了，我在一瞬间倒下，终于，我的上帝，你为什么这么晚才到家！

有一次我在一艘船上，我们坐在一个酒吧，一群要去美国的人，我认识其中几个。但随后，一个人开始拿一根点燃的香烟在手背上烧出洞来。只有他笑了，我们不知道我们是不是也可以笑。大多数时候，你不知道人们为什么对自己做这样的事，他们也不说，或者就是告诉你完全不一样的事，你永远没法找出真正的原因。在柏林的一间公寓里，我遇到一个男人，伏特加一杯接一杯地喝，但从来不醉，他几个小时地和我说话，清醒得可怕，当没有人在听的时候，他问是不是还可以见我，因为他想要不惜一切代价地再见到我，我没有明确回答，似

387

乎是种默许。然后人们开始谈论世界局势，有人开始放一张唱片，《通往绞刑架的电梯》[1]。一些音符轻响，对话转向了华盛顿与莫斯科的热线，这时，这个男人随口问我——就像之前他问我穿天鹅绒的衣服会不会更好那样问，他最想看到我穿天鹅绒的样子——你有没有杀过人？我同样轻松地回答：没有，当然没有，你呢？男人说：是，我是个杀人犯。我有一会儿没有说话，他温柔地看着我，又说了一次：你可以相信我！我也相信他，因为这必须是真的，他是我与之坐在同一张桌子上的第三个谋杀者，只不过他是第一个也是唯一这样说的人。另外两次，是在维也纳的派对上，我是后来才发现的，在回家的路上。有时候我会想写写这三个相隔很多年的晚上，为此，我试着在一页纸上写下：三个谋杀者。但之后我就不知道怎么继续了，因为我只是想记下这三个谋杀者，好找到第四个，因为我的三位谋杀者并不构成一个故事，我再也没有见过他们中任何

---

1 *Ascenseur pour l'échafaud*，爵士音乐人迈尔斯·戴维斯（Miles Davis，1926—1991）录制于 1957 年的专辑，也是路易·马勒同名电影的配乐。

一个人，今天他们仍旧在某处活着，和某些人在晚宴上吃饭，做着某事。其中一个已经不再被关在施泰因霍夫的疯人院了，一个改了名在美国生活，一个喝酒、变得越发清醒并且已不在柏林。我没法讲第四个的事，我不记得他了，我忘了，我不记得……

（但我确实碰到了带刺的铁丝网。）我记得一个细节。日复一日，我曾经不断丢掉我的食物，偷偷倒掉我的茶，我必须知道为什么。

而马塞尔是这样死的：

有一天，巴黎所有的流浪汉都要从城市景观中被清除。福利机构，公共的社会福利机构，他们也负责维护市容，已经与警察一起来到了蒙热街。他们想做的只是让这些老人重新融入生活，于是首先帮他们清洁、洗净以面对生活。马塞尔起身和他们走了，他是个很祥和的人，几杯酒后更是个睿智、温顺的人。也许那天他们的到来对他而言没什么所谓，又或许他觉得还能回到他街上的好位置，那里有地铁的暖风从竖井里吹上来。可是到了盥洗室，有很多公共福利用的淋浴头，也轮到了他，他们把他放在一个显然没有太热也不会太冷的淋浴头下，只是这是很多年来他第一次脱光衣服，置身水下，还没等任何人反应过来并伸手去拉他，他就已经倒地身亡。你明白我的意思吗！马利纳有些不确定地看着我，即便他从来都不会不确定。我本可以不讲这个故事。但是我又一次感觉到那场淋浴，我知道他们不该从马塞尔身上洗掉的是什么。当一个人沐浴在幸福的蒸汽里，当一个人所剩的言语已经不多，只有"上帝保佑你""愿上帝奖赏你"，那么人们就不该再试着清洗他，不该洗掉对他好的东西，不该想要洗净一个人，为了一个不存在的新生活。

我：   如果我是马塞尔，我会在第一股水流里就倒下死亡。

马利纳：所以幸福总是……

我：   你为什么总是要预测我的想法？现在我真的在想马塞尔，不，我几乎完全不想他了，这是个插曲，我是在想我自己和其他事，马塞尔出现在脑中，他是来帮我的。

马利纳：——这是永不会到来的精神的美丽明日。

我：　你不必总是让我想起我的那本学校练习簿。
　　　里面肯定还有很多别的内容，但我在洗衣
　　　间里把它烧了。我还是至少需要被一层薄
　　　薄的幸福覆盖，让我们希望不会有淋浴冲
　　　走某些我无法离开的气味。

马利纳：从什么时候开始，你和世界这么友好相处
　　　了，从什么时候开始，你幸福了？

我：　你观察所有事，所以你注意不到任何事。

马利纳：恰恰相反。我注意到所有事，但我从没有
　　　观察过你。

我：　但有时候我甚至会让你这样随心所欲，也
　　　不干涉你，这要来得更……更慷慨。

马利纳：这一点我也发现了，有一天你会知道，忘
　　　了我是不是一件好事，或者是不再注意到
　　　我，那样是不是更好。只是你可能会别无
　　　选择，你已经没有选择了。

我：　忘了你，我怎么会忘了你！我只是在尝试，
　　　只是在假装，证明给你看，没有你我也

可以。

　　马利纳觉得这种虚伪不值得他做出回应，但是，尽管他不会和我细数每一个我忘了他的日日夜夜，他也仍是个伪君子，因为他知道，对我而言，比起责备，照顾体谅要来得糟糕得多。但我们会是彼此的归宿，因为我需要我的双重生活，我的伊万生活和马利纳生活，我不能待在伊万不在的地方，就像如果马利纳不在，我就无法回家。

　　伊万说：别闹了！

　　我又说了一遍：伊万，我想告诉你一些事，不一定得是今天，但有一天我必须告诉你。

　　你没有烟了？

　　嗯，这就是我想告诉你的，我又没有烟了。

　　伊万愿意和我开车去城里买烟，但因为到处都找不到烟，所以我们停在了帝国酒店门口，终于，伊万从门卫那里拿到了几根。我又一次与世界建立

起良好的关系。要爱这个世界还是可能的，即便只
是因需求而生的爱，而这当中会有一个人，他像是
变压器，但伊万不需要知道这一点，因为又一次，
他开始害怕我爱他，现在他给我递火，我又可以抽
烟，又可以等待，我不需要说：别担心，你只是给
我火，谢谢你的火，谢谢你给我点的每一支烟，谢
谢你开车送我去城里，谢谢你开车送我回家！

马利纳： 你要去哈德雷尔的葬礼吗？

我： 不，我为什么要去墓地着凉？明天我可以
在报纸上读到葬礼是什么样、人们说了
什么话。再说，我也不喜欢葬礼，如今没
有人知道有人去世或者在墓地时应该怎么
做。我也不想要人们一直告诉我哈德雷尔
或其他人死了的消息。对我来说，都一样，
我能遇到并且也遇到了的只有一部分人，
不管我喜不喜欢他们，因为有些人已经不
在世了，而这一点并不令我惊讶，尽管是
出于其他原因。你想向我解释一下为什么

我要这么突然地在昨天被告知哈德雷尔先生或其他什么名人，什么指挥家或政治家，银行家或哲学家，死了吗？我不感兴趣。对我来说，没有人死了，也很少有人活着，除非在我脑中的剧场里。

马利纳：　所以对你来说，我大部分时间都没有活着？

我：　　　你活着。你甚至在大部分时间都活着，但你也提供了你活着的证据。其他人给了我什么证据？完全没有。

马利纳：　"天空一片漆黑。"

我：　　　这个可以用。听上去，写了这句话的人还活着。终于，我们有了个惊喜。

马利纳：　"天空是几乎难以想象的漆黑。星星很亮，却不闪烁，因为没有大气层。"

我：　　　哦！这很确切。

马利纳：　"太阳是一张被压入黑色天鹅绒般天空的发光圆盘。我深深为宇宙的无垠，为它难以置信的广阔感动……"

我：　　　这个神秘主义者是谁？

马利纳： 阿列克谢·列昂诺夫[1]，他进入过太空十分钟。

我： 不错。但天鹅绒，我不知道我是不是用过这个词，天鹅绒。顺便，他也是个诗人吗？

马利纳： 不，他空闲的时候画画。很长一段时间里，他不知道自己是想当个画家还是宇航员。

我： 很可以理解的关于职业选择的困境。但像一个浪漫的旅者一样谈论宇宙……

马利纳： 人不会变那么多。只要有什么是难以置信的、无法言喻的，或是深邃的漆黑，人们就会为之感动，他们会走在森林中或升入宇宙，带着自己的秘密进入世界的秘密。

我： 这就流传到了后世！我们可以不再为进步而感到惊奇了。之后，列昂诺夫会获得一栋别墅，种玫瑰，多年之后，人们会听他再次讲起"上升二号"，温柔地对他微笑。列昂诺夫爷爷，请告诉我们那时是什

---

1 阿列克谢·列昂诺夫（Alexej Leonow，1934—2019），苏联宇航员，曾在载人宇宙飞船"上升二号"任务中成为首个成功进行舱外活动的人类。

么样子的，那最开始的十分钟！从前有一颗月亮，人人都想飞去，月亮很远，很荒凉，而有一天，阿列克谢有幸到了那里，你看……

马利纳：　很奇怪，他没有注意到乌拉尔山脉¹，因为那时他正在飞船外面空翻。

我：　　注定会这样。当真的有什么你想看见或抓住的东西时，你总是在做空翻，不管是乌拉尔山脉还是"乌拉尔"这个词，是一个想法还是对应的词语。我和我们的列昂诺夫爷爷处境相似，我总是在错过什么，不过是在我内心，当我探索我内心这个无限空间的时候。自人们第一次踏入宇宙的美好旧日以来，什么也没有改变。

马利纳：无限？

我：　　当然。除了无限，它还可能是什么？

1　欧洲和亚洲的分界线。

我必须躺下，就一个小时，然后成了两个小时，因为我无法忍受和马利纳说太久的话。

马利纳：你有时真的得收拾一下你的房间，这些积满灰的泛黄薄页和碎纸片，总有一天，没有人能弄清楚这些东西。

我：　　什么？这是什么意思？没有人会需要弄清楚这里。我有把一切弄得越来越乱的理由。如果说有什么人有权利看这些"碎片"的话，那个人就是你。但你不会弄清楚的，亲爱的，因为就算花费很多年，你也弄不明白这个或那个是什么意思。

马利纳：让我试试，就一次。

我：　　那么你来解释一下，为什么这张旧手稿又出现了，我甚至可以从纸的规格，一张标准 A4 纸，看出我是在哪儿买的，是在湖边的一个乡村商店，里面提到了你，提到了一次去下奥地利的旅行。但我不会让你读它的内容，你只能看最上面写的这个词。

马利纳： 死亡方式。

我： 但下一张纸，一张标准 A2 纸，是两年后写的，上面写着"死亡率"。我想说什么来着？我可能写错了。为什么，什么时候，在哪儿？但猜猜，我写了什么关于你和阿蒂·阿尔滕维尔的事！你猜不到的！那个时候你前面有一辆巨大的载重汽车，它慢慢地沿弯道上坡，你注意到那些绑得很松的木头开始滑动，你看见整个货物都开始向后滑下来，向你的车滑去，然后，然后……所以，说吧！

马利纳： 你怎么会这样想象？你一定是疯了。

我： 我自己也不知道，但我不是在想象，因为很快其他事发生了，你去了沃尔夫冈湖，和马丁、阿蒂一起去游泳，你游得最远，结果左脚痉挛了，然后，然后……关于这点你有补充吗？

马利纳： 你从哪里知道的这些，你绝不可能知道，你都不在那儿。

我： 但如果我不在那儿，那么你就是承认了即

398

使我不在那儿，我也可以在那儿。那个插
头呢？为什么你不再想把它插进插座里，
那晚，在你的房间，你为什么坐在黑暗里，
那些开关怎么了，让你不得不总是坐在黑
暗里？

马利纳：我常常坐在黑暗里。那时你在光里。

我：　　不，这是我编的。

马利纳：但这是事实。所以你是怎么知道的？

我：　　我不可能知道，所以这又怎么会是真的呢？

　　我不能继续说了，因为马利纳拿了两张纸，把
它们揉成一团扔到我脸上。尽管纸团不疼，而且马
上就掉到了地上，我还是在它朝我飞过来时感到害
怕。马利纳抓住我的肩，摇晃我，他也可以拿拳头
打我的脸，但他不会这么做的，不管怎样，他会听
我的。但随之而来的一记巴掌把我打醒，我又知道
我在哪儿了。

我： （渐快）[1] 我不会睡着的。

马利纳： 那是在哪儿，到施托克劳之前？

我： （渐强）住手，是在去施托克劳的路上，不要打我，请不要打我，就在到科尔新堡之前，不要再问我了。我是那个被压垮的人，不是你!

我坐着，脸上越来越烫，叫马利纳从包里把粉饼递给我。我踩在纸团上，用脚把它们推开，但马利纳把它们捡起来，小心翼翼地展开摊平。他看也没看，就把它们放回抽屉。终究，我还是得去趟洗手间，因为我这个样子，我们没法出门，希望我眼圈没有发青，只有脸上有几个红点，我心里已经决定了要去"三个轻骑兵"，因为马利纳答应了，而伊万又没有时间。马利纳觉得没事，我应该往脸上再涂一点这种棕色的霜，我又往脸颊上抹了一些粉底，他是对的，会没事的，一切都会在空气里消失。

---

1 从这里开始，使用了指示强弱、速度、风格的音乐术语。均为意大利语。

马利纳答应我吃荷兰酱配芦笋和巧克力雪球。我不再信任这顿晚餐。我第二次开始涂睫毛膏，马利纳问：你为什么知道那些？

他今天不该问我更多了。

我：　　（急板，最急板）但我想要慕斯酱配芦笋和焦糖布丁。我看不透。我只是忍受着。我是那个快要溺死的人，不是你。我不想要焦糖布丁，我想要可丽饼的惊喜，一些什么惊喜。

因为从这样的愿望中仍旧可能生出生命，就在这几分钟里，当我的生命是那么靠近马利纳的生命的时候。

马利纳：你说的生命是指什么？我感觉你还是想给人打电话，或者我们三个人一起去"三个轻骑兵"。你想带上谁，亚历山大还是马丁，或许这样你就会想起来你说的生命是指什么。

我： 如果我想用它来说什么的话……你是对的，有人应该一起来。我去穿我那条旧黑裙子，系新腰带。

马利纳： 也带上你的围巾，你知道我说的是哪条。就当是帮我一个忙，因为你从来不穿条纹裙。你为什么从来不穿？

我： 我会再穿的。请你现在不要问。我需要克服它。但除此之外，我只喜欢和你在一起的生活，你第一次送给我的围巾，还有后来的所有东西。生活是读一页你读过的书，或是在读的时候回头，和你读，不忘记读过，因为你从来不忘记任何事。生活也是在这片虚空里走，这里可以容下一切。是通往格兰河的小路和沿盖尔河的路[1]，我带

---

1 格兰（Glan）和盖尔（Gail）均为奥地利河流名，流经克恩滕州克拉根福。

着我的笔记本在戈里亚躺下伸展，我又潦草地把它写满了：知道"为什么"活着的人能承受几乎所有的"如何"。好像一直是这样，我和你活在最早的时间里，永远和今天同步，被动地，不攻击也不召唤任何东西。我只是让自己更强烈地活着。一切必须同时出现，给我留下印象。

马利纳：生活是什么？

我：　　是所有你无法活于其中的事物。

马利纳：是什么？

我：　　（转快，强）不要管我。

马利纳：什么？

我：　　（转极慢）你和我能一起拼凑出的，就是生活。够了吗？

马利纳：你和我？为什么不直接说"我们"？

我：　　（准确速度）我不喜欢"我们""人""俩"等说法。

马利纳：有一刻我差点以为你最不喜欢的是"我"。

我：　　（温和地）这矛盾吗？

马利纳：当然。

我： 　　（优雅的行板）只要我想要你，这就不矛盾。我不想要我自己，我只想要你，你觉得如何？

马利纳： 你会踏上最危险的旅程。而这已经开始了。

我： 　　（速度）是的，从很久以前就开始了，这就是我身处已久的生活。（活泼地）你知道我刚刚注意到了什么吗？我的皮肤不像从前了，它就是不一样了，尽管我也没有发现哪条新的皱纹。本来的皱纹一直都在那儿，那些我二十岁时就有了的皱纹，它们只是越来越深，越来越显眼。这是个提示吗，它意味着什么？总的来说，它会通向哪里是很清楚的，就是那个终点。但它会引领你和我去哪里呢？我们会消失在怎样布满皱纹的脸庞里？并不是变老本身，而是想到从一个不知名的女人到另一个不知名的女人的转变，让我感到惊讶。我会变成什么样？我问自己，就像很久以前，人们以一个同样大的问号，问死亡之后会是什么，但这个问题毫无意义，因为不可

404

能想象出答案。我也不能理智地想象，我只知道我已经不是以前的样子了，我没有更了解我自己，也完全没有与自己更亲近。我只是看着一个陌生女人不断滑向另一个陌生女人。

马利纳：别忘了，今天这个陌生女人脑中还想着事情，想着某些人，也许是她爱的人，谁知道呢，也可能是她恨的人，也许她想再打一个电话。

我：　　（不加踏板）这不关你的事，这不属于同一个问题。

马利纳：这就是同一个问题，因为它会让一切加速。

我：　　你可能会喜欢那样。（弱）目睹又一场失败。（极弱）这场失败。

马利纳：我只是说它会让事情加速。你将不再需要你自己。我也会不再需要你了。

我：　　（咏叹而哀伤地）有人已经告诉过我了，没有人需要我。

马利纳：那个人想说的意思可能不一样。别忘了，我的思维方式不一样。此刻，你已经忘记

405

了太久，我是怎样存在于你身边的。

我： （如歌地）我，忘记？我，忘记你！

马利纳： 你如此擅长用这样的语气对我撒谎，同时又如此具有欺骗性地对我说出真相！

我： （渐强）我，忘记你！

马利纳： 来吧，我们走吧。你所有东西都拿了吗？

我： （强）我从来没拥有过东西！（弹性速度）东西是用来思考的。思考钥匙，思考锁门，思考关灯。

马利纳： 今天，我们要开始谈谈未来。你必须清理你的房间，不然没有人能弄清楚这片狼藉。

马利纳已经在门口了，但我冲回走廊，因为我需要在离开前再打一个电话，为此，我们从来没能准时离开家。我必须拨下这个号码，一种强迫，一种灵感，我脑中只有这串数字，它不是我护照的号码，不是巴黎的房间，不是我的生日，也不是今天的日子，我不顾马利纳的不耐烦，拨下：726893，一串不在其他任何人脑中的数字，但是我可以把它

念出来、唱出来、用口哨吹出来、哭出来或笑出来，
这个号码能在黑暗中找到我的手指，不需要任何
提示。

是，是我

不，只有我

不。是吗？

是的，正要出门

我晚点打给你

嗯，很晚之后

我甚至会在更晚之后打给你！

马利纳：所以最后和我说说吧，你怎么会这样想。
因为我从来没有开车和阿蒂去过施托克
劳，也没有晚上在沃尔冈湖和马丁、阿蒂
游泳。

我：　我总是清楚地看见我面前的一切，我想象
它们，这就是他们所说的，不是吗，比如
说，那些很长的树干开始从卡车上滑下来，
我和阿蒂·阿尔滕维尔就坐在车里，它们

滚向我们，我们没法后退，因为我们后面有一辆接一辆的车，我意识到，马上这些成立方米的木头就会径直倒向我。

马利纳：但我们现在都坐在这里，我再和你说一遍，我从来没有和他去过施托克劳。

我：　　你怎么知道我在想去施托克劳的路？首先我都没有提到施托克劳，我只是说了下奥地利，我只是因为玛丽阿姨才想到这个。

马利纳：我真的怕你疯了。

我：　　没有太疯。还有，不要像（弱，很弱）伊万一样说话。

马利纳：像谁一样？

我：　　（纵情地，低声地）爱我，不，比那更多，爱我更多，完整地爱我，这样它就会很快地结束。

马利纳：你知道我的一切？还有其他人的一切？

我：　　（具德国风格的急板）不，我不知道，我什么都不知道。其他人的什么我都不知道！（不过分活泼地）只是在说想象，我根本没有想聊你的事，没有想专门谈你。

因为你是那个从不害怕的人，从来不怕。
此刻我们确实都坐在这里，但我害怕。（富
有感情和表情地）如果你也曾这样感到过
害怕，那么早些时候我就不会问你任何
事了。

我把头抵在马利纳的一只手里，马利纳一言不
发，他不动，也不抚摸我的头。他用另一只手点了
一支烟。我的手不再放在他的手心里，我试着坐起
来，不露痕迹。

马利纳：你为什么又把手放在脖子上？

我：　　是，我想我的确经常这样做。

马利纳：是从那个时候开始的吗？

我：　　是的。是的，我现在很确定。我很确定这
　　　　是从那时开始的，然后出现得越来越频繁。
　　　　它就是不停地发生。我必须撑住我的头。
　　　　但我尽可能不让任何人注意到。我用手抚

摸头发，然后撑起头。于是对方会认为我尤其认真地在听，但那只是个类似交叉双腿或把下巴搁在手上的动作而已。

马利纳：它看上去会像是个坏习惯。

我：　　这是我抓住自己的方法，在我没法抓住你的时候。

马利纳：自那之后的几年里，你做成了些什么？

我：　　（连奏）没什么。最开始什么都没做成。然后，我就开始消磨年月。那是最难的事情，因为我会变得心不在焉，我就再也没有力气去清扫那些使我不幸的因素，即便它们是偶然的。因为我无法触及不幸本身，有很多我需要先处理的琐事：机场，街道，酒吧，商店，一些菜和酒，很多人，各种聊天和胡扯。但最多的是，虚假。我是彻头彻尾伪造的，他们给我假文件，我被四处驱逐，然后被再次雇用，坐着，同意我从没同意过的事，确认，同意，授权。我被我应该去模仿的思想包围了，即便它们对我来说完全陌生。最终，我成了一个无与伦比的赝品，只有你或许还能认出我。

马利纳：你从中学到了什么？

我：　　（加弱音踏板）没有。我什么都没得到。

马利纳：这不是真的。

我：　　（激动地）可这就是真的。我又开始说，走，
　　　　感受事物，回忆在我不想记起的时间之前
　　　　更早的时间。（准确速度）有一天，我们
　　　　之间一切又都进展得很顺利。从什么时候
　　　　起，我们的关系这么好了？

马利纳：自始至终，我想。

我：　　（轻快地）你这样说是那么礼貌，那么友善，
　　　　那么亲切。（幻想曲般地）我有时候想到，
　　　　你常常——至少一年三百六十天——因为
　　　　我而害怕到死。每次门铃响起，你就会后
　　　　退，你会看见身边每一个阴影里都藏着一
　　　　个危险的人，你面前卡车上的木板尤其危
　　　　险。如果你听到身后的脚步声，你几乎就
　　　　死了。如果你在读一本书，门看上去就像
　　　　突然自己打开了一样，然后你会因为怕死
　　　　而放下书，因为我不再被允许读更多的书

了。我以为你异常平静是因为你死了几百次，不，几千次了。（充分突出地）我错得离谱。

马利纳很清楚，我喜欢晚上和他出门，但是他不指望我这样做，在我因为一些理由拒绝的时候，他也不惊讶，有一次是因为我的袜子破了，然后当然，我的犹豫不决往往和伊万有关，因为伊万还不知道他晚上的安排，然后，要选择餐厅就更加困难了，因为马利纳拒绝去一些地方，他受不了噪声，受不了吉卜赛音乐或维也纳老歌，夜总会里昏暗的灯光和污浊的空气不是他想要的，他也不能像伊万那样乱吃东西，出于不怎么明显的理由，他吃得很节制，他不能像伊万一样喝酒，只偶尔抽烟，而那几乎是为了让我高兴。

我知道，在马利纳独自去和别人见面的晚上，他很少说话。他安静地坐在那里，听着，他会让别人说话，最后在某一刻，所有人都觉得，他们说出了比其他句子都要高明的话，他们显得更有内涵，因为马利纳会把其他人提升到自己的水平。即便这样，他还是永远保持着距离，他是距离本身。他永远不会说关于他自己生活的事，从不提到我，但与此同时，从不会让人感觉他有所隐瞒。马利纳确实没有隐瞒什么，因为在最好的意义上，他没有任何东西可以隐瞒。他没有在参与什么伟大的文本，编织可以散播开的质感，维也纳这整件织物有几个仅凭马利纳而存在的小孔。这就是为什么他是对所有引起摩擦、争端、传播、爆发或辩解的事物的极端否定——马利纳要为自己辩护什么呢！他可以迷人，说礼貌、发光的句子，但从不过于友善，比如，每当他起身要走的时候，一点小小的亲切在他身上浮现，然后很快又藏了起来，因为他立刻转身走开，他总是离开得很迅速，他亲吻女人的手，当她们需要帮助时，他会挽住她们片刻，他很轻地触碰她们，没有人会多想，但所有人一定都想了什么。马利纳在动身了，人们惊讶地看着他，他们不知道他为什么离开，因为他不会略带尴尬地说为什么，为什么

413

离开，去哪里，怎么就是现在。也没有人敢问他。很难想象人们会用我常被问到的问题去问马利纳：你明晚做什么？天哪，你不会现在就要走了吧！你一定要见见谁谁谁！不，那样的事绝不会在马利纳身上发生，他有一件隐形斗篷，他的面罩几乎永远合着。我羡慕马利纳并试着效仿，但我做不到，我陷入每张网，诱发每种勒索，从第一个小时起我就是阿尔达的奴隶，根本不只是她的病人，尽管她确实是一名医生，我立即就发现了阿尔达的问题、她在经历什么，半个多小时后我会必须，为了阿尔达，给某位克雷默先生找声乐老师，不对，是给他的女儿，因为她不想再与她的父亲，也就是这位克雷默先生有瓜葛了。我不认识任何声乐老师，我从来也不需要，但我已经半承认地说了我有认识的人，我当然有，我和一位歌剧演员住在一栋楼里，当然，我不认识她，但一定有办法可以帮到克雷默先生的女儿，因为阿尔达想要帮他，或确切地说，他的女儿。我应该做什么？韦勒克医生，韦勒克四兄弟中的一个，还一无所成的那一个，现在有一个大好机会上电视，一切都指着这个了，如果我可以递一句最小的话，尽管我从没和奥地利电视台的任何一位绅士说过最小的话，那么……我应该去玫瑰山丘递那一句很小的话吗？韦勒克先生没有我便活不下去吗，我是他最后的希望吗？

马利纳说：你甚至不是我最后的希望。没有你，韦勒克先生还是能够让自己足够不受欢迎。如果多一个人帮他，他就会完全忘记怎么帮自己。你只会用你的只言片语杀了他。

今天我在维也纳萨赫酒店的"蓝"酒吧等马利纳。他很久都没来，但最后还是出现了。我们走进一间很大的餐室，马利纳在和服务员协商，但突然我听见自己说道：不，我不行，请不要在这里，我不能坐这张桌子！马利纳觉得这位子挺不错的，角落的一个小桌，是通常比起大桌我更喜欢的，因为我可以背靠突出的墙壁坐，服务员同意了，他是知道我的，他知道我喜欢这个被保护的位置。我喘不上气：不，不！你没看到吗！马利纳问：这里有什么特别可看的？我转身慢慢走了出去，以免引起骚动，我和约尔丹夫妇打招呼，还有阿尔达，她和一些美国人坐在那张大桌子前，还有一些我认识但忘了他们叫什么的人。马利纳安静地走在我身后，我感觉他只是跟着我，然后打招呼。在衣帽间，我让他把大衣搭在我的肩上，我绝望地看着他。他难道不明白吗？马利纳低声问：你看见什么了？

我仍然不知道我看见了什么，我重新走进餐厅，想着马利纳一定很饿了，时间也晚了，我慌忙解释：对不起，让我们进去吧，我可以吃，只是刚才有一瞬间让我难以忍受！我真的坐在了那张桌子前，现在我意识到，这是一张伊万将会和别人坐在一起的桌子，伊万会坐在马利纳的位置，点单，那个别人会坐在他的右边，就像现在我在马利纳的右边一样。他们会坐在右边，有一天这样的座位会是正当[1]的。这是今天我吃死刑前最后一餐的桌子。又是清炖牛臀尖肉，配苹果辣根酱和细香葱酱。随后我可以再

1　德语中"右边"与"正当"是同一个词。

喝一杯浓缩咖啡，不，不吃甜点，今天我想略过甜点。这是事情发生和将要发生的桌子，这就是他们砍掉你的头之前的样子。在那之前，你可以最后一次用餐。我的头滚进萨赫酒店的餐厅的一个盘子里，鲜血溅在洁白的锦缎桌布上，我的头掉了下去，给客人们展示。

今天，我停在贝娅特丽克丝巷和匈牙利巷的拐角，无法前进。我低头看我不再挪动的双脚，然后看看人行道和十字路口，一切都变了色。我清楚地知道，会是这个重要的地点，褐色的色变涌现，向外渗，我站在血泊里，它很明显是血，我不能永远这样站在这儿，我抓着我的脖子，我没法忍受我看到的东西。我大喊，那么安静地，那么大声地：您好！求求您！您好！可以停一下吗！一个背购物袋的女人已经经过了我身边，又转过身来疑惑地看着我。我绝望地问：请问，请问您能够行行好，和我一起待一会儿吗，我一定是迷路了，我不知道去哪里，我不知道怎么走，您能告诉我，去哪里能找到匈牙利巷吗?

或许这个女人真的知道匈牙利巷在哪里,她说:您已经在匈牙利巷了。您想找几号?我指了指拐角处,沿街下去的贝多芬故居,我穿到街对面,和贝多芬在一起,我感到安全,从那里,5 号,我望向一个现在略显陌生的入口,上面写着数字 6,我看见布赖特纳太太站在前面,我不想现在撞见她,但布赖特纳太太是个人,我被人环绕,没发生任何事,我看向对面,我必须从人行道走下去,抵达对岸,无轨电车叮当驶过,这是今天的无轨电车,一切如往常,我等它过去,因为紧张而发抖地从钱包里拿出钥匙,开始穿过去,挂着给布赖特纳太太的微笑,我到达了彼岸,我漫步经过布赖特纳太太,我美丽的书应该也是为她准备的,布赖特纳太太没有回以微笑,但她向我问好,又一次,我到家了。我什么都没看见。我回家了。

我躺在公寓的地板上,想我的书,它丢了,没有美丽的书,我再也写不出美丽的书了,我很久以前就已经不再想这本书，没有原因，我一句话也想不出了。但我坚信那本美丽的书存在，我会为伊万找到它的。没有哪一天会来，人们永远不会来，诗歌永远不会来，他们永远不会来，人们会有漆黑、深色的眼睛，他们的双手会带来毁灭，灾疫来临，这场每个人都患病的瘟疫，这场侵袭所有人的瘟疫，会夺去他们的生命，很快，这会是终点。

　　美不再溢出我，它本可以从我身上流淌的，它从伊万那里像浪一样涌向我，美丽的伊万，我认识一个美丽的人，至少我见过了美，最终我也，仅此一次，变得美丽，因为伊万。

　　起来！马利纳说，他发现我在地板上，他是认真的。你在说什么美？什么美丽？但我起不来，我的头靠在《大哲学家》[1]上，他们挺结实的。马利纳把书拿走，拉我起来。

1　*Die grossen Philosophen*，德国哲学家卡尔·雅斯贝尔斯于 1957 年出版的作品，是其构想的三卷本巨著中唯一一出版了的第一卷。

我：　　（感情丰富地）我真的必须告诉你。不，你得向我解释。如果有一个人完美地美丽又平凡，为什么他会是唯一能够激发幻想的人？我从没告诉过你，我从来没有快乐过，从来没有，只在几个瞬间是快乐的，而最后，我真的看见了美。你会问，这有什么用。它本身就足够了。我见过其他那么多事物，可它们从来都不够。心灵不会使其他心灵运转，除非他们属于同一个心灵，抱歉，我知道你觉得美是次要的，但它确实转动了心灵和精神。"Je suis tombée mal, je suis tombée bien."[1]

马利纳： 别再一直跌倒了。起来，出门，找点乐子，无视我，做点什么，什么都行！

我：　　（极甜蜜地）我？做点什么？抛弃你？离

---

[1] 法语，字面意思为：我狠狠地跌倒，我好好地跌倒。后半句也有"我顺利地抵达"的意思。

开你?

马利纳：我说什么关于我的话了吗?

我：　　不，你没有，但我在谈论你，我在想你。

　　　　我是为了你而起来的，我会再吃一次东西，

　　　　但我吃东西只是为了取悦你。

　　马利纳会想和我出门，会想分散我的注意力，他会逼我，会很有说服力，直到最后一刻。我该怎么让他明白我的故事? 马利纳应该正在换衣服，所以我也去换，我又可以继续了，我在镜子前照了照，尽责地对它微笑。但马利纳说（马利纳是在说话吗? ），马利纳说：杀了他! 杀了他!

　　我说了些话。（可我真的说了什么吗? ）我说：只有他我不能杀死，只有他。我尖锐地对马利纳说：你错了，他是我的生命，我仅有的喜悦，我不能杀他。

　　但马利纳无声而清晰无误地说：杀了他!

我试着分心，读得越来越少。深夜，唱机很轻地播放着，我告诉马利纳：

在李比希巷的心理系大楼，我们总一起喝茶或者喝咖啡。我认识那里的一个男人，他总是速记下每个人说的话，有时候也记些别的。我不懂速记。有时我们相互做墨迹测试、松迪测试、主题统觉测验，诊断彼此的人格和个性，我们会观察彼此的行为和表现，研究我们的表达。有一次，他问我睡过多少男人，可除了那个监狱里的独腿小偷之外，我一个也想不起来，还有那盏玛丽亚希尔夫的钟点房里被苍蝇环绕的台灯，但我随口说出：七个！他惊讶地笑了，说道，那么自然，他愿意娶我，我们的孩子一定会很聪明，也会很漂亮，问我觉得如何。我们去了普拉特游乐场，我想坐摩天轮，因为那时我从来不害怕，只在滑翔的时候觉得快乐，之后滑雪时也是，我可以因为纯粹的快乐好几个小时地大笑。当然，后来我们再也没有提起过它。不久后，我不得不参加期末口试，在有三场重大考试的前一天早晨，所有余烬从哲学系的炉子里掉了出来，我踩到了一些炭或木头，跑去拿扫帚和畚箕，因为清洁女工还没来，它们在烧，冒着可怕的烟，我不想引发大火，就用脚踩在余烬上，臭味在学院里残留了好几天，我的鞋子烧焦了，不过没有东西被烧毁。我也把所有窗子打开，即便是这样，我还是参加了早上八点的第一场考试，我应该要和另外一名候考人一起参加的，但他没有来，他前一晚中风了，这就是我在进去考莱布尼茨、康德和休谟之前得知的。这位老枢密，也是当时的校长，穿一件脏兮兮的长袍，早些年他在希腊被授予了什么奖项，我不知道具体是什么，他开始提问，并且对一位考生因为死亡而缺席了考试非常恼火，但至少我来了，还没有死。恼怒中，他忘记了说好的考试范围，其间还有人给他打电话，我想是他的妹妹，我们讨论了一段时间的新康德主义，然后我们又谈到英国的自然神论者，但都和康德本人没什么关系，我也不怎么了解。这通电话缓和了情况，我直接开始聊说好的话题，但他没有注意到这一点。我问了他一个关于时间和空间的很可怕的问题，实话说，对当时的我来说这个问题毫无意义，但他听到我问，觉得很满意，然后他就让我走了。我跑回学院，它没有在烧了，于是，我又去考接下来两门考试。我全部通过了。但我从未真的解决过那个关于时间和空间的问题。后来，它不断生长。

马利纳：你为什么在想这个？我以为那对你来说是段完全不重要的时间。

我：他们管博士口试叫"严格考试"[1]，它不重要，但像这个词说的那样，它是严格的，那个考生因为中风去世了，二十三岁，之后我需要从学院步行到大学街，我经过大学，一路沿着墙摸索着前进，我还过了街，因为埃莱奥诺雷和亚历山大·弗莱塞尔在巴斯泰咖啡馆等我，我看上去一定非常阴沉，我一定是快要崩溃了，在我看到他们之前，他们已经从窗户看到了我。我走到桌边，没有人说一句话，他们觉得我没有

---

1 Rigorosum，字面意思即"严格的考试"，是拉丁语"examen rigorosum"的缩写，通常是为了获取某学位的口试。

通过考试，实际上我也只是在某种意义上
通过了而已，于是他们把一杯咖啡放到我
面前，我对着他们沮丧的脸，说，很容易，
儿戏。接着他们不停问我问题，最后终于
相信了我，我在想那些余烬，一场可能的
大火，但我不记得了，我不记得具体……
我很肯定我们没有庆祝。那之后不久，我
不得不把双指放在一根权杖上，说几个拉
丁语单词。我穿着一件从莉莉那儿借的黑
裙子，它太短了，我和一些年轻人在大礼
堂排队站着，然后我听见了自己的声音，
就一次，响亮、清晰，其他声音几乎都听
不到了。而我没有被自己吓到，后来，我
又轻声地说话。

我：   （怨诉地）所以这些年来，我都学到、
        经历了些什么，想想我那么多的牺牲和
        付出！
马利纳：当然什么都没有。你学到了本来就在你体

内的东西，你已经知道的东西。这还不够吗?

我： 或许你是对的。有时候，我觉得我正在找回自己，就像从前一样。我太喜欢回想那段曾拥有一切的时间了，那时，我的开朗是真正的开朗，我的认真是好的那种认真。（近似滑音）然后一切都变糟了，被毁坏，滥用，用尽之后摧毁。（慢板）慢慢地，我改善自己，我越来越多地补上丢失的东西，我以为自己痊愈了。所以现在我几乎就是以前的样子。（低声地）可这趟旅程有什么用呢?

马利纳： 这趟旅程没什么用，每个人都可以走，但并不是都必须走。但是有一天，人们应该要能在重新找到的自己和未来的自己当中来回切换，而未来的自己不会再是旧的自己。不带紧张，没有疾病，没有后悔或者怜悯。

我： （准确速度）我不再可怜我自己。

马利纳： 我想至少是这样，这是必然的结果。谁想

426

要为你，为我们这样的人哭呢？

我： 可一个人究竟为什么为别人哭？

马利纳： 这不该再发生，因为别人不值得有人为他哭，就像你不值得我为你哭一样。如果在克拉根福，有一个孩子，在一架低飞的飞机的空袭中被碎石掩埋、躺在湖滨步道的一棵树下，并不得不第一次目睹身边无数死去和受伤的躯体，而有一个人在廷巴克图[1]或者阿德莱德为这个孩子而哭，那又有什么用？所以，不要为他人哭，在被杀害之前，他们有足够多的事情要做，保护他们的皮肤，或应对被杀前的最后几小时。他们不需要奥地利制造的眼泪。况且，眼泪是之后才来的，在和平时期，在一张安稳的摇椅里，没有枪声和炮火。而在别的时代，你却可能会在街上，在一群吃饱喝足的行人当中挨饿。你第一次感受恐惧是在电影院，看一些愚蠢的恐怖片放映的时

1　Timbuktu，位于西非的古城通布图的旧称。

候。你不会在冬天挨冻，只会在某个夏日的海滩着凉。那是在哪儿？你觉得最冷的时候？那是在一个 10 月的海边，美丽、罕见地温暖。所以你可以为别人保持冷静，也可以一直焦躁不安。你改变不了任何事。

我： （转快）但如果什么都做不了，如果什么都无法干预，那我们还能做什么呢？因为，什么都不做是非人性的。

马利纳：让喧嚣平静。在平静里喧嚣。

我： （哀伤地，非常快地）但要到什么时候我才能做到，才能同时做和什么都不做？什么时候我才能找到那样的一个时刻？什么时候才能不再错误地判别，停下一切错误的恐惧和痛苦、无意义的思考，这样永远无意义的胡思和乱想！（弱音踏板）我想要慢慢地想清楚。（不加弱音踏板）是这样吗？

马利纳：如果这是你想要的话。

我： 我应该不再向你提问吗？

马利纳：这又是一个问题。

我： （准确速度）到晚饭前，都去工作吧，我
会打电话给你的。不，我不做饭，为什么
要浪费时间做饭。我想出门，对，走几步
到一家小餐馆去吃，去个吵的地方，大家
在那儿吃喝，这样我就又能重新想象世界。
去"老海勒"。

马利纳：我听你发配。

我： （强）我会发配你的。即便是你。

马利纳：亲爱的，我们拭目以待！

我： 因为最终我将会支配一切。

马利纳：这是种狂妄。所以你只是从一种妄想到了
另一种妄想。

我： （不带有许可[1]地）不，如果它继续像你说
的那样开展，那么有所行动就是放弃行动。
那么我的妄想就不是在增加而是在减弱。

马利纳：不。总体而言，你仍旧在增加，如果你不
再反复衡量，不再称量自己，那你就会增
重更多，甚至更多，更多。

---

1 许可（licenza）是歌剧中的一种段落，台上的演员可以自由脱离角色。

我： （速度）如果什么力气也不剩，还能怎么增重？

马利纳：你在恐惧里增重。

我： 所以我吓到你了。

马利纳：不是我，是你自己。是真相造就了这种恐惧。但你将能看清你自己。你几乎不会卷入其中了。你将不复在这里。

我： （纵情地）为什么不在这里？不，我不明白你的意思！但我什么也不明白了……我必须摆脱我自己！

马利纳：因为你只能通过伤害自己使自己受益。这是所有挣扎的起点和终点。你已经伤害你自己够多了。它会对你很有帮助。但不是你想的那个"你"。

我： （不加弱音踏板）哦！我是另一个人，你是在说我会变成一个完全不一样的人！

马利纳：不。多可笑的话。你当然是你，你也没法改变这一点。但有一个自我被抓住了，有一个自我在行动。而你不会再行动。

我： （渐弱）我也从来不喜欢行动。

马利纳： 但你采取了行动。你允许别人对你作为，在他们的行动和交易中被利用。

我： （不过分活泼地）但我从没想要这样。我甚至没有对我的敌人做过什么！

马利纳： 别忘了你的敌人从未见过你，而你也从未见过他们中任何一个。

我： 我不相信。（极其活泼地）我见过一个，他也看见我了，尽管不太恰当。

马利纳： 多么奇怪的尝试！你真的想好好被看见？甚至也许是被你的朋友们？

我： （急板，激动地）不要说了，谁会相信，没有朋友，也许只有暂时的朋友，某一刻的朋友！（火热地）但人确实有敌人。

马利纳： 也许甚至连……甚至连这都。

我： （速度）噢不，我知道有。

马利纳： 不排除敌人就在眼前。

我： 那你就会是我的敌人。可你不是。

马利纳： 你应该停止战斗。你在对抗什么？你现在不应该前进，也不该后退，而是学会怎么以不同的方式战斗。你唯一的战斗方式。

我： 但我已经知道怎么战斗了。最终，我会反击，因为我取得了进展。这些年我取得了很多进展。

马利纳：所以这让你感到开心？

我： （带有弱音器）你说什么？

马利纳：你回避问题的方式多么迷人！你必须待在原地。这里必须是你的地方。你不应该前进或撤退。因为这样，在这里，在这个你唯一属于的地方，你将获胜。

我： （富有生气地）获胜！当可以获胜的迹象已经消失，谁还会谈论胜利。

马利纳：但这个词是：获胜。不需要任何技巧和力气，你会成功。不仅如此，你不会以你的自我获胜，而是——

我： （快板）而是——你看见了？

马利纳：不是以你的自我。

我： （强）我的自我比其他人差在哪儿？

马利纳：没什么。一切。因为你永远在做徒劳无功的事情。这是不可原谅的。

我： （弱）即使不可原谅，我仍旧总想陷入泥沼，走失，丧失。

马利纳：你想要的已经不作数了。在一个恰当的地方，你就不会有更多想要的了。在那里，你会如此是自己，你将可以放弃你自己。那会是世界上第一个有人被治愈的地方。

我：我一定要从那里开始吗？

马利纳：你已经从一切开始了，这就是为什么你也必须从那里开始。然后你将终止一切。

我：（沉思地）我？

马利纳：你还想把它带进你嘴里吗，这个自我？你还在衡量它吗？掂量掂量吧！

我：（准确速度）可我才刚刚开始爱上它。

马利纳：你觉得你可以爱它多少？

我：（热情并非常富于感情地）很多。太多。我会像爱我的邻人一样爱它，像爱你一样爱它！

今天，我穿过匈牙利巷，想搬去其他地方，海利根施塔特应该有一间公寓会空出来，有人要搬走，是朋友的朋友，但那间公寓并不是很宽敞，我又该怎么和马利纳说这件事呢，之前我暗示过，考虑到他有很多书，我想要一间更大的公寓。但他是不会离开第三区的。一滴眼泪，在一只眼睛的角落里形成，但它没有落到脸颊上，它在寒冷的空气里结晶，然后越来越大，成为不想同世界绕圈的第二大球，它脱离了宇宙，坠入无限。

伊万不再是伊万，我像临床医生看 X 光片一样看着他，我看见他的骨骼，他肺部由于吸烟而出现的斑点，可我不再看到伊万本身。谁会把伊万还给我？他为什么那么突然地让我这样看见他？他索要账单的时候，我想要倒在桌子上，或者桌子下，撕开餐布，连同上面所有的盘子、杯子和银制餐具，甚至和盐瓶一起倒下，尽管我那么迷信。[1] 不要这样，我会说，不要这样对我，我会死的。

---

1 在名画《最后的晚餐》中，犹大打翻了桌上的一个盐瓶，逐渐演变成打翻盐瓶会招致厄运的迷信。

昨天我去跳舞了，在"伊甸园"酒吧。

伊万听我说话，可他真的在听吗？他应该听见了我说我去跳舞，我想毁掉一些东西，因为最终我和一个令人厌恶的年轻男子跳了舞，我用从没投向过伊万的眼神看着那个男人，因为他越跳越狂野，动作越发清晰，拍着手，打着响指。我对伊万说：我太累了，我熬夜到太晚，我跟不上了。

可伊万在听吗？

因为我们很久没有见面了，伊万随口问道，我是否想跟他和孩子们去城堡电影院，那里正在放沃尔特·迪士尼的《米老鼠》。不巧，我没有时间，因为我现在不想见孩子们，尤其是那两个孩子，伊万随时都可以见，但不是那两个会被他从我身边带走的孩子。我不能再见贝洛和安德拉什了。他们得自己去拔智齿。拔牙的时候，我不会在他们身边。

马利纳在我的内心低语：杀了他们，杀了他们。

可在我心里有一个更响的低语：永远不是伊万和孩子们，他们属于彼此，我不能杀死他们。如果这件事发生了，而这件事会发生，然后，一旦伊万触碰了别人，他就不再是伊万了。至少我从未触碰过任何人。

我说：伊万。

伊万说：麻烦结账！

一定是哪里弄错了，这终归是伊万，可我不断越过他看向桌布，盐瓶，我盯着叉子看，我可以把眼睛都挖出来，我越过他的肩膀看窗外，敷衍地回答他的问题。

伊万说：你看上去脸色惨白，你不舒服吗？

只是睡得少，我需要放个假，我有几个朋友要开车去基茨比厄尔，亚历山大和马丁要去圣安东[1]，不然我就无法恢复，冬天越来越长，谁能熬过这些冬天啊！

伊万一定真的认为是冬天的缘故，因为他强烈建议我马上出发。我不再看他了，我看见别的东西，在他边上有一个影子，伊万和一个影子说笑，他更有趣了，也更有生气，他对我说话时从未这么有生气过，我说，我敢肯定马丁或者弗里茨会……但我还有那么多事要做，不，我不知道。我们会通电话。

1　两地均为奥地利的滑雪胜地。

伊万是不是也觉得和过去不同了，还是说只是在我看来，今天事情和以前不一样了。一阵疯狂的笑卡在我的喉咙，没有发出，因为我害怕我会永远无法停止大笑，我什么都不说，越发阴郁。喝完咖啡后，我彻底地沉默，我抽烟。

伊万说：你今天挺平淡。

我问：是吗？是吗？我一直这样吗？

在大楼门口，我坐在车里，犹豫不决，提议我们有机会就通通电话。伊万没有反驳，他没有说，你疯了，你在说什么，什么叫我们有机会。他已经觉得，有机会时打电话对我们来说再自然不过。如果我不马上下车，他也会同意，但我已经下车了，我摔上车门大叫：这些天我真的太忙了！

除了在清晨，我不再能够入睡。谁想要睡在满是疑问的夜的森林里呢？我双手抱头，在夜里醒着，想着幸福，曾经我是多么幸福，最后，我向自己保证，如果能让我再幸福一次，我便不再抱怨，不再指责任何人。可现在我想要延长这份幸福，就像任何经历过它的人一样，这份已度过了它的时间并要告别的幸福。我不再快乐了。这是永不会到来的精神的美丽明日……可那根本不是我的明日，它是我心中美丽的今天，是下班后六点到七点的等待，在电话边等待到深夜，这样的今天不能够结束。这不可能真的要结束。

马利纳进来看我。你还醒着？

我正好醒着，我要想事情，太可怕了。

马利纳说：所以，这事情为什么可怕？

我：　　（火热地）它很可怕，可怕到说不出来，它太可怕了。

马利纳：就是它让你醒着？（杀了他！杀了他！）

我：　　（轻声地）是的，就是它。

马利纳：那你要怎么做？

我：　　（强，强，极强）什么都不做。

清晨，我瘫倒在摇椅里，盯着墙，上面有一道裂缝，一定是一道以前的裂缝，因为现在我一直盯着它看，看得出它稍稍扩大了。足够晚了，我有机会打电话了，我拿起电话想说，你已经睡了吗？然后及时地想起来，我应该问的其实是，你已经醒了吗？可今天，要我说早安，实在太难了，我默默地放下听筒，我清晰地感觉到自己满脸的气味，它是那么强烈，让我想埋进伊万的肩膀，那种被我叫作肉桂的必需的气味，它让我清醒，睡意全无，这是唯一让我自如呼吸的气味。墙没有让步，它不想投降，但我逼着墙沿裂缝打开。如果伊万不立刻打给我，如果他再也不打给我，如果他到周一没有打来，那我要怎么办？让太阳和所有其他星星转动的不是什么物理公式，只要伊万在我身边，我一个人就能撼动它们，那不仅是为我，不仅是为他，也是为了其他人，我必须说，我必须讲出来，很快就没有什么会扰乱我的记忆了。除了伊万与我的故事，它永远不会被讲述，因为我们没有任何故事，没有九十九次的爱和奥匈卧室里传来的惊天动地的秘密。

　　我不理解马利纳，他正在平静地吃着早餐，在出门之前。我们永远没法理解彼此，我们像夜晚和白天一样不同，他的低语，他的沉默和冷静的提问是非人性的。因为如果伊万不再像我属于他一样地属于我，那么有一天，他将存在于普通的生活，他会因此变得普通，不再被歌颂，可或许伊万想要的也只是他简单的生活，而我用沉默的注视、我无力的坏演奏、我破碎词句的告白，把他生活的一部分变得棘手。

　　伊万笑着说，尽管只说了一次：在你把我安置的地方，我喘不过气来，请不要把我放得那么高，永远不要带任何人到空气这么稀薄的地方来，听我的话，学着点！我没有说：可是在你之后我还能把谁……？可是你不会觉得在你之后我还……？我宁愿为了你学习一切。不为其他任何人。

马利纳和我受邀去格鲍尔家，但我们不再和其他人说话，他们在沙龙里站着喝酒，热烈地讨论，回过神来的时候，在一个放着一架贝希斯坦大钢琴的房间里，只有我们两个人，我们不在的时候，芭芭拉在这里练琴。我想起马利纳第一次为我弹奏的曲子，那是在我们真正开始说话之前，我想请他再弹一次。可我自己走向了钢琴，人还站着，笨拙地开始寻找几个音符。[1]

马利纳没有动，至少他表现得像是在看画，一幅出自科科施卡[2]的肖像，画的应该是芭芭拉的祖母，几幅斯沃博达的素描，万丘拉的两座小雕塑，这些他都很熟悉了。

1　后文的乐谱均出自勋伯格《月迷皮埃罗》。

2　指奥斯卡·科科施卡（Oscar Kokoschka, 1886—1980），奥地利画家、诗人、剧作家和教师，以其表现主义肖像和风景画闻名。

马利纳还是转过了身，走到我身边，把我推开，坐到钢琴凳上。我又站到了他身后，就像从前那样。他真的在弹奏，半诉说半吟唱，只有我一个人能听见：

Tempo   rit.

All mei-nen Un-mut geb ich preis; und träum hin-aus ___ in sel-ge
我 打消 我 所有的   忧伤； 梦 往 _____ 美 好 的

Tempo   molto rit.

Weiten ...   O al - ter Duft   aus Mar - chenzeit !
广 阔 ……噢 古老的 芬芳   来自 童话般 的时光！

我们匆匆道别，在黑夜里走路回家，甚至穿过了城市公园，阴森、昏黑的大飞蛾在那里一圈圈飞，病态的月亮下可以更强烈地听见和弦，公园里又一次有了酒，我们用双眼饮的酒，又一次睡莲作小船，又一次念乡和戏仿，暴行和夜曲，在归家之前。

早晨洗完热水澡，我发现橱柜里空空如也，衣柜里也只能找到几双丝袜和一件胸罩。衣架上挂着一条孤零零的裙子，马利纳给我的最后一条裙子，我从没穿过，它是黑色的，上面有些彩色的斜条纹。

柜子里还有一条黑色连衣裙，装在一个塑料袋里，它上面是黑色的，下面有彩色的竖条纹，这是伊万第一次看见我时我穿的旧裙子。自那之后，我就再没有穿过它，像遗物般保存着它。我的公寓发生什么了？莉娜对我的衣服和裙子做了什么？肯定没有那么多需要拿去洗衣房或者干洗的。我若有所思地走来走去，把裙子拿在手里，我觉得很冷。在马利纳出门前，我说：请看一看我的房间，不可思议的事发生了。

马利纳端着一杯茶走了进来，他赶时间，抿了一口茶问：是什么？我在他面前套上连衣裙，呼吸急促，过度呼吸，我几乎说不出话来。就是这条裙子，一定是因为这条裙子，突然间，我明白了自己为什么一直没法穿它。你看不出来吗，这条裙子太热了，我会融化，一定是羊毛太暖和了，可这里没有别的裙子！马利纳说：我觉得你穿它很好看，很适合你，如果你真的想听我的意见的话，我觉得它非常适合你。

马利纳喝完了他的茶，我听见他来回走动，还是那些步骤，拿他的雨衣、家门钥匙、几本书和一些纸。我走回浴室，看着镜子，裙子嘶嘶地响，我的皮肤一直发红到手腕，很可怕，这太可怕了，这条裙子一定织进了地狱之线。这一定是我的涅索斯长袍[1]，但不知道它沾上的是什么。我从没想过要穿它，我一定知道原因。

　　我和死去的电话一起生活多久了？没有一件新衣服可以安慰我。当电话刺耳地响起、大声呼喊时，我有时会抱着愚蠢的希望起身，但随后我会说：喂？用一种伪装的、比平时更低沉的声音，因为电话那头总是我不能或不想和他们说话的人。然后，我躺下，希望自己死了。但今天，电话在响，裙子摩擦我的肌肤，我不安地走向电话，我不掩饰我的声音，还好没有，因为电话是活着的。是伊万。不可能不

1　希腊神话中杀死赫拉克勒斯的毒衬衫。涅索斯是一个渡旅客过冥河的半人马鲂公，因想掠走赫拉克勒斯的妻子得伊阿尼拉，被赫拉克勒斯的一支毒箭射死。临死前，他告知得伊阿尼拉，让赫拉克勒斯穿上沾有自己毒血的衣服，他就不会爱上其他人。赫拉克勒斯穿上了妻子仆人送来的衣服，因毒液渗入他的肌肤而亡，随后得伊阿尼拉也跟着自杀身亡。

是，最终，那一定会是伊万。只用一句话，伊万又让我振作了，他抚慰我的皮肤，我感激地应答，我说，是的。是的，我说，是的。

　　今晚我必须把马利纳打发走，我要说点什么来劝服他，毕竟他有义务，不能一直拒绝，他答应了库尔特，这几天晚上会去探访，如果是今天的话，库尔特会很高兴的，他会给马利纳看他新画的画，万丘拉一家也会去他那里，就是出于这个原因，马利纳也应该去，因为如果万丘拉开始喝酒，那么事情就会有些麻烦，没有了他，马利纳，那些老矛盾又会被挑起。我答应马利纳，我们会找一天晚上去约尔丹家，毕竟我们不能总是拒绝，我们得一年去看利奥·约尔丹两次。马利纳没有为难我，他马上就意识到自己今晚必须待在斯沃博达家。我总是对的。如果我没有想起来，马利纳就会忘了这回事。他很高兴他有我在，他从不会在出门时不带感激的眼神看我，我以最温柔的语气对他说：请原谅今天关于裙子的事，今天我非常想穿它，穿着它我感觉很好！你怎么总能买到合身的裙子，你是怎么知道尺寸的？我万分感谢你给了我这条裙子！

我读书到八点。晚饭已经做好了，我化妆、梳头发。"想要假装对这样的研究无动于衷是徒劳的，因为这些研究的对象不可能对于人性无动于衷。"[1]

接着，我陷入和与生俱来的观念的斗争，这斗争注定要发生。我也在想——因为我不再有我全部的书——是哈奇森[2]还是沙夫茨伯里[3]的道德感，但今天我没有方向感，但我有一个这方面的最高荣誉[4]，哪怕我总是有着失败的表象。语言腭化[5]。我还记得那些单词，很多年来它们在我的舌头上生锈，我

1　引自康德《纯粹理性批判》。

2　弗朗西斯·哈奇森（Francis Hutcheson，1694—1746），爱尔兰哲学家。他主张仁慈是人性中原始的部分，并且就如同视觉和听觉，道德感也是人类的一种知觉。

3　指第三代沙夫茨伯里伯爵（The Third Earl of Shaftesbury，1671—1713），英国哲学家、美学家，道德情感主义的创始人，也被称为"第一个情感哲学家"。

4　原文为拉丁语。指博士学位。

5　语言学名词，一种声音变化的常见现象，指辅音在发音时，变得接近硬腭音（即以舌面接近或抵着口腔上中部而发出的辅音）。

也熟知那些一天天在我舌尖溶解，或是我几乎咽不下也吐不出的词。我不是随着时间的推移越来越没法购买和正视物品，而是忍受不了听见那些词语。二百克小牛肉。你的舌头是怎么说出口的？我并非对小牛肉不感兴趣。还有：葡萄，半公斤。鲜牛奶。一根皮带。全皮革质地。对我来说一枚硬币，比如一先令，不会带来任何货币交易、贬值或者黄金储备的问题，只是突然，我感到嘴里有一个先令，轻、凉、圆形，一个烦人的先令让我想吐出来。

伊万还躺在床上，脸上是我从没见过的神情。他在沉思，很专注，似乎不怎么着急，突然，他有时间安静地躺在这里了，我靠着他，双臂交叉在胸前，但又突然沉下身子，这样伊万就可以说：今天我一定要和你谈谈。

然后，他又一言不发。我用手遮住我的脸，以免打扰到他，因为他必须和我谈谈。

伊万开始说：我必须和你谈谈。你记得吗？我有一次说，有些事我是不会告诉你的。但如果我……

如果我，你会怎么……？

如果你？我问。轻得几乎听不清。

那如果你？我重复了一遍。

伊万说：我想我必须现在告诉你。

我没有问：你要告诉我什么？因为我问了他就会继续说下去。但即使我保持更久的沉默，他也可能会问：那你会怎么……

因为沉默不能持续太久，所以我摇摇头，躺在他身边，我不停地轻抚他的脸，这样他就不得不停止思索，于是最后找不到合适的词。

这是不是意味着，你……你知道什么？

我又摇了摇头，这不意味什么，我也什么都不知道，如果我知道什么或者他告诉了我什么，那也不会有答复，这里没有，现在没有，地球上都没有。只要我还活着，就不会有回答。这样的谎言迟早要终止，我必须为他找一支烟，也为我自己找一支，我必须把两支都点上，我们可以再抽一次烟，因为伊万最终还是要走。我没法看他回避看我的样子，我看着墙，想从那里找点什么。一个人穿衣服不应该要这么久，比我能活下去的时间还要久，而当伊

448

万还专注地想着的时候，当他不知道应该怎样离开、用什么词语离开的时候，我连忙关上灯，他找到了出去的路，因为走廊的灯亮着。伊万身后，我听见门合上了。

我被我更熟悉的马利纳的开门声吓了一跳。他在我卧室外停了一下，而我想要说些友善的话——我也想知道我有没有失声——于是我说：我刚上床，我就快睡着了，你也一定很累了，去睡吧。

但过了一会儿，马利纳从他的房间回来，穿过黑暗，走到我身边。他猛地打开灯，我又被吓了一跳，他拿起装安眠药的小锡罐子数了数。这是我的安眠药，这让我很生气，但我什么也没说，今天我什么都不会再说。

马利纳说：你已经吃了三片了，我想那足够了。

我们开始争吵，我能预感到，我们会发生冲突。这已经无可避免了。

我说：不，就一片半，你可以看到被掰成两半的那片。

马利纳说：我今早数过，少了三片。

我说：最多，我也就是吃了两片半，半片不能算一整片。

马利纳拿过药片，把它们放进衣服口袋，走出去了。

晚安。

我从床上跳起来，说不出话，无助，他重重地关上门，我受不了门被砰的一声关上，我受不了他数东西，我没有让他在今早检查，虽然我有可能先前就让他最近帮我数着，因为我什么也弄不清了。可是马利纳怎么敢现在来清点这些药片呢，他不知道发生了什么，突然我开始大喊，我扯开门：可你什么都不明白！

他打开他的房门，问：你说了什么吗？

我问马利纳：再给我一片，我真的很需要！

马利纳决绝地说：不会再给你了。我们要睡了。

从什么时候起，马利纳开始这样对我了？他想要什么？要我喝水、踱步、烧茶、踱步、喝威士忌、踱步，可公寓里也找不到一瓶威士忌。有一天，他甚至会要求我不再打电话，不再见伊万，可他不会成功的。我又一次躺下，又一次坐起来，思考。我悄悄走进马利纳的房间，在黑暗里找他的外套，把手伸进每一个口袋，可我找不到药，我在房间里摸索，摸每一件东西，然后，终于在一堆书的顶上找到了它们，我让两片药从罐子滑到我的手里，一片现在用，一片留给后半夜，以防万一，我甚至设法那么悄声地关上了门，马利纳不可能听见我的动静。两片药在我身边的床头柜上，我开着灯，没有吃，它们远远不够，而我闯进了马利纳的房间并欺骗了他，他很快就会知道的。但我这样做只是为了让自己冷静，没有别的。很快，我们会明白一切。因为事情不能长久地这样下去。总有一天会到来。总有一天，将只有马利纳干涩而欢快的嗓音，不会再有我无比兴奋地说出的美丽的词语。马利纳担心得太多了。只是为了伊万，为了不让任何东西倒向伊万，击中伊万，为了伊万不被一丝负罪的阴影笼罩，我是不会吃四十片药的，毕竟伊万并没有罪，可是我该如何向马利纳解释，我想要的只是冷静下来，为了不伤害伊万，我是不会伤害我自己的。我只是想更加冷静，因为伊万会时不时打来电话，这并非没有可能。

　　阁下，大元帅[1]，马利纳先生，我必须再询问你一件事。会有遗产吗？

　　你想要什么遗产？你是什么意思？

　　我想要保留通信隐私。但我也想留下点什么。你是故意听不懂我说的话吗？

　　因为马利纳在睡觉，所以我开始写信。耶利内克小姐已经结婚很久了，没有人再为我写信、整理、归档。

1　原文为拉丁语。

尊敬的里希特先生：

您很善良，在一些我认为完全无伤大雅的法律问题上以最友善的方式帮助了我。我主要在想的是 B 事件。当然，那个案子对我来说不重要。但因为您是一名律师，因为那个时候我可以完全地信任您，因为您慷慨地给予帮助，甚至不收取我费用，因为在今天，在维也纳，我没有可以寻求帮助的人，我想请问您，如何立遗嘱。有些事情我想理清楚，我总是活在至深的混乱里，但似乎到了就算是我也需要把事情整理一下的时候了。您认为，比如说，手写就够了吗，或者说我应该和您见面，或者我……

亲爱的里希特博士先生：

我在莫大的惶恐和匆忙中给您写信，因为……我怀着万般的惶恐给您写信，我还是想把东西整理清楚，没有很多，只是些我的文件和一些物件，我非常珍视的物件，我不希望它们落到陌生人手里。不幸的是，我不知道该怎么办了，但我可以向您保证，我非常仔细地把所有事都考虑过了。我举目无亲，我希望（这已经具有法律效力了吗？）一些东西可以永远属于某个特定的人：一个蓝色的玻璃立方体，特别是一个带绿边的小咖啡杯，还有一个不过代表了天、地、月的中国护身符。我会列出名字的。另一方面，我的文件，就算是您应该也知道我无法维持下去的处境……我很多天没吃东西了，我吃不了，也睡不着，而且这和钱没有关系，因为我一分钱也没有，我在维也纳完全孤立，孤立于世界所有其他地方，人们在那里挣钱、吃饭，而由于您可能已经知道我的处境……

尊敬的亲爱的里希特博士先生：

　　没有人比您更清楚，我出于种种原因不得不立下一份遗嘱。在所有案子里，遗言、墓地、最后处置，这些总是从一开始就让我万分恐惧，或许没有人真的需要遗嘱。然而，今天我向您求助，因为您，一名律师，或许能明白我完全无法解释、无法弄清、无法阐明的处境，并加以整理，这是我最希望的事。所有我个人的、我最私人的东西都要被交付给某个特定的人，那个名字写在一张单独的纸上。关于我的文件，我还想到一个问题。它们每一页都写了字，而它们都没有价值，我从没有过任何有价值的纸，没有股票、债券。即便如此，把这些纸只交给马利纳先生，对我来说很重要，如果我没记错，在您短暂停留维也纳期间，您见过他一次。不过我记得不太清楚，我也可能弄错了，无论如何，以防万一，我给您这个人的名字……

亲爱的里希特博士先生：

今天我在莫大的惶恐和无比的匆忙中给您写信，我完全无法清晰地思考，但有谁清晰地思考过呢？我的处境更加完全地持续不下去了，或许它一直都是这样。但最后还是要说：不是马利纳先生，也不是伊万，这个名字对您毫无意义。之后我会向您解释他和我的生活有什么关系。我最私人的物品发生了什么，在今天对我而言失去了意义。

尊敬的亲爱的里希特先生阁下：

或许我向您要的太多了，但是我正在莫大的惶恐和无比的匆忙中给您写信。请问您，一名深谙法律的律师，可不可以告诉我如何写一份有效的遗嘱？不幸的是，我不知道，但出于很多原因，我必须……

请收到信后立刻答复我，如果可能的话！

维也纳，……

一个不知名的女人

马利纳今天休息，我本想独自度过这一天，但马利纳怎么也不肯出门，即使我们之间有些敌意。起先是他又生气又饿，我们吃得比平时早，我点了只给伊万点的烛台。在我看来桌子摆得很得体，但只有冷盘，很不幸我忘了买面包。马利纳当然什么都没说，但我知道他在想什么。

我：　　　从什么时候起，我们墙上有裂缝的？

马利纳：我不记得了，一定很久了。

我：　　　从什么时候起，我们的暖气上方有那个黑色的影子了？

马利纳：如果不挂画，我们墙上也必须有些什么。

我：　　　我需要白墙、无害的墙，否则我立刻就会看见自己身处戈雅最后的房间[1]。想想那条从深渊探出头的狗，所有墙上那些阴森黑暗的东西，来自他最后的时期。你就永远不该让我看马德里的那个房间。

马利纳：我没有和你一起在马德里待过。不要讲天

1　西班牙画家弗朗西斯科·戈雅（Francisco Goya，1746—1828）于72岁高龄、几近失聪的情况下，在他最后居所的墙壁上画下了十四幅"黑色绘画"（*Pinturas negras*），后文描述的即是其中的一幅《狗》（*El Perro*）。

方夜谭。

我： 这一点也不重要，不管怎样，我去过那里，阁下，无论有没有得到你的允许。我在墙上看到蜘蛛网了，看哪，它们是怎样把一切都织在一起的！

马利纳： 你没有可以穿的衣服吗，你为什么穿着我的旧袍子？

我： 因为我确实没有其他可以穿的。你对这个句子有没有印象："Siam contenti, sono un uomo, ho fatto questa caricatura."[1]

马利纳： 我想应该是"sono dio"[2]。众神前仆后继地死去。

我： 人会死，神不会。

马利纳： 你为什么总是做这种纠正？

我： 我能这样做，是因为我已经变成了一幅讽刺漫画，精神和肉体上都是。满意了吗？

---

1 意大利语：我们高兴，我是一个男人，我画了这幅讽刺漫画。出自尼采 1889 年 1 月 5 日写给瑞士文化历史学家雅各布·布克哈特的信。"我是一个男人"有误，被马利纳纠正。

2 意大利语：我是一个神。

马利纳走进他的房间，拿了一盒火柴回来。蜡烛烧完了。我忘记买新的了。马利纳必须接受。我可以再次向他请教，正在发生什么，进展到哪里了，尽管我越来越明显地感觉到紧张和敌意。

我：　　灵长目动物和后来的类人猿一定出了什么问题。一个男人，一个女人……奇怪的词，奇怪的妄想！我们两个中哪个可以通过最高荣誉考试？我，这也许对我而言始终是个错误。或许"我"是一个物件？

马利纳：不。

我：　　但它就在此时此地？

马利纳：是的。

我：　　它有故事吗？

马利纳：不再有了。

我：　　你能摸到它吗？

马利纳：永远不能。

我： 但你必须留住我！

马利纳： 我必须？你想被怎么保存？

我： （热烈地）我恨你。

马利纳： 你在跟我说话吗，你说了什么吗？

我： （强）冯·马利纳先生 [1]，陛下，您的恩典！

（渐强）您的荣耀和无所不能，我恨您！

（极强）为了我而交换我，让我们交换吧，

阁下！（整台大键琴演奏）我恨你！（渐

弱以至消失，哀伤地）请，还是留住我吧。

我从没有恨过你。

马利纳： 你说的词我一个都不相信，我只相信所有

这些词在一起的整体。

我： （哀伤地）不要离开我！（十分如歌地）你，

离开我！（不加踏板）我想说一个故事，

但我不会这样做。（忧伤地）你独自一人

在我的记忆中，扰乱我。（准确速度）你

拿走我的故事，那些构成了更大故事的故

事。把它们从我这儿拿走吧。

1　德语中，冯（von）置于姓氏前常表示贵族称号。

我清理了桌子，但还有更多要清理的东西。不会有更多的信、电报和明信片。伊万近期不会离开维也纳。但即使之后，更久之后——也不会再有什么了。我在公寓里找一个特殊的地方，一个秘密抽屉，因为我拿着一个小包裹来来回回地走。一定会有一个永远不再弹开的抽屉，一个没有人能打开的抽屉。不然，我可以用撬棍撬开一块镶木地板，把信藏在那里，再把地板合上、封起来，只要事情还在我的控制之中。马利纳在读一本书，应该吧："因为想要假装对这样的研究无动于衷是徒劳的，因为这些研究的对象不可能对于人性无动于衷。"他时不时有些恼怒地抬起头，就好像他不知道我正拿着一捆信，四处为它们找一个藏身之地。

我跪倒在地上，我并不是在向麦加或耶路撒冷鞠躬。我不再对任何东西鞠躬，我要做的只是抽出书桌最下面的抽屉，它卡住了，很难打开。我必须非常安静，为了不让马利纳看见我选了哪个地方，但这时绳结散了，信胡乱地滑出来，我笨手笨脚地把它们重新绑在一起，塞进抽屉缝里，但马上又抽出来，生怕这些信已经消失不见了。我忘了要在包装纸上写点什么，以防最后，在我的书桌被拍卖出售之后，这些信还是被陌生人看到。只要三言两语应当就能体现它们的重要性。就几句话：这是独有的一些信……这些独有的信……这些抵达我手中的信……我独有的信！

我找不到词语，来形容伊万的信的独一无二，而我必须在被发现之前放弃。抽屉卡住了。我用尽全身力气，悄无声息地把它关上，锁起来，把钥匙塞进挂在我身上的马利纳的旧袍里。

在客厅，我坐在马利纳对面，他合上书，疑惑地看着我。

你结束了？

我点头，结束了。

那你为什么就坐在那里了，而不是终于给我们煮点咖啡？

我温柔地看着马利纳，想着现在我应该告诉他一些可怕的话，一些会使我们永远分开，并让我们之间不可能再有更多话语的话。但我起身，慢慢走出房间，在门口我转过身，没有听见自己说出可怕的话，而是些别的话，如歌地、甜美地：

如你所愿。我会立刻煮上咖啡。

我站在炉灶前，等水开，舀了几勺咖啡到滤纸里，想着，我还在想，我一定是到了不得不思考那些不可思考之物的地步了，我的头沉入肩膀，我变得很烫，因为脸离炉台太近了。Nous allons à l'Esprit！（我们走向圣灵！）但我还可以煮这壶咖啡。我只是想知道马利纳在房间里做什么，他在想我什么，因为我也有些在想他，尽管我已经远远不止是想我和他而已。我忙来忙去，给热咖啡壶预热，在托盘上放好两个奥格腾瓷杯，它们是那么显眼，无法视而不见，就像我站在这儿并还在思考的事实一样。

从前有一位公主，从前匈牙利的轻骑兵骑马冲出了他们幅员辽阔但尚未开发的土地，从前柳树在多瑙河畔窃窃私语，从前一束头巾百合和一件黑色大衣……我的王国，我的匈牙利巷之国，我曾用我凡人的双手握住它，我荣耀的土地，如今不过我的一个炉台那么大，当剩余的水滴过滤纸时，它开始发光……我必须小心，不迎面倒向灶台，不弄伤、烧伤自己，那样的话，马利纳就不得不叫警察和救护车，他就需要承认自己的疏忽大意，让一个女人烧至半死。我直起身，烧红的炉台面让我的脸颊发光，夜晚我常常在这里点燃纸屑，不是要烧掉写了的东西，而是为了点燃最后，最后的一支烟。但我已经不抽烟了。今天我戒烟了。我可以把旋钮转回0。从前，我没有燃烧，我笔直站着，咖啡好了，盖子在壶上。我结束了。窗外，穿过庭院，传来音乐声，"qu'il fait bon, fait bon"（多么美好，美好）。我没有手抖，端着托盘走进房间，像往常一样，顺从地倒咖啡，马利纳要两勺糖，我不放。我坐在马利纳对面，我们死寂地喝咖啡。马利纳怎么了？他不说谢谢，不笑，不打破沉默，不提议晚上做什么。但今天是他的休息日，可他什么都不问我要。

我直直地看着马利纳，但他没有抬头。我站起来，想如果他不立刻说点什么，如果他不制止我，那就是谋杀，我走开了，因为我说不出口了。它已经没有那么可怕了，只是我们的分离比任何的在一起都可怕。我活于伊万，死于马利纳。

马利纳还在喝他的咖啡。从朝向庭院的另一扇窗户传来一声"你好"。我走到墙边，屏住呼吸，走进墙壁。我应该留一张字条：不是马利纳干的。但墙打开了，我在墙里面，马利纳只能看见我们一直以来看见的裂缝。他会以为我走出了房间。

电话响了，马利纳接起来，他摆弄我的墨镜，把它弄碎了，然后他玩一个也属于我的蓝色玻璃立方体。赠送者从未获得感谢，捐赠者未知。但他不只是在玩，因为他已经移开了我的烛台。他说：喂！有一阵什么声音都没有，然后马利纳冷冷地、不耐烦地说，你打错了。

他砸碎了我的眼镜，把它们扔进废纸篓，它们是我的眼镜，随即，他把玻璃立方体扔进去，这是梦里的第二块石头，他让我的咖啡杯消失，他试着弄碎一张唱片，但它没有裂，只是弯了，这是在真的最后裂开之前最大的抵抗，他清理了桌子，撕掉几封信，他扔掉了我的遗产，一切都在废纸篓里了。他把装安眠药的锡罐子扔进纸片当中，环顾四周，找其他东西，他把烛台移得更远了，最后藏了起来，就像不让孩子够着它一样，墙里有什么东西，再也喊不出声了，可依旧喊出了：伊万！

马利纳仔细地环顾四周，他看到了一切，但再也听不见了。只有他绿边的小杯还在那儿，只有它能证明他是独自一人。电话又响了，马利纳犹豫了一下，还是去接了。他知道是伊万。马利纳说：喂？
又是一阵沉默。

麻烦再说一遍？

不是吗？

我没有表达清楚。

一定是哪里弄错了。

号码是 723144。

是的，匈牙利巷 6 号。

不，这里没有。

这里没有女人。

我说了，这里没有叫这个名字的人。

这里没有其他人。

我的号码是 723144。

我的名字？

马利纳。

脚步声，马利纳不停的脚步，更轻的脚步，最
轻的脚步。停止。没有警报，没有鸣笛。没有人来

救援。没有救护车，没有警察。这是一堵很老的墙，一堵很坚固的墙，从那里，没有人可以掉出来，没有人可以打破它，没有东西会再发出声音。

这是谋杀。

策划编辑｜夏明浩
责任编辑｜夏明浩

营销总监｜张　延
营销编辑｜狄洋意　　闵　婕　　许芸茹

版权联络｜rights@chihpub.com.cn
品牌合作｜zy@chihpub.com.cn

出品方　至元文化（北京）
CHIH YUAN CULTURE

Room 216, 2nd Floor, Building 1, Yard 31,
Guangqu Road, Chaoyang, Beijing, China